잃어버린 계절

"역사는 산맥을 기록하고
나의 문학은 골짜기를 기록한다."

지리산 1
이병주

한길사

이병주전집 편집위원

권영민 문학평론가 · 서울대 교수
김상훈 시인 · 민족시가연구소 이사장
김윤식 문학평론가 · 서울대 명예교수
김인환 문학평론가 · 고려대 교수
김종회 문학평론가 · 경희대 교수
이광훈 경향신문 논설위원
이문열 소설가
임헌영 문학평론가 · 중앙대 교수

지리산 1권 — 잃어버린 계절
병풍 속의 길 | 7
하영근 | 73
1939년 | 105
허망한 진실 | 201

2권 — 기로에서
젊은 지사의 출발
회색의 군상
기로에서
하나의 길
바람과 구름과

3권 — 작은 공화국
패관산
화원의 사상
선풍의 계절
기로

4권 — 서림西林의 벽
빙점하의 쌍곡선
먼짓빛 무지개
원색의 봄
폭풍 전야

5권 — 회명晦明의 군상
운명의 첫걸음
피는 피로
비극 속의 만화
어느 전야

6권 — 분노의 계절
허망한 정열

7권 — 추풍, 산하에 불다
가을바람, 산하에 불다
에필로그

작가후기
지리산의 사상과 「지리산」의 사상 • 김윤식
작가연보

병풍 속의 길

 봉선화가 담장 그늘 속에서 이슬을 머금고 수줍은 분홍 빛깔이었다. 장독대 언저리에 심어진 닭벼슬꽃이, 이제 막 솟아오른 해의 빛을 반겨 의기양양한 장닭의 볏처럼 짙은 연지색으로 요염했다. 빛과 그늘의 경계가 차츰 자리를 옮겨가면서도 선명하게 그어진 뜰이 말쑥하게 비질되어 있고, 그 뜰 가득히 가을 아침이 상냥하게 서렸다. 눈을 들면, 사랑채 지붕 위로 펼쳐진 하늘도 이미 가을 빛깔이었다. 뜰 한구석에서 거목으로 커버린 감나무의 반들반들 윤기 흐르는 녹색 잎사귀에 섞여 황금빛으로 익어가는 감들은 방울방울 탐스러운 모양 그대로 소리 없는 가을의 노래였다.
 이것은 1933년 추석날, 이규李圭의 회상 속에 새겨놓은 풍경의 한 토막이다. 그해에도 국내·국외에서 사건이 많았다. 그 내용을 연표에서 대강 간추려보면 다음과 같다.
 윤봉길尹奉吉 의사가 상해에서 시라카와白川 대장을 죽인 전년의 사건에 이어 2월, 조선혁명당이 중국의 구국회救國會와 합작해서 항일전선을 결성했다. 4월, 만주에 있는 한국 독립군이 일본군을 격파했다. 8월엔 조선 혁명군 총사령인 양세봉梁世奉 선생이 일본 경찰에 붙들려 죽었다. 스페인에선 내란이 폭발하고, 독일에선 히틀러가 등장했다. 미국 상원이 '필리핀 독립안'을 가결했는데, 독립을 위해 퇴원한 사람들이 선두에 서서 그 독립을 보류해달라고 미국 대통령에게 진정 소동을 벌인 희비극이 있었다. 미국 재계의 공황이 혹심한 고비에 이르렀을 때 프랭클린 루스벨트가 대통령으로 취임했다.

그러나 그때 규가 이 모든 일을 알았을 까닭이 없었던 것처럼, 지리산이 남해를 향해 뻗어간 지맥 가운데 조그마한 분지에 자리 잡고 있는 규의 마을은 단 하나인 일본인 순사의 군림 아래 겉으론 거짓말같이 조용하고 평화로운 추석을 맞이한 것이다. 그런데 규가 보통학교(초등학교) 4학년이었던 해의 그 추석날을 유독 생생하게 기억하고 있는 것은, 국내·국외의 정세나 사건 때문이 아니고, 자기 자신이 겪은 조그마한 일 때문이었다.

그 추석날 규는 처음으로 할아버지 산소에 성묘하러 갔었다. 그리고 그해가 저물 무렵, 큰아버지가 할아버지 대에 이어 60년 넘게 살아왔다는 그 집에서 딴 곳으로 이사를 했기 때문에, 그 집에서의 추석은 그날이 마지막이었던 것이다.

그 집을 규는 '큰집'이라고 불렀다. 규는 그 집에서 태어났고, 보통학교에 입학할 때, 아버지가 건넛마을로 분가하기까지 거기서 자랐다.

아버지가 분가해 간 집은 작고 초라했지만 규는, 덩실하게 크고 아름다운 뜰이며 감나무를 가진 큰집이 있다는 사실로 해서 동무들 사이에서 위축되지 않아도 되었다. 큰집이 곧 자기의 집이라고 생각했기 때문이다. 그런데 그 큰집이 초라한 집으로 이사를 했으니 어린 가슴에 충격이 아닐 수 없었다. 그 충격으로 해서 그 집에서의 마지막 추석이 회한처럼 가슴 밑바닥에 서리게 되었는지 모른다.

뒤에 생각하니 바로 그 추석날에도 집 안에 침울한 기분이 감돌고 있었던 것 같은데, 그때 규가 그런 것을 느꼈을 리는 만무했다. 큰아버지의 아들인 사촌 동생 태泰는, 누르스름한 갈포로 만든 새 옷을 입고 연방 싱글벙글 웃고 있었고, 규는 옥색으로 물들인 모시옷을 입고 역시 천진한 웃음을 띠고 제상祭床을 차리는 어른들을 지켜보았다.

분향이 있고, 헌주獻酒에 이어 배례가 시작되었다. 규는 '현고학생부군신위'라고 쓴 지방과 그 뒤에 있는 병풍 속의 길을 향해 정성을 다한 절을 거듭했다.

제상 뒤의 병풍이 막연하나마 어떤 의미를 띠고 규의 마음에 다가선 것도 그날이었다. 울창한 숲이 있고 기광奇光이 있고 개울이 있는 병풍 속의 풍경이 살아 움직이는 것처럼 느껴지기조차 했다. 그 병풍 속의 길을 걸어보고 싶은 충동도 일었다. 그 길은, 양쪽 절벽 사이로 흐르는 개울의 굴곡을 따라 거슬러 올라가 병풍 한가운데 부분에서 심산유곡으로 사라져버렸다. 그림 자체가 사라져버린 그 길을 계속 걸어보았으면 하는 감동을 자아내는데, 할머니의 말씀으로 인해 그 감동은 신비감을 띠었다. 할머니는 곧잘 규에게

"느그 할아부지는 이 길을 걸어 저 산속으로 들어가서 신선이 되셨단다."

하며 그 길을 가리키곤 했던 것이다. 처음 그 말을 들었을 때 규와 태는 병풍 뒤로 돌아가서 병풍을 두드려보는 법석을 떨고,

"할머닌 괜한 소릴 한다."

라고 응석을 부렸다. 그래도 할머니는 조용한 소리로,

"할머니는 거짓말을 안 한다. 느그 할아부지가 거기 안 가고 어딜 갔겠노."

라고 되풀이했을 뿐이다. 그러나 어린 규로서도 할머니의 말을 그대로 믿을 순 없었는데, 갑자기 그 추석날 아침 규는 할머니의 말을, 곧이곧 대로 병풍 속으로 할아버지가 들어가셨다는 뜻으로서가 아니라, 병풍에 그려진 곳 같은 곳으로 가셨다는 뜻으로 들어야 한다는 생각에 부딪혔다. 규는 그런 생각을 한 스스로가 대견하다고 여겼다. 제사가 끝나면 할머니에게 그 말을 여쭈어보리라고 마음먹었다.

그런데 제사가 끝나자 그 말을 꺼낼 겨를도 없이 할머니께서 말씀이 계셨다.

"오늘은 규랑 태랑 느그 할아부지 뵙고 오너래이."

그리고 할머니는 규의 둘째 큰아버지인 둘째 아들에게 말했다.

"규랑 태랑 데리고 갔다 오너래이."

규는 할머니의 그 말을 듣고 적잖게 놀란 눈으로, 아직 치우지 않아 그대로 있는 병풍을 보았다. 저기에 가는구나 하는 생각이 뒤따랐다. 그렇다면 물어볼 필요가 없다는 마음도 들었다.

"아직 어린애들인디 그 먼 곳을 우찌 갔다 오겠습니꺼."

큰아버지가 난처한 표정으로 말했다. 그때 규는 열 살, 태는 아홉 살이었다.

"우리 규나 태는 벌써 의젓한 어른인디 갔다 올 수 있고말고. 생전에 보지도 못한 손주들이 요래 장성한 걸 보문 할아부지가 얼마나 기뻐하시겠노."

이렇게 말씀하시는 할머니의 말투와 표정에서 규는 어린 마음으로도 간절한 소원 같은 것을 느꼈다. 그래서 아버지의

"우짤래? 가고 싶나, 안 가고 싶나?"

하는 물음이 채 끝나기도 전에 규는

"가자, 태야! 할아부지 뵈러 가자."
라고 말했다. 태도 고개를 끄덕했다. 할머니는 와락 규와 태를 한 아름에 안으면서 기뻐했다.

"장하다. 그래야 내 손주지."

부득이 인솔 책임을 맡게 된 규의 둘째 큰아버지는 아무 말 없이 우울한 눈빛으로 규와 태의 얼굴과 할머니 쪽을 슬쩍 훔쳐보고 고개를 돌렸다. 규가 느낄 정도로 둘째 큰아버지의 눈빛은 우울했지만, 할머니의 기뻐하는 얼굴을 보니 규도 기뻤다. 그러나 규는 물어보지 않을 수 없었다.

"할아부지 산소는 어디에 있습니꺼?"

"지리산."

둘째 큰아버지가 짤막하게 답했다. 규는 깜짝 놀랐다. 지리산이라면, 청명한 날씨면 아득히 구름 사이에 봉우리를 나타내는 높디높은 산이 아닌가.

"지리산이라도 저 멀리 있는 데가 아니고 가까운 곳에 있단다."

아버지가 안심시킬 요량으로 말했다. 규는 다시 물었다.

"그러몬 거기까지 몇 리나 됩니꺼?"

"삼십 리쯤 된다더라."

할머니의 대답이었다.

"삼십 리지만 태산을 몇 개나 넘어야 하는디."

큰아버지는 여전히 근심스러운 표정이었다.

"요새는 그 밑에까지 신작로가 나 있다는데."

할머니가 조금 강한 투로 말했다.

"삼십 리면 괜찮습니더. 우린 소풍도 간 일이 있는데 뭐. 그자?"

하고 규는 태를 돌아보았다.
"응."
하고 태가 답했다. 규는 삼십 리쯤이면 자신이 있었다. 지난 봄 바닷가까지 소풍을 갔는데, 그 거리가 삼십 리라고 했다. 규나 태는 너끈히 그 소풍을 다녀온 것이다.

이러한 응수가 있는 동안에 식사가 끝났다. 미리 준비시켜놓았던 모양으로, 할머니의 분부가 내려지자 수돌이란 이름의 하인이 뒤뜰에서 나오더니 성묘에 쓸 음식을 챙겨 지게에 실었다. 수돌이를 먼저 보내고 규와 태와 둘째 큰아버지는 대강 옷매무시를 고치고 집을 나섰다.

"거게 가서 하룻밤 자야 할 끼니께 천천히 쉬어 가면서 가거라."

아무래도 걱정스럽다는 듯, 큰아버지가 등 뒤에서 말했다. 아버지는 뒤쫓아오더니 말없이 오십 전짜리 은전 한 닢씩을 규와 태에게 쥐어주었다. 모두들 만류해도 할머니는 길고 비탈진 골목길을 지팡이를 짚고 동네 어귀까지 따라 내려왔다. 거기서 한 번 더 규와 태의 등을 어루만지고는,

"잘 댕겨오너라. 느그들이 가문 할아부지가 참말로 기뻐할 끼다."

하면서 눈에 눈물을 띄웠다. 그리고 부축하느라고 따라온 연蓮을 돌아보고 한숨을 섞으며 말했다.

"너도 머슴애가 됐더라면 함께 할아부지 산소에 갈 낀디."

연은 태와 같은 나이인데, 둘째 큰아버지의 딸이었다. 둘째 큰아버지에겐 사내아이가 없었다.

백 미터쯤 걸어 모퉁이를 돌면서 뒤돌아보았더니, 할머니는 지팡이에 굽은 허리를 의지한 채 아까의 그 자리에 서 있었다. 모퉁이를 돌기에 앞서 규와 태는 소리를 합쳐 외쳤다.

"할무니, 댕겨올게요."

그 뒤에 짐작한 일이지만, 할머니는 규 등을 할아버지의 산소에 보낼 날을 손꼽아 기다린 것 같았다. 언제 죽을지 모르는 운명을 앞에 두고 할머니는 자기의 생전에 손주가 할아버지의 산소에 성묘하러 갈 수 있는 날이 있기를 소원하고, 규가 열 살이 되는 추석에 그 소원을 이뤄보리라고 마음속에 다짐하고 있었던 것이다. 만일 그런 일이 아니었더라면, 세상의 누구가 시켜도, 그렇게 먼 길로 손주를 내보내길 결코 반대했을 할머니였다.

청명한 하늘이었다. 시원한 바람결이었다. 들에선 황금의 벼가 파도치고 있었다. 지나가는 동네 앞마다 새 옷을 입은 아이들과 어른들이 명절을 즐기는 듯 웃고 재잘거리고 있었다. 규와 태는 말이 없는 둘째 큰아버지를 따라 4킬로미터를 걸었다.

"4킬로면 십 리다."

학교에서 배운 지식을 이렇게 활용해보는 것도 규로서는 유쾌한 일이었다.

"그렇지. 4킬로면 십 리다."

태도 맞장구를 쳤다. 규와 태는 동네를 출발할 때 이정표를 읽어두었던 것이다.

"그러니까 앞으로 8킬로만 가면 되는 거 아니가."

규는 이렇게 말하며 성묘하러 나오길 잘했다고 생각했다. 그러나 해가 높아짐에 따라 시원함이 줄어들고 여태껏 걸은 노고도 겹쳐 이마와 등 언저리에 땀이 배기 시작했다. 8킬로미터를 왔다고 이정표를 통해 확인했을 때는, 규와 태는 온몸이 땀에 흠뻑 젖어 있었다. 그것을 보자,

둘째 큰아버지는 길가 동산 위로 올라가서 쉬어 가자고 했다.
　풀밭에 앉아 낯선 동네를 멍청하게 한동안 바라보고 있노라니 땀이 가셨다. 하지만 들판을 달려 아득한 저쪽 산모퉁이로 돌아간 신작로를 바라보니 기가 막혔다. 저 먼 길을 또박또박 떼어놓는 발걸음으로 채워야 한다고 생각하니 현기증이 날 것도 같았다.
　'그렇지만 4킬로만 더 가면 된다. 그러면 삼십 리가 아닌가.'
하는 마음으로 용기를 불러일으켰다.
　"인제 가보자."
하고 둘째 큰아버지는 옷을 털고 일어서서 앞 마을을 가리켰다.
　"저기, 정자나무가 보이지? 그 나무 왼쪽에 기와집이 한 채 보이지, 왜. 그 집이 독립 투사 하 선생의 집이다."
　규는 태를 보았다. 독립 투사란 말이 또렷하게 귓속에 새겨졌지만, 그 뜻을 둘은 몰랐다.
　"독립 투사가 뭡니꺼?"
　규가 물었다. 그러나 둘째 큰아버지는
　"느그가 크면 알 게다."
라고 했을 뿐, 그 이상의 풀이는 하려고 하지 않았다. 규와 태는 할 수 없다고 생각하고, 그 이상 캐묻지 않았다.
　규의 둘째 큰아버지는 말이 없는 사람이었다. 규는, 큰아버지와 둘째 큰아버지와 아버지 삼형제가 함께 앉은 자리에 때때로 끼인 적이 있지만, 둘째 큰아버지가 말하는 경우를 본 적은 드물었다. 자기 형제들뿐만 아니라 둘째 큰아버지가 누구하고 말하는 것을 규는 본 적이 없었다. 짧은 말 정도나마 둘째 큰아버지가 말을 건네는 상대는 규와 태밖에 없다는 것을 규는 잘 알고 있었다.

언젠가 규는 할머니에게, 둘째 큰아버지가 왜 말을 잘 하지 않는가고 물은 적이 있었다. 할머니는 당장에 대답을 하지 못했다. 그래 규는, 둘째 큰아버지는 왜 언제나 슬픈 얼굴을 하고 있느냐고 고쳐 물었다. 그때에야 할머니는 입을 열었다.

"어른이 되면 슬픈 일이 많단다."

둘째 큰아버지를 이해하게 된 것은 훨씬 뒤의 일이다. 독립 운동을 하다가, 만세도 부르다가 감옥에 드나드는 바람에, 자기 재산만이 아니라 형제들의 재산까지 축을 내고, 이러지도 저러지도 못하는 사정으로 계속 형제의 등에 업혀 살아야 했으니 딱하기도 했을 것이다.

나는 당시 둘째 큰아버지의 사정을 다음과 같이 요약한다. 어머니나 형, 그리고 아우의 마음에 들도록 처신하기엔 그의 기개가 너무나 높았고, 형과 아우의 파멸을 무릅쓰고까지 계속 독립 운동을 하기엔 그의 마음이 너무나 약했다…….

조금만 걸으면 삼십 리가 된다는 믿음으로 규는 기를 써서 걸었다. 태도 역시 마찬가지인 모양이었다. 이미 하늘도 들도 꽃도, 낯선 동네의 모습도 눈에 들어오지 않았다. 삼십 리를 걷는다는 것, 그 생각만으로 가냘픈 다리를 움직였다. 산모퉁이를 돌아 또 한참을 더 가서야 12킬로미터가 되었다는 이정표를 만날 수 있었는데, 둘째 큰아버지는 아무 말 없이 그 앞을 지나쳐버렸다.

규와 태는 기가 꺾였다. 다시 걸음을 이을 용기가 나지 않았다. 둘째 큰아버지는, 갑자기 걸음을 늦추어버린 규와 태를 바라보면서 말했다.

"저 다리 밑에 가서 손을 씻고 점심을 먹고 가자. 수돌이가 거기서 기다릴 끼다."

다리를 건너자, 수돌이가 다리 밑 그늘에 지게를 세워놓고 물속에 발을 담그고 있었다. 규와 태는 다리 밑으로 내려가 쓰러지듯 수돌이 곁에 퍼져 앉았다.

시냇물에 손을 씻고 풀밭에 앉은 둘째 큰아버지에게 규가 물었다.

"인자 다 왔습니꺼?"

"아직 멀었다."

"12킬로면 삼십 린디, 할아부지 산소는 삼십 리만 가몬 된다쿠던디."

태가 맥이 풀어진 어조로 말했다.

"이제 반쯤이나 왔을까?"

규는 둘째 큰아버지의 그 말을 농담일 것이라고 생각하고 둘째 큰아버지의 얼굴을 지켜봤다. 그런데 냉혹한 말이 이어졌다.

"지금까진 길이 좋았지만, 지금부턴 험한 길을 걷게 된다."

"삼십 리를 왔는데 또 삼십 리를 가야 한단 말입니꺼?"

규는 그게 사실이 아니기를 비는 마음으로 말했다.

"그렇다."

둘째 큰아버지의 대답엔 장난기가 없었다.

둘째 큰아버지가 수돌이를 시켜 짐을 풀게 하고 송편이며 사과며 고기전 등을 꺼내 먹으라고 했지만, 하도 어이가 없어 규는 입맛을 잃었다.

"할무니가 우리를 속였구만."

규가 투덜댔다.

"할머니가 속인 게 아니다. 그걸 양반 이수兩班里數라고 하는 기다."

라고 둘째 큰아버지가 설명했다. 옛날 양반들은 오십 리쯤 되는 거리를 이십 리라고 하고, 이십 리나 되는 거리를 십 리라고 해치웠다. 재어보거나 또는 무슨 근거를 가지고 그러는 것이 아니라, 마음 내키는 대로 정해버렸다. 그 까닭은, 상인이나 인부들에게 등짐을 지울 경우, 임금을 깎아먹기 위해서였다. 말하자면, 실히 오십 리나 되는 거리에 짐을 옮겨놓으라고 해놓고, 삯은 이십 리 몫밖에 안 주기 위해서란 것이다.

"그러니까 할머니는 양반 이수만 알고 계시는 거다."

둘째 큰아버지의 말이 끝나자,

"나는 양반 안 할란대이."

하고 태가 울상을 지었다. 규도 동감이었다. 그러나 규와 태가 양반을 포기한다고 해서 남은 거리가 줄어들 까닭도 없고, 성묘를 중단할 수도 없었다.

"하여간 양반은 죄가 많아!"

중얼거리듯 하며 일어서는 둘째 큰아버지를 따라 규와 태도 일어섰다. 수돌이는 짐을 챙겨 지고 앞장서 떠났다. 짐을 지고도 지친 빛이 없이 성큼성큼 걸어가는 수돌이를, 규는 새삼스러운 감탄을 느끼며 바라보았다.

조금 걸어 모퉁이를 돌았다. 시내를 사이에 둔 건너편에 큰 마을이 나타났다. 숲과 죽림과 더불어 산비탈을 꽉 채운 집들이 모두 기와집인데, 기와 지붕 거의 전부에 앙상하게 풀이 돋아 있어서 신기한 느낌을 주었다. 규의 큰집 기와 지붕에도 기와 틈에 풀이 나 있긴 했다. 그러나 그 마을 지붕의 풀처럼 그렇게 많은 풀은 아니었다. 규가 둘째 큰아버지에게 물었다.

"이게 무슨 동넵니꺼?"

"월촌이란 동네다."

"지붕에 풀이 왜 저렇게 많이 났습니꺼?"

"망해가는 징조 아니가."

규는 가슴이 섬뜩했다. 그렇다면 큰집도 망해간단 말인가. 그러나 규는 감히 그렇게 물어볼 수는 없었다.

그 동네를 지나친 지점부터 들은 없어지고 골짜기가 되었다. 가파른 산과 산 사이로 신작로 한 줄기가 간신히 뚫고 나간다는 느낌이었다. 동시에 모퉁이가 빈번히 나타났다. 그런데 넓은 들길을 걷는 것보다 꾸불꾸불한 고갯길을 걷는 편이 수월했다. 저 모퉁이를 돌면 목적지가 있으려니 하는 기대를 가질 수 있기 때문이었다.

고십정이란 조그마한 마을에서 신작로에서 벗어나 산비탈을 기어오르는 좁은 길을 걷게 되었다. 숲의 밀도가 짙어졌다. 호랑이가 살고 있어도 무방할 만큼 숲속이 어두컴컴했다. 간혹 '퍼드덕' 하는 날짐승 소리가 들리기도 했다.

숲을 지나고 길이 다시 내림길이 되었다. 골짜기 하나가 시야에 들어왔다. 이곳저곳 대여섯 집으로 된 초가 마을이 보였다.

규는 어린 마음으로도, 무엇 때문에 이런 골짜기에서 살아야 하는가 하는 의문을 가졌다.

내림길이 개천을 끼고 조금 거슬러 오르다가 다른 산으로 옮겨, 다시 길이 오름길이 되었다. 이렇게 하길 몇 번을 되풀이하고 나서 사방이 탁 트인 들로 나왔다. 탁 트였다고 하나, 주변 마을들의 집 수를 헤아릴 수 있을 정도로 좁은 분지에 불과했다. 땀이 밴 피부에 싸늘하게 느껴지는 공기가 이상했다. 오르고 내림을 되풀이하면서도 상당히 높은 데까지 올라온 모양이었다.

둘째 큰아버지가 그 들 어귀에서 걸음을 멈추고 북쪽 방향을 가리키며 말했다.

"이 개천을 쭈욱 따라가서 저기 보이는 산허리를 돌아, 그 뒷산으로 올라가면 할아버지의 산소가 있다."

규와 태는 마지막 용기를 냈다. 개천을 따라 들을 횡단하고 서른 집 남짓한 동네를 지나서 산허리를 돌기 시작했다. 길가에 도라지꽃이 피어 있고 초롱꽃도 피어 있었지만, 너무나 지친 탓으로 꽃을 꺾을 생각조차 나지 않았다. 그러나 빨갛게 타오르듯 무르익은 산딸기만은 그냥 지나칠 수가 없었다. 태양의 온기 때문인지, 산딸기는 따스하고 향긋하고 은근히 달았다.

규와 태는 배가 부를 정도로 그것을 따먹었다.

저기 보이는 산허리를 돈다고 했지만, 그것이 또한 여간 일이 아니었다. 커다란 덩치의 산을 거의 완전히 한 바퀴 돌아야 하기 때문이었다. 그리고 나서도 만만치가 않았다. 둘째 큰아버지가 말한 그 뒷산이란 것은 앞산과 바로 이어진 산이 아니고, 십 리가량이나 계곡을 거슬러 올라가야 있는 산이었다.

계곡을 거슬러 올라가 모퉁이를 둘쯤 돌았을까 하는 지점에 일고여덟 집을 헤아릴 수 있는 마을이 나타났다. 그 마을 앞 바위에 수돌이의 지게가 기대져 있는데 수돌이는 없었다. 규와 태는 의아하다는 눈초리로 둘째 큰아버지를 보았다.

"묘지기 최 영감을 데리러 간 거다."

둘째 큰아버지가 말을 채 끝내기도 전에 수돌이가 어떤 영감을 데리고 나타났다. 영감은 때 묻은 옷을 그냥 입고 있었다. 입 언저리의 하얀 수염이 짙었다.

"아아, 새 도련님들이 왔구나."

하고 반기는 노인의 입안이 새까맣다. 이빨이 누렇다 못해 까맣게 물들어 있었다. 아마 이 노인은 추석을 쇠지 않았나 보다 하고 규는 생각했다.

노인이 집에 들어가 쉬었다가 가자고 했으나, 둘째 큰아버지는 돌아와서 쉬자며 노인을 앞세웠다.

모퉁이를 하나 더 돌아가니, 잠깐 동안 멀어져 있던 개천이 바로 발아래로 흐르고 있었다. 이마에 와닿을 듯한 바람벽 같은 산이, 개천가에서부터 시작된 좁다란 길, 그것도 보일락말락 풀이 무성해져버린 좁은 길을 남기곤 온통 밀림에 덮인 채 눈앞에 있었다.

"자, 발이랑 얼굴이랑 씻자. 저 길을 오르면 할아버지의 산소다."

둘째 큰아버지의 말에 규와 태는 옷을 벗어놓고 개천으로 들어갔다. 얼음처럼 차가운 물이었다.

나뭇가지를 잡을 수 있어, 가파른 길이라도 비교적 수월하게 올라갈 수 있었다. 아무것도 생각지 않고 그저 기를 쓰고 오르기만 하는데, 갑자기 눈앞이 탁 트였다. 밀림이 끝나고 잔디밭이 나타나더니, 거기 둥그렇게 다듬어진 무덤이 있었다. 할아버지 산소였다.

규가 등골을 스치는 짜릿한 전율을 느낀 것은 무슨 까닭인지 모른다. 태도 같은 기분인지, 가쁜 숨을 쉬면서도 입을 꼭 다물고 눈망울을 말똥말똥 굴리고 있었다.

"무덤도 이십 년쯤 지나니까 자리가 잡히는구만."

둘째 큰아버지는 이끼가 끼어 있는 비석 한 모퉁이를 만지며 감개무량한 표정이었다. 그리고 눈은 더욱 슬펐다.

수돌이와 묘지기 영감이 상석 위를 쓸고 제물을 차렸다. 규는 곱게 다듬어진 무덤의 잔디와 무덤 바로 옆에 피어 있는 이름 모를 꽃을 바라보며,

'여기서 할아버지가 이십 년 동안 누워 계셨구나.'

하고, 자기가 이 세상에 나기도 십 년이나 전에 죽은 할아버지의 모습을 상상해보려고 했다. 그러나 긴 수염을 턱 밑에 기르고 갓을 점잖게 쓴 큰 할아버지의 모습이 나타날 뿐이었다.

고요하다는 말로는 모자랐다. 적막한 산속의 신비스러운 기운이 규의 가슴을 저리게 했다. 뭐라고 형용할 수 없는 감상과 더불어 할아버지의 존재를 실감케 하는 영감 같은 것이 일었다.

"자, 이리 오너라. 절을 해야지."

둘째 큰아버지의 말에 이끌려 규와 태는 무덤을 정면으로 바라보고 섰다.

두 번째 절을 하고 일어서려다 규는, 그대로 엎드려 있는 둘째 큰아버지를 보고 멈칫했다. 규와 태는 먼저 일어설 수밖에 없었다. 보니, 둘째 큰아버지는 이마를 풀밭에 묻고 울고 있었다. 간신히 통곡을 참는 듯 어깨를 들먹거렸다.

둘째 큰아버지의 울음을 규는 지금에 와서야 대강이나마 짐작해볼 수 있었다. 아들 가운데서 가장 쓸모없는 놈이란 핀잔을 받는 아들이 조카들을 데리고 성묘하러 왔다는 감상도 있었을 것이고, 가슴에 맺힌 남아의 포부를 펴보지 못한 채 병처럼 그것을 앓기만 해야 하는 스스로의 처지가 아버지에 대한 회상과 더불어 눈물겹도록 안타까웠을 것이다.

그 뒤 규가 챙겨본 바에 의하면, 함께 성묘 간 그해가 1933년이었으니 둘째 큰아버지의 당시 나이는 서른네 살이다. 중동학교中東學校에 다닐 때 3·1운동에 가담한 탓으로 일본 경찰에 붙들려 3년 징역살이를 했고, 출옥한 지 2년 만에 6·10만세사건으로 다시 투옥되어 3년의 옥고를 치렀다.

전후 6년 동안 옥살이를 했으니, 철이 들자 태반의 세월을 감옥 속에서 보낸 셈이고, 그런 사람이었으니 감옥에서 나왔다 해도 마음이 편할 리가 없었다. 게다가 바로 이봉창李奉昌 의사, 윤봉길尹奉吉 의사의 사건이 있었고, 그해(1933년)엔 일제의 만주 침략이 본격화되고, 해외의 동지들이 독립 운동을 활발히 전개하고 있었으니, 그런 소식을 모를 리 없는 둘째 큰아버지로선 우울하고 초조한 나날이었을 것이다.

할아버지 무덤 앞에서 보인 둘째 큰아버지의 눈물은, 이러지도 저러지도 못하는 자기 신세에 대한 한탄의 눈물이었을지도 모른다.

그러나 모두 부질없는 짐작에 불과하다. 가슴 깊은 곳에서 소용돌이친 둘째 큰아버지의 고민은 둘째 큰아버지 이외의 누구도 이해할 수 없을 것이기 때문이다.

눈물을 닦은 둘째 큰아버지는 제주祭酒로 가져온 술을 묘지기 영감과 나눴다. 그동안 규와 태는, 이때까지의 긴장에서 풀려 이곳저곳 잔디 위를 걸어보기도 하고 경치를 즐기기도 했다.

눈을 남으로 돌리면 산봉우리가 파도처럼 아득히 시야 속에서 물결치고, 서쪽과 북쪽에는 고개를 젖히고 쳐다봐야 할 산봉우리들이 첩첩이 쌓여 있었다.

가장 가깝게 보이는 산봉우리를 가리키며 규가 수돌이에게,

"저게 지리산에서 제일 높은 봉우린가?"

하고 물었다.

"아닐 낀데요."

하고, 그쪽을 바라보던 수돌이가

"저건 세석봉일 낍니다."

했다.

"그것 말고 또 높은 봉우리가 있나?"

규가 다시 물었다

"있고말고요."

했지만, 수돌인 그 이름을 모르는 것 같았다. 묘지기 영감에게 규는 똑같은 질문을 했다.

"지리산에선 천왕봉天王峯이 제일 높지."

하고 대답한 영감은 이어, 천왕봉에 가기는 대단히 힘들다고 했다.

그날 밤 규와 태는 묘지기 영감 집에서 자기로 했다. 둘째 큰아버지는 산을 하나 더 넘는 곳에 찾아볼 사람이 있다면서, 내일 아침 돌아오겠다고 하고 묘지기 집의 아들을 데리고 떠났다.

이 산골에 둘째 큰아버지가 꼭 찾아봐야 할 사람이 있다는 건 이상했지만, 물어보지는 않았다.

잠자리에 들기 전 규가 생각한 것은, 할아버지의 무덤이 있는 곳이 아무래도 병풍 속의 그림과는 다르다는 것이었다.

이튿날 아침 깨어보니 둘째 큰아버지가 벌써 와 있었다. 아침나절 시원할 때 걷자면서 대강 요기를 하고 묘지기 영감 집을 떠났다.

"돌아갈 땐 신작로 아닌 길로 가자."

하고, 둘째 큰아버지는 어제 규와 태가 몸을 씻은 개울을 건넌 지점에서 시작되는 비탈길을 올랐다. 첫머리에서부터 헐떡거리는 규와 태가 가엾어 보였는지,

"이 산만 넘으면 뒤엔 수월해진다."

라고 둘째 큰아버지는 타이르듯 말했다.

산마루에 이르자 둘째 큰아버지의 말이 옳다는 것을 알았다. 거기서부터 내림새가 되는 산들의 허리를 끼고 돌아가면 되었다. 더러는 보였

다가 숨었다가 하며 산의 능선 또는 산허리를 누비고 있는 길을 미리 짐작하며 걸을 수 있다는 것도 다행이었다. 멀리 아슴푸레 바다가 보이기 시작했다.

그렇게 산길을 내려오다가 어느 지점에선가 규는 무심결에 옆을 돌아보았다. 산을 넘어 반대쪽을 내려가는 것이 아니라 능선을 타고 내려가기 때문에 할아버지의 산소가 있는 산을 왼쪽으로 바라볼 수 있었는데, 거기 갑자기 병풍 속의 풍경이 전개되었다.

규는 태의 어깨를 두드렸다. '왜?' 하는 눈으로 태는 규를 보았다. 규는 자기가 본 풍경을 가리키며,

"야, 병풍에 있는 그림하고 안 같나?"

하고 속삭였다.

"그렇구만."

하고 태도 걸음을 멈추었다.

서버린 조카들을, 한 발짝쯤 앞에서 걷고 있던 둘째 큰아버지가 돌아봤다.

'왜 그러느냐?'고 묻는 표정이었다.

"여기서 본깨 건너편이, 꼭 큰집에 있는 병풍 같애서요."

하고 규가 말했다. 둘째 큰아버지는 규가 가리키는 방향으로 고개를 돌리더니,

"흠."

하고 한숨을 쉬었다.

둘째 큰아버지로서도 처음 아는 일인 것 같았다. 그래선지 다음과 같은 얘기를 했다. 할아버지가 화공을 시켜 그 그림을 그릴 때, 그때 둘째 큰아버지의 나이가 규나 태 또래였는데, '신선이 사는 곳을 그린단다.'

라고 말씀하셨다는 것이다.

"할아버지 산소를 저기 모신 것은 병풍 그림 보고 한 것 아닙니꺼?"

규가 물었다.

"아니다. 할아부지가 돌아가실 때 자기의 무덤은, 어제 너희들이 잔 집 영감의 아버지에게 물어서 쓰라는 분부가 계셨기 때문에 그곳에 모신 기다."

둘째 큰아버지는 그곳에서 보는 그 풍경이 신기하다는 듯 생각에 잠기는 눈치로 중얼거렸다.

"허기야 이 길은 신작로가 나지 않았을 때 저곳으로 가는 꼭 하나의 길이긴 했지."

내려가니 수월하지만, 규가 사는 동네에서 이 길로 오자면 첩첩 산길 수십 리쯤 줄곧 올라와야 한다.

"그러몬 집에서 이곳까지 생여를 메고 왔단 말입니꺼?"

태는 아무래도 이상하다는 듯 이렇게 물었다. 그랬다는 둘째 큰아버지의 대답이었다.

규는, 줄잡아 삼십 년 전의 어느 날 갓을 쓰고 도포를 입고 행건을 친 할아버지가 화공을 데리고 이 태산에 기어올라 바로 그곳에 앉아 건너편 풍경을 지켜보고 있는 모습을 상상해보았다. 구체적인 형상은 만들어지지 않았지만 향수를 닮은 감정만은 괴었다. 규가 지금 서 있는 자리가 혹시 할아버지가 서 있어본 자리가 아닐까 하는 생각이 이상스럽게 상상력을 자극하기도 했다.

'왜 할아버지는 저 풍경을 꼭 그려놓고 싶었을까?'

하는 의문과,

'무슨 까닭으로 할아버지는 하필이면 저 산허리에 묻히길 원했

을까?'
하는 의문이 번졌다.

　규의 일가가 할아버지 대로부터 살았다는 영옥정永玉亭이란 마을은 지금은 행정 구역의 변동으로 하동군河東郡에 편입되어 있지만, 할아버지 생시엔 대야면大也面이라고 해서 진주晋州에 속해 있었다. 그렇다면 군계郡界까지 넘고 산길 수십 리를 기어올라 기어이 지리산 속에 묻혀야겠다는 덴 어떤 이유가 있었을 것이다.

　'그 이유가 무엇일까?'

　성묘를 간 그날 이렇게 구체적으로 회의한 건 아니었지만, 두고두고 이 의문은 규의 내부에서 커가서, 일종의 집념으로 변하게 되었다.

　돌아오는 길에도 역시 고통이 있었다. 그러나 '고사릿재'니 '열두모랭이'니 하는 지명이 흥미로웠고, 높은 고원 지대를 걸어 내려오는 상쾌감이 곁들여 규와 태에겐 즐거운 소풍이 되었다.

　할머니, 큰어머니, 어머니, 모두들 성묘에서 돌아온 규와 태를 개선장군처럼 환영했다.

　"우리 규와 태가 어른이 되었다."

라고 할머니는 눈물을 흘리며 기뻐했다.

　어른이 되었다는 할머니의 말은 지나쳤을지 모르나, 할아버지의 산소에 다녀온 후, 규의 의식 내용에 변화가 생긴 것은 사실이었다. 할아버지의 존재를 강하게 의식하게 되었다는 것, 할아버지가 살아온 시대가 있었다는 것을 의식함과 동시에, 자기를 둘러싼 집안 일과 사회라는 것을 깨닫기 시작한 것이다.

규의 집안을 근방에선 '8형제 8천 석의 집안'이라고 불렀다. 규의 증조부 대가 8형제였는데, 골고루 천 석 이상의 재산을 가지고 있었던 모양이다. 그러나 1933년 당시엔 불과 서너 집을 남겨놓고 몰락했거나 몰락하는 과정에 있었다. 할아버지의 가세도 그 말년부터 기울기 시작했던 것 같다.

규의 할아버지는 8형제 가운데 일곱째를 아버지로 하여 태어난 형제의 아우였다. 이름을 중澄이라고 하고, 자字를 숭문崇文이라고 했다. 숭문이란 자를 지을 만큼 할아버지는 학문을 좋아했고, 인근에 영명이 높은 학자였다고 한다. 전 20권으로 된 할아버지의 문집文集이 남아 있었다.

규가 족보에 흥미를 갖게 된 것은 할아버지 산소에 다녀온 후부터였고, 큰아버지가 규 등에게 본격적으로 족보를 가르치기 시작한 것은 규가 중학교 1학년 때 여름 방학 들어서였다.

족보에 의하면 규의 시조는 알평謁平이다. 규의 큰아버지는 '알평'이라고 붙여서 읽지 않고 '알자 평자'라고 읽고, 규 등에게도 그렇게 시켰다. 시조 알평은 한漢 태종 효문 황제孝文皇帝 3년 갑자춘甲子春 3월(지금으로부터 2천3백 년 전)에 처음으로 진한辰韓 땅 표암瓢岩에 강림하셨는데, 신장이 9척이고 손이 무릎 밑까지 내려왔으며, 용안봉목龍眼鳳目으로 호랑이 같은 눈인데도 그 가운데에서 중화中和의 덕德이 느껴졌다고 한다.

규는 이 대목을 듣고, 일본의 천조 대신天照大神이 고천원高天原에 강림했다는 일본 역사의 첫 대목을 연상했다. 그래서

'옛날에는 사람들이 모두 하늘에서 내려왔구나.'

하는 생각이 들어 일본 천황도 별게 아니란 감상을 가져보았으나 아무

래도 석연치가 않았다. 큰아버지에게 물어도 만족스러운 답이 나오지 않았다.

다만, 알평이 육부 촌장六部村長으로 박혁거세 왕을 도운 신라 개국 공신이었다는 것은 『삼국사기』三國史記에도 나타난 사실이어서 믿기로 했다. 그런데 규의 집안 계보는 시조 알평의 39세 손인 개開로부터 시작되었다.

이것 역시 큰아버지는 '개자'라고 읽었다. 족보의 서문은 개자 어른에 관해서 다음과 같이 기록했다.

'……강양군江陽君 휘는 개자開字이시고, 작위는 강양군이신데, 시호諡號는 문충공文忠公이시다. 신라 왕을 도와 옥당한림학사玉堂翰林學士로 계실 때, 유구국琉球國 맹장猛將 석타라石陀羅가 20만 대병을 거느리고 우리나라를 침범하자, 우리 할아버지께선 자진 출반하시어 국왕께 고하고 일장서一張書를 적진 중에 보내시니, 적장이 글을 보고 대경大驚하여 가로되, 과연 신라에 성인聖人이 계시니 천명을 어길 수 없다 하고, 진전에 나와 우리 할아버지께 절하고 20만 대군을 일시에 철퇴시켜 국내가 무사한지라, 국왕이 특히 상을 내리시와 강양군으로 봉작하셨다. ……그 후 신라의 국운이 쇠진하고 고려가 건국하니, 강양군께서는 충신불사이군忠臣不事二君으로 고려에 불복하는 뜻을 밝혔다…….'

규는 이 중시조中始祖 '개자' 어른의 29세 손이다. 그러니 시조로부터 68대가 된다.

일본 역사를 억지로 배워온 반발 때문에 규는 자기 집안의 역사를 배우는 것이 대견하고 흥미로웠지만, 2천3백 년의 역정이 고작 68대밖에 되지 않았다는 사실에 의혹을 느꼈다. 일본은 신무 천황神武天皇부터 소화 천황昭和天皇에 이르기까지 대강 2천5백 년 남짓한 동안 122대로 이어져 있었으니, 그것과 비교한 뒤의 의혹이었다. 이런 뜻을 말하고 그 까닭을 물었더니, 큰아버지의 대답은 이랬다.

"왕조의 대는 일반 가문의 대보다 아무래도 빨리 바뀌니까 그렇다."

그런데 이런 대답으로는 이해할 수 없었던 터에 어느 날 사건이 터졌다.

큰아버지가 이사를 간 집에도 감나무가 있었다. 그 감나무 그늘에 평상을 펴놓고 큰아버지는 규에게 족보를 설명하고 있었다. 어느 틈엔가 들어온 둘째 큰아버지가 평상 저 끝에 걸터앉아 말없이 하늘을 쳐다보고 있더니, 갑자기 큰아버지 쪽으로 돌아앉으며,

"형님, 아이들에게 그걸 가르쳐서 뭣을 할 끼요."

하고 따졌다. 낮은 소리였지만 핀잔이 섞인 말투였다. 큰아버지는 처음엔 둘째 큰아버지가 무슨 말을 하는지 깨닫지 못했던 모양으로, 설명을 멈추고 둘째 큰아버지를 말끄러미 바라보았다. 그러자 둘째 큰아버지는 아까보다 더 퉁명스러운 어조로,

"그 따위 족보는 가르쳐서 뭣 한단 말입니꺼. 망해가는 놈의 나라에 족보가 다 뭐란 말입니꺼."

하고 뱉듯이 말했다.

큰아버지는 새파랗게 질린 얼굴로,

"저놈이, 저놈이 미쳤나. 으으······."

하고 신음했다.

"글쎄, 족보가 무슨 자랑이냔 말입니더. 그게 무슨 지식이 되느냔 말입니더. 그건 수치 덩어리, 망신 덩어리란 말입니더."

둘째 큰아버지의 태도가 여느 때 같지 않았다. 큰아버지는 드디어 분통을 터뜨리고 말았다.

"이놈, 집안 살림을 망쳐놓더니 이젠 가문의 체면까지 망쳐놓으려고 하는구나."
하고 큰아버지는 버럭 고함을 질렀다.
둘째 큰아버지도 지지 않았다.
"벌써 망해버린 가문인디 제가 망칠 건덕지나 있습니꺼. 나라나 가문을 망친 건 그 족보 더미를 디려다보고 있는 양반들이란 걸 알아야 합니더."
큰아버지는 재떨이를 둘째 큰아버지에게 집어던지며,
"이놈아, 족보에 무슨 죄가 있단 말이냐. 이게 우리의 근본이란 말이다. 너 같은 놈이 나라를 망치고 집안을 망쳤지, 족보를 존중하는 양반들이 망쳤다고? 적반하장도 유만부동이지, 이노옴!"
하고 바르르 떨었다.
"그렇다고 칩시다. 그러나 임진왜란 때 산일된 것을 한말에 와서야 억지로 조작해놓은 긴디 무슨 족보란 말입니꺼. 진짜라도 시원치 않을 긴디 더더구나 가짜를 갖고……."
둘째 큰아버지의 말이 끝을 맺을 수 없었다. 큰아버지는 벌떡 일어서더니 담뱃대로 둘째 큰아버지의 어깨를 후려갈겼다. 그 담뱃대 꼭지가 왼쪽 뺨을 스친 모양으로, 둘째 큰아버지의 얼굴에서 금세 피가 흐르기 시작했다.
"집안 망신시킬 작정을 단단히 했구나, 이놈!"
큰아버지는 둘째 큰아버지의 뺨에서 흘러내리는 피에도 아랑곳없이 연거푸 담뱃대로 둘째 큰아버지를 내리쳤다.
그러나 둘째 큰아버지는 그 자리에서 움직이지 않았다. 큰아버지의 고함과 매질을 눈썹 하나 까딱하지 않고 견디어내면서 한다는 소리가 이랬다.

"어디, 우리 집안 족보만 그렇다고 합니꺼. 모든 집안의 족보가 다 그 꼴이란 말입니더."

큰아버지는 완전히 광란 상태가 되었다. 맞는 둘째 큰아버지보다 때리는 큰아버지가 금방이라도 기절하시지나 않을까 걱정될 정도였다. 하지만 규나 태는 어떻게 할 수가 없었다. 그저 바들바들 떨기만 했다.

그 무렵에야 밖에서 큰어머니가 돌아왔다. 감나무 밑에서 벌어진 광경을 보자, 큰어머니는 끼고 있던 바구니를 팽개치고 달려와서 자기의 몸으로 둘째 큰아버지를 가렸다. 큰아버지의 담뱃대가 큰어머니의 등을 갈겼다. 큰아버지는 호통을 쳤다.

"비켜라. 이놈을 오늘 죽여버릴 끼다."

큰어머니는 등에 담뱃대의 타격을 계속 받으면서 울음을 터뜨렸다.

"이게 웬일이요. 집이 망한 것도 설븐데 형제끼리 이기 뭐요. 어무니가 알면 우찌할꼬."

큰어머니는 이렇게 울며 호소하는 것이었으나, 큰아버지는 틈새를 노려가며 둘째 큰아버지를 후려치길 멈추지 않았다. 그런데 대개 빗나가 큰어머니가 얻어맞는 형편이었다.

"빨리 도망이나 치소, 삼촌!"

큰어머니의 애원이 둘째 큰아버지에게로 갔다.

"형수씨, 비키시오. 전 왜놈 헌병들에게 어떻게나 맞아봤는지, 맞는 덴 훈련이 돼 있습니다."

하고, 둘째 큰아버지는 큰어머니의 비호에서 벗어나려고 몸부림을 쳤다. 큰아버지는 이미 꼭지가 떨어져 나간 담뱃대를 던지고 평상 위에 주저앉더니 통곡을 했다.

"집안이 망할라쿵께 저런 놈이 나타났지. 아이구, 이 일을 어떻게 할꼬……."

평상 바닥을 치며 우는 큰아버지의 모습은 처량했다. 천석꾼의 장남으로 태어나 부모 시중을 들고 동생들을 돌보며 난세를 살다가, 조상 전래의 옥토와 집까지 팔아버리고 쓰러질 듯한 초라한 집에서, 그러나 뼈다귀 있는 양반이란 긍지로써 겨우 살아가고 있는 큰아버지로선 둘째 큰아버지의 모독적인 언사가 견딜 수 없었을 것이다.

그때 규는 이와 같은 조리條理로 생각지는 못했다고 해도, 대강 이와 비슷한 기분으로, 맞은 둘째 큰아버지보다 때린 큰아버지에게 동정을 느꼈다. 뭔가 자부를 느끼지 않곤 배겨낼 수 없었던 규의 어린 마음은 둘째 큰아버지의 자학과 자멸을 이해할 수 없었던 게 당연하지만, 그렇다고 해서 둘째 큰아버지의 심정을 전혀 몰랐다고 할 수는 없었다. 한사코 둘째 큰아버지의 독립 운동을 말리는 큰아버지에게서 둘째 큰아버지는 일본놈의 노예 되길 자청하는 것 같은 비굴함을 느꼈을 텐데, 그런 사람이 아이들에게 족보를 가르치고 집안을 자랑하는 광경이 견딜 수 없이 못마땅했을 것은 쉽게 짐작이 되었다.

그 일이 있고부터 큰아버지의 족보 설명은 더욱 열을 가했고, 궁색하다고 느낄 만큼 규 가문의 족보가 결코 조작된 것이 아니란 증거를 들먹이는 데 집중되었다.

규 가문의 족보는 임진왜란을 겪고도 산일되지 않았다는 것이며, 숙종肅宗 때에 대동보大同譜가 있었는데 딴 지방의 문헌에 다소 혼란이 있어 약간 착오가 있긴 한 모양이었지만, 지리산 둘레에 있는 집안만은, 그러니까 중시조 이후의 기록은 빈틈없이 정확하다는 얘기였다. 그리고 신라 공신으로서의 중시조가 고려조에 불복했고, 그 전통이 조선조에까지 영향을 미쳐 의식적으로 벼슬을 하지 않고 왕비의 봉립封立도 바라지 않았기 때문에 비록 포의소민布衣素民의 족보일망정 신라 이래 가장 순수한 계통을 지녀왔으며, 합천, 함양, 진주, 거창, 의령, 사천, 하동, 광양 등지를 본거로 하고 사는 규의 가문엔 상민과 천민이 한 가구도 없는 것이 자랑이라고도 했다.

규는 큰아버지의 신념을 그대로 믿기로 했다. 그러나 2천3백 년 역정에 불과 68대란 것이 아무래도 꺼림했다.

그랬는데 후일 규는 어떤 보학자譜學者를 만나 그로부터 자세한 설명을 듣고 비로소 석연할 수가 있었다. 그 보학자의 설명은 다음과 같았다.

2천3백 년 가계라면 종손宗孫과 지손支孫 사이에 줄잡아 30대의 대차代差가 생긴다. 지금 당신의 가까운 일가 친척 가운데 당신과 같은 나이 또래의 할아버지 항렬의 사람이 있을 것이고, 또 같은 또래의 손자 항렬인 사람이 있을 것이다. 가까운 친척 가운데 동시대 대차가 6대가 된다면 계촌이 먼 일가, 특히 직계 종손과의 대차는 30대가 넘을 것이 뻔한 일이 아닌가. 그러니 지손의 지손인 당신이 68대라면 직계 종손은 백 대를 넘었다고 보아야 한다. 그런 뜻에서 대代를 가지고 족보의 진부를 논할 순 없다. 그리고 임란 때 족보가 산일됐다고 하지만, 전국적으로 자료를 모아 취사선택한 뒤에 종합적으로 계통을 세웠을 것이니, 전연 하자가 없다고 할 순 없으나, 우리나라 모든 가문의 족보는 대체로 정확하다고 보아야 한다.

할아버지 산소를 규가 다시 찾은 것은 중학교 3학년이었던 해의 추석날이다. 그러니 첫 번째와 두 번째 사이에 5년이란 세월이 흐른 셈인데, 그동안 규의 집안엔 많은 변화가 있었다.

　할머니가 돌아가시고 반년쯤 되어 둘째 큰아버지가 집을 나간 채 행방불명이었다. 일 년이 넘었는데도 아무런 단서도 없었다. 지리산으로 들어갔다는 풍문이 돌았지만, 그건 일본 경찰에 대한 속임수가 아닐까 했다. 규가 둘째 큰아버지를 마지막으로 본 것은 중학교 2학년 신학기가 시작된 어느 날 오후였다.

　그날 규가 학교를 끝내고 친구들과 교문을 나서려는데, 교문에 둘째 큰아버지가 서 있었다.

　규가 인사와 더불어,

　"우찌 된 일입니꺼?"

하고 물었더니, 둘째 큰아버지는 언제나와 같은 쓸쓸한 웃음을 띠고 말했다.

　"규를 한번 보고 싶어서 왔다."

　둘째 큰아버지와 규는 학교에서 규의 하숙에 이르는 길을 천천히 걸었다. 그동안 둘째 큰아버지는 한 마디 말도 하지 않았다. 규인들 할 말이 있을 턱이 없었다.

　규의 하숙으로 통하는 골목 어귀에서 둘째 큰아버지는 걸음을 멈췄다. 그리고 규의 어깨에 손을 얹고 뭐라고 말을 할 것같이 머뭇거리더니 목덜미의 힘줄이 눈에 띄도록 침을 꿀꺽 삼키고,

　"공부 잘해라. 나는 간다."

라는 짤막한 말을 남기고 돌아서버렸다.

　"안녕히 가십시오."

하고 규는 그 뒷모습을 향해 절을 했는데, 둘째 큰아버지의 뒷모습에서 한없는 슬픔을 느꼈다. 뒤쫓아가서 뭐라고 한 마디 위로의 말을 하고

싶은 충동이 일었지만, 규는 멍청하게 그 자리에 서서 저쪽 골목길로 사라지는 둘째 큰아버지의 모습을 지켜보았을 뿐이다. 그 길로 둘째 큰아버지는 행방불명이 된 것이다.

뒤에 태로부터 들은 얘기는 이랬다. 둘째 큰아버지가 집을 떠나게 된 전날 있었던 일이라고 한다. 농토도 없고 할 일도 없는 둘째 큰아버지를 위해서 큰아버지가 일자리를 마련했다. 종가의 마름 노릇을 시키기로 한 것이다. 종가는 천 석 이상의 재산을 그냥 유지하고 있었다. 둘째 큰아버지는 그것을 거절했다. 둘째 큰아버지가,

"나더러 소작인 등을 쳐 먹으란 말입니꺼."

하니까,

"등을 쳐 먹는 것이 아니라, 관례대로 시키는 대로 일만 봐주면 될 게 아닌가."

하고 큰아버지가 달래듯 말했는데, 둘째 큰아버지는

"관례대로 하는 것도, 시키는 대로 하는 것도 소작인 등쳐 먹는 지주의 앞잡이 노릇이 아닙니꺼. 나는 못 하겠소."

하고 거칠게 말했다고 한다.

큰아버지는 그래도 성을 참았다.

"얘야, 사람은 형편 따라 살아야 한다. 누가 남의 종 노릇을 하고 싶어서 종이 되는 깅가. 할 수 없이 되는 기지. 그뿐만 아니라, 이 일은 남의 일이 아니고 우리 일 아닌가. 종갓집은 우리 종갓집이고, 그 재산을 보호하는 건 곧 우리 할아버지의 재산을 보호하는 것 아닌가."

"어쨌든 난 그 짓 못 하겠소."

하고 둘째 큰아버지는 딱 잘랐다.

큰아버지는 드디어 분통을 터뜨렸다.

"오냐, 이놈아. 지금부터 쌀 한 톨, 나무 한 개비 어림도 없다. 굶어 죽건 말라 죽건 네 고집대로 해라."
하고 규의 아버지보고는,
"앞으론 이놈을 네 형이라고 생각지 마라. 이놈은 형제가 아니라 원수다, 원수. 쌀 한 톨이라도 이놈에게 주는 줄 알면 너하고도 의절이다."
라고 힘을 돋우어 말했다.

태의 말로는, 할머니가 살아 계셨더라면 사태가 그처럼 악화되지 않았을 것이고, 그 문제에 관한 한, 큰아버지의 처사가 잘못이란 것이었다. 규도 동감이었다. 둘째 큰아버지의 기개와 성격을 누구보다 잘 알고 계실 큰아버지가 둘째 큰아버지에게, 아무리 종갓집이라지만 지주의 마름을 시킬 요량을 했다는 건 틀린 일이라고 생각했다.

그러나 둘째 큰아버지가 행방불명이 되자, 둘째 큰아버지를 가장 걱정한 사람은 큰아버지가 아니었을까 한다. 추석의 절사節祀를 모시고 나니 더욱 마음이 심란한 모양으로, 큰아버지는 연連을 불러놓고 침통하게 타일렀다.

"느그 아버지 걱정일랑 말아라. 어디 있어도 잘 있을 게다. 사방으로 수소문을 하고 있으니께 곧 소식을 알게 될 끼다."

규는 둘째 큰아버지와 같이 할아버지 산소에 간 일을 회상했다. 아직 할머니 상중이라서, 할머니 산소에 갈 채비가 시작되었을 때, 할머니의 영혼을 위로하려면 할아버지 산소에 성묘하는 것이 낫다는 생각을 했다. 그래서 큰아버지와 아버진 할머니 산소에 가기로 하고, 규와 태는 어린 동생들을 데리고 지리산 속으로 가게 되었다.

5년 전과는 달리 고십정까지의 약 삼십 리 길을 자동차를 타고 갈 수 있어서 어린 동생들이 고생을 하지 않아도 좋았다. 고십정에서부터 묘지기 집까지 산길로 이십 리 남짓하지만, 수월하게 어린 동생들을 걸릴 수 있었다.

묘지기 집에 들러 영감을 찾았다. 서른 안팎으로 보이는, 전에 안면이 있는 그 집의 아들이 나타나더니 무슨 영문인가 하는 투로 규를 보았다. 그리고 알아차린 모양이었으나 무표정한 얼굴로 말했다.

"그 어른은 죽었소."

"할아버지 산소에 왔는데……."

규가 말하자,

"길을 알고 있죠?"

하고 묻고

"그러몬 가보소."

하고 집 뒤로 돌아가버렸다. 규는 아버지로부터 '산소를 잘 돌봐달라.'는 부탁과 함께 그 집에 주라고 돈 5원을 받아왔지만, 슬그머니 불쾌하기도 해서 동생들을 이끌고 그 집에서 나와버렸다. 5년 전과는 달리 길에 칡 덩굴이 얽히고 거미줄까지 걸려 있어, 길을 찾기도 힘들고 걷기도 힘들었다. 그래도 간신히 무덤을 찾을 수 있었는데, 규와 태는 무덤의 형상을 보고 놀랐다. 5년 전엔 잔디가 깔끔히 다듬어져 있고, 꽃 이외의 잡초는 보이지 않을 만큼 무덤 봉우리와 그 주변이 깨끗했는데, 눈앞에 보이는 무덤은 형편없이 황폐해 있었다. 무덤 이곳저곳에 왜송矮松이 듬성듬성 나 있고, 무덤 한 모서리는 잔디째 떨어져 나가 황토 빛깔의 흙이 노출되어 있었다. 상석과 비석엔 까맣게 이끼가 끼여, 비석의 문면이 도무지 알아볼 수 없을 정도로 되어 있었다.

규는 어린 동생들과 같이 무덤 위의 소나무를 뽑고, 주변의 잡초를 뽑고, 흐트러진 무덤의 모서리를 고쳤다. 그러고 나서 배례를 했다. 처량한 기분이었다. 배례를 끝내고 제물이라고 들고 온 떡과 과일을 동생들에게 나눠 먹이면서 규는, 무덤이 이렇게 된 원인은 묘지기 영감이 죽은 탓일 거라고 중얼거렸다. 그런데 태의 말은 달랐다.

"몇 해 전에 제위답祭位畓을 팔았거든. 그래놓응깨 묘지기가 할아버지 산소를 돌보지 않은 거다. 그동안 우리들이 오지도 않았고……."

"제위답을 팔았나?"

규로선 금시초문이었다.

"팔아먹은 기 오디 제위답뿐인가배. 죄다 팔아버린 걸, 뭐. 아부진 제위답 문서를 내주면서 우시드만."

태의 말끝은 울먹거렸다. 규도 목이 메는 듯했다. 큰집의 몰락이 새삼스럽게 슬펐다. 아침 절사를 모실 때 키가 큰 큰아버지가, 처마가 낮은 집이라서 고개를 바로 들 수 없어 꾸부리고 계시던 모습이 가슴을 찌르는 듯한 고통과 함께 뇌리에 떠올랐다. 규는 중얼거렸다.

"집안이 이 꼴이 되었다는 걸 아시면 할아버지도 슬플 거야."

태는 한참 생각하는 눈치더니 뚜벅 말했다.

"살림이 망하게 된 이유가 할아버지에게도 있다쿠던데."

"그게 무슨 소리고?"

"나도 잘은 몰라. 아버지 말씀이, 할아버지가 돌아가시고 보니 빚이 산더미 같더래."

"왜 빚을 졌을까?"

"아버지도 까닭을 모른대. 읍내 출입은 전혀 안 하시고 자꾸 지리산에만 드나드셨다는데, 뭣 때매 지리산에 드나드셨는지 그것조차도 모르시겠대."

태는 어른같이 한숨을 내쉬었다.

무덤 주위를 돌며 어린 동생들이 장난하는 것을 보며 규는 둘째 큰아버지 생각을 했다. 풍문이긴 하지만 둘째 큰아버지가 지리산으로 들어갔다고 했는데, 혹시 지리산 어디엔가 숨어 살고 계시지 않을까 하는 생각이 들어서였다.

그때, 묘지기 집 아들이 성큼 숲에서 나타났다. 제위답도 없는 무덤이어서 푸대접하긴 했지만 마음이 꺼림했던 모양이었다. 그것만으로도 규는 마음이 풀렸다. 그 사람을 가까이 오게 하여 아버지로부터 받은 돈을 건네며,

"앞으로 우리 할아부지 산소 잘 봐주소."

하고 일렀다. 묘지기의 아들은

"마음은 있어도 아부지가 죽고 나닝깨 일손이 모자라서 올핸 돌볼 사이가 없었는디 앞으로 명념하겠소."

하고 머리를 긁었다.

규의 뇌를 불현듯 스치는 일이 있었다. 5년 전, 둘째 큰아버지는 규와 태를 묘지기 집에서 하룻밤 묵게 하고, 자기는 산 너머에 있다는 어떤 사람을 묘지기 아들을 데리고 찾아 나섰었다. 혹 둘째 큰아버지가 지리산에 있다면, 그 사람을 찾아 물으면 알 것이란 생각도 떠올랐다. 그래 규는 물어보았다.

"5년 전 추석에 아저씨께서 우리 둘째 큰아버지허구 산 너머로 어떤 사람을 찾아간 일이 있지요?"

"있었소."

"그 사람이 누굽니까?"

"그 어른을 '서 동지'라고 부르던데요."

"서 동지?"

"야."

"어디쯤 삽디까."

"그땐 고운동孤雲洞 가는 도중의 굴속에 있던데, 작년엔가 그 근처에 갔더니, 그 동굴에 인기척이 없드만."

"동굴이라니, 집에서 안 살고 굴속에서 사람이 산단 말이오?"

"지리산에는 굴속에서 사는 사람이 많아요. 쫓기는 사람인지 신선 흉내를 내는 사람인지 몰라도……."

규에겐 묘지기 아들의 말이 무슨 영감靈感처럼 들렸다. 기회가 있으면 지리산 일대의 동굴을 샅샅이 찾아보았으면 하는 충동이 일었다. 그렇게 하면 빈번히 지리산에 드나들었다는 할아버지의 비밀을 캐낼 수 있을지도 몰랐다. 그뿐만 아니라, 동굴 속에서 살고 있는 둘째 큰아버지를 발견할 수 있을지도 몰랐다.

규는 동생들을 불렀다. 조금 힘이 들더라도 옛길을 걸어 어린 동생들에게 병풍 속의 풍경을 보여줄 작정을 세웠다.

풍경은 그대로 있었다. 농담濃淡 갖가지의 녹색이 능선의 교차로에서 푸른 하늘을 굴곡屈曲하고, 골짜기와 배량背梁의 기복起伏을 빛과 그늘로 아로새기며, 그 일곽一郭으로서도 지리산은 천왕봉의 기연한 모습을 아득히 하늘 가운데 두고 장엄한 기품으로 고요했다. 풀 한 잎 까딱하지 않고 은근히 울려 퍼지는 솔바람 사이로 가느다란 풀벌레소리가 들리는 것도 영감을 돋우었다. 그처럼 할아버지가 빈번히 지리산을 드나들었다면, 어떤 이유보다도 지금 규가 느끼고 있는 영감과 유사한 감동 때문이 아니었을까. 살아 순간이고 죽어 영원하다면, 그리고 무덤이 인생의 행복에 유관有關하다면, 그 무덤으로 인해서, 그 무덤이 그가 좋아하던 지리산 속에 있다는 그 이유만으로 할아버지는 호사롭고 행복하다고 할 수 있다.

이렇게 생각하는 것도 규의 마음속에 할아버지가 살아 있기 때문이 아닐까 싶더니, 사람은 자손을 통해서 영생할 수 있다는 소박한 신앙이 절실한 감정으로 괴기도 했다. 이런 경험 때문에 후일 규는 '스스로의 마음의 계단을 밑바닥까지 내려가면, 그 깊은 곳에서 아득한 선조先祖의 소리를 듣는다.'는 모리스 바레스의 문장을 읽고 크게 감동하는 시간을 갖게 되었는지 모른다.

장엄한 풍경을 앞에 하고 규는 흘러간 5년 동안을 의식 속에 떠올려 보았지만, 그 풍경 속에서 지나간 5년이란 세월의 흔적을 찾을 길이 없었다.

'산천은 의구한데…….'

라는 문자가 실감 있게 가슴에 스며들었다. 규는 어린 동생들을 그 풍경 방향으로 세워놓고 물었다.

"너희들, 저 건너편을 바라보고 생각나는 게 없니?"

규의 다음 동생 준準은 열두 살이고, 그 아래인 성誠은 5년 전 처음으로 규가 이곳에 왔을 때의 나이와 똑같은 열 살이었다.

준과 성은 한참 동안 그것을 바라보더니 얼굴을 돌려 규의 얼굴에서 무슨 눈치를 채려고 했다. 규가 던진 질문의 뜻을 알아차릴 수 없다는 그런 표정이었다.

"똑똑히 잘 둘러봐!"

태가 옆에서 거들었다.

그래도 준과 성은 계속 고개만 갸웃거릴 뿐, 영문을 몰라하는 태도였다. 규는 슬그머니 화가 났다. 당장 알아차리고 손뼉을 칠 것을 기대했는데, 그 기대가 무너졌기 때문이었다.
"제사 지낼 때 펴놓는 병풍 있지, 큰집에."
하고 규가 말했다. 그때에야 준과 성은 '앗' 하고 놀라면서 거의 동시에 말했다.
"아, 그 병풍하고 똑같다."
"30년 전에 할아버지가 화공을 이곳까지 데리고 와서 그리게 한 것이란다."
태가 동생들에게 설명하는 것을 들으면서 규는, 준과 성이 결코 둔감한 아이들이 아닐 텐데 왜 단번에 알아차리지 못했을까 생각해봤다. 그 이유는, 준과 성이 규나 태처럼 그 병풍에 익숙해져 있지 않다는 사실과 역시 할머니와 오랜 시간을 통해 친숙할 수 없었다는 사실에 있는 것 같았다. 규와 태는 어린 시절에 할머니의 무릎 밑에서 자랐다. 그땐 그 병풍이 할머니의 거실에 노상 둘려져 있었다. 규와 태는 그 병풍의 그림을 해독하는 순서로 철이 들게 되었다고 해도 과언이 아니었다. 조부모의 생존시에 유년기를 보낸 사람과 조부모의 존재를 의식하지 않고 유년기에 자란 사람 사이엔, 부모 슬하에서 자란 사람과 부모 없이 자란 사람 사이에 있는 차이 정도로 크진 않겠지만, 상당한 차이가 있다는 생각을 규는 후일 가지게 되는데, 그때도 규는 그런 것을 어렴풋이나마 느꼈었다.
"그런디……."
하고 준이 손가락으로 가리키면서 물었다.
"저 길로 가몬 어디로 가나?"
저 길이란, 산모퉁이를 돌아 시야에서 사라져버린 풍경 속의 길이기도 했고, 병풍 속의 길이기도 했다. 그러나 규는 충분한 대답을 준비하고 있지 못했다. 거기까지 따라온 묘지기의 아들을 돌아볼 수밖에 없었다.

"그 질(길)은 신선골로 가는 질인디."

묘지기 아들의 대답이었다.

"신선골? 거기가 우떤 곳인데?"

하고 규는 호기심이 달아올랐다.

"배액지 그렇게 부르는 기지, 아무것도 아니라요."

"사람이 살고 있소?"

규는 거듭 물었다.

"옛날엔 살고 있었던 모양인디, 지금은 아무도 안 살아."

"경치는 좋소?"

"경치야 좋지. 쬐맨한 폭포도 있고, 용이 산다는 못도 있고……."

"그런디 왜 사람이 안 살까?"

태가 의아한 투로 말했다.

"경치만 좋으면 뭣 해. 논이 있나, 밭이 있나. 묵고살 끼 있어야재."

"논과 밭을 치우면 될 낀디."

태가 중얼거렸다.

"안 가봤으니께 그런 소리를 하는 기라. 저 길로 저 산 높이만큼 올라가서 또 그만큼 내려가야 하는디, 둘레의 산이 가팔라서 논밭 치울 디도 없고, 평지래야 손바닥만 하고, 하늘이 돈짝만큼밖에 보이지도 않는디, 참말로 신선이나 살까, 사람은 못 살아."

규는 그의 말을 들으면서, 아까 얘기가 나온 '서 동지'란 사람을 생각했다.

"그래, 아까 말한 서 동지란 사람이 거기 살고 있는 게 아뇨?"

병풍 속의 길 43

하고 규는 물었다.
"아니지. 서 동지란 사람이 있던 곳은 저쪽 산 너머고, 신선골엔 독사가 많아서 사람이 가지도 않고요."
"독사가?"
"멧사山蛇라고 하는 긴디, 별로 크지도 않은 놈이 독은 지독하거든. 물리기만 하몬 당장 죽거든요. 거기 가몬 좋은 약초가 있다쿠지만, 약초를 캘라쿠다간 멧사에게 물려 죽거등. 그렁께 아무도 안 가. 거게 사람이 살다가 그만둔 것도 독사 때문일 게라는 말도 있어."
"독사가 우글거리는 곳을 신선골이라고 하니 이상하재?"
태가 한마디 했다.
"그렁께 신선 아니몬 못 산다는 말 아닌가배."
규는, 그곳에 집을 짓고 산 사람 가운데 혹시 할아버지가 끼여 있지 않았을까 생각해봤다. 그곳에서 살려고 하다가 독사 때문에 뜻을 포기했는지도 모른다고 생각하니, 규는 불현듯 그곳에 가보았으면 하는 충동이 일기조차 했다. 얘기 그대로 산신령이란 것이 있어, 신성한 그곳에 사람의 침범을 금하기 위해 독사를 기르는지도 모른다는 엉뚱한 공상이 떠오르기도 했다.

언제 가도 한 번은 가보아야 할 곳이라고 규는 마음에 새겨두고, 이어 둘째 큰아버지를 생각하고 물었다.
"5년 전에 아저씨가 보았다는 그 서 동지란 사람, 어떻게 생겼습디까?"
"글쎄, 뭐라쿨까. 빼빼 얘빈 사람인디, 아무리 봐도 예사 사람이 아니드만."
"우리 둘째 큰아버지와 무슨 말을 합디까?"

"서로 부둥켜안고 울다가 뭐라고 소곤대는 것만 봤지, 듣진 못했구만."

"그런 사람이 지금도 많이 있소?"

"많이 있는 모양이지만, 더 깊숙한 곳으로 기어들어가 버렸기 땜에 보이진 않대요."

"뭣을 묵고 살까?"

태가 중얼거렸다.

"자기 한 입만 먹을라쿠먼 지라산에는 묵을 게 많지. 산고구마도 있고, 칡 뿌리, 도라지 뿌리도 있고, 괴암, 도토리, 밀구도 있고, 날짐승, 토끼도 있고, 간혹 마을에 내려와서 약초로 쌀을 바꿔가기도 하고……."

"여기, 순사는 안 오요?"

태가 물었다.

"순사가 뭣 땜에 여게 와. 간혹 면 서기는 오지만, 면 서기도 여기까지 오지, 저 산 너머까진 안 가."

"죄를 지어도 지리산에만 들어와 버리면 잡히지 않겠구나."

역시 태의 말이었다.

"잡힐 택이 있나. 이리 깊은 산속인디."

규는 아무래도 둘째 큰아버지가 이 지리산 속에 숨어 있을 것 같다고 짐작했다. 그리고 '서 동지'란 이름이 아니고, 서씨 성姓에 동지同志란 호칭을 붙인 것이 아닐까 추측했다. 독립 운동이나 사상 운동을 하는 사람들은 서로를 군이나 씨라 부르지 않고 동지라고 부르는 관례가 있다는 말을 들은 적이 있었기 때문이다.

그래 물었다.

"서 동지란 이름입니까?"

"하몬, 이름이지 뭣이것소."

"그 사람은 우리 둘째 큰아버지를 뭐라고 부릅디까?"

"학생의 둘째 큰아버지가 굴 밖에서 '서 동지' 하고 부르는 것만 들었지, 그 사람이 학생의 둘째 큰아버지를 부르는 건 듣지 못했소."

묘지기 아들과의 응수에서 뭔가를 알아내려는 것은 헛일이란 걸 규는 알았다. 규는 화제를 바꾸었다.

"아저씨 성도 이가던데, 어디 이씨죠?"

"덕수 이가요. 이순신 장군이 우리 조상이라오."

묘지기 아들은 그 말을 할 때만은 제법 위엄을 차렸다. 규는 약간 당황했다.

규의 태도에 상민을 대하는 듯한 불손함이 없지 않았던 것이다. 할아버지의 무덤을 보살펴주는 집안이 이순신 장군의 후예라니 규가 놀란 것은 당연했다. 중학교 3학년의 지식으로도 이순신 장군은 나라의 역사적 인물 가운데 가장 존경할 만한 인물이었고, 일인日人이 쓴 교과서도 그가 탁월한 장군이었다는 사실을 숨기지 않았던 것이다. 그런데 이런 경우를 위해서 프랑스에선 적당한 말을 준비하고 있다. '왕손 아닌 사람도 없고, 도둑의 후손 아닌 사람도 없다.'고. 하나 그때 규가 그런 말을 알고 있었을 까닭이 없다.

규는 놀람과 더불어 호기심이 일기도 해서 물었다.

"그러몬 언제부터 아저씨의 집안은 이 지리산에서 사는 기요?"

"우리 할아버지 때 피난을 왔다쿠던데."

"족보는 가지고 있소?"

"충청도 할아버지 고향에 가면 있다쿠던데요."

규는, 충청도에서 이곳까지 흘러들어온 과정엔 적잖은 얘기가 있으리라 짐작했다. 민족의 영웅 이순신 장군의 후예가 고향을 버리고 이 후미진 지리산 골짜기에 와서 살게 된 데 까닭이 없을 리가 없었다. 그래 여러 가지로 물어보았으나, 그 사람으로부터는 더 이상 얘기를 꺼낼 수가 없었다.

"이곳에 일가는 없소?"

"댓 집 있소. 우리 증조부가 아직 살아 계십니더."

"몇 살인데요."

"벌써 여든 살이 넘었소."

규는 그 노인이 많은 얘기를 가지고 있을 것이라고 생각했다. 규는 이어, 성이 또래의 아이를 묘지기 집 뜰에서 본 것이 생각나서,

"아이들은 학교에 다닙니꺼?"

하고 물었다.

"간이학교에 보내고 있는디."

"여기, 간이학교가 있소?"

"작년에 생겼지. 저 모퉁이를 돌면 윗동네가 있지. 거기 있소."

"선생이 몇이오?"

"한 사람뿐이오."

"젊은 사람이오?"

"서른은 넘었겠던데요."

규는 이 심심산골에 외톨이로 혼자 와 있다는 그 선생에게 호기심을 느꼈다. 경우에 따라선 규 자신도 중학교를 졸업한 뒤 이런 곳에 와서 아이들이나 가르치며 살아도 무방하겠다는 감상 같은 것을 느껴보기도 했다.

너무나 짙은 정적은 이상한 빛깔로 사람을 사로잡는 마력을 가지고

있다. 그래서 이 웅장한 정적을 지닌 지리산 속에서 사는 사람은 바깥에 나갈 의사를 잃고 마는지 몰랐다. 규는 그저 멍청하게 할아버지의 산소가 있는 산을 중심으로 한 풍경에 오랫동안 마음을 빼앗기고 있었다.

"형아, 인자 가자!"

성이 규의 소매를 끌었다. 규는 정신을 차렸다.

"가자."

하고, 규는 발을 떼기에 앞서 이순신 장군의 후예라는 묘지기 아들에게 공손히 인사를 하고, 내년에도 또 올 테니 할아버지 산소를 잘 돌봐달라는 말을 남겼다.

"아부지, 신선골이란 데를 압니까?"

"신선골이라니 모르겠는데, 왜 묻냐?"

성묘를 다녀온 날 밤에 있은 부자간의 대화는 이렇게 시작되었다.

규는 그날 들은 얘기와 병풍의 관련을 자기의 추측을 섞어가며 말해 보았다. 그랬더니 아버지가 말했다.

"내게는 아버지, 네겐 할아버지, 그분은 내가 어릴 때 돌아가셨기 때문에 서로 얘기를 나눌 기회가 없었다. 그리고 그 신선골 얘기는 듣지도 못했다. 혹시 큰아버지는 알고 계실지 모르지만, 내겐 일절 그런 말이 없었는디."

규는, 그 신선골을 비롯해서 왜 할아버지가 그곳에 묻히길 원했는지 알아보고 싶다고 말했다. 규가 이렇게 말한 데는 자기 자신이 지닌 호기심 때문이기도 했지만, 아버지가 대단히 기뻐할 것이란 기대가 있었는데, 뜻밖에도 아버지의 말은 냉담했다.

"그런 걸 알아서 뭣 하느냐. 공부나 열심히 해라. 할아버지가 신선골에서 사실 작정을 하셨으면 어떻고, 안 하셨으면 또 어떻단 말이냐. 산소만 해도 그렇다. 옛날 어른들은 자기들의 기분대로 산소를 정했다. 그저 그런 거지, 새삼스럽게 그 까닭을 파고들 필요는 없다."
　아버지의 그러한 태도에 실망한 규는 할아버지의 문집을 읽어보고 싶다고 했다. 아버지는 놀란 빛으로 규를 바라보더니 뚜벅 말했다.
　"전부 한문으로 되어 있는디, 네가 그것을 읽을 수 있겠나."
　"학교에서 한문을 배우거든요. 일본말로 배우지만, 일본말로 배워도 뜻을 알거든요. 모르는 데가 있으면 선생님에게 묻든지 큰아버지에게 묻든지 하며 읽으몬 될 것 아닙니꺼?"
　규는 불만 어린 투로 말했다.
　"설혹 네가 읽을 수 있다고 해도 안 돼. 할아버지의 문집은 누구의 눈에 띄어도 안 되니까. 우리나라가……."
하다가, 아버지는 뚝 말을 끊고 엄숙한 표정을 지었다.
　"누구의 눈에 띄어도 안 된다면, 그런 문집을 뭣 땜에 만들었습니꺼?"
　"언젠가는 읽어도 괜찮을 때가 있겠지. 그러나 지금은 안 돼!"
　규는 처음으로 아버지의 태도가 비굴하다고 느꼈다. 아버지가 양조장 허가를 받고 정미 공장을 차리고 한 사실과 그런 태도 사이에 무슨 연관이 있다고 느껴지기조차 했다.
　반발의 기분도 있어 규가 물었다.
　"아버진 서 동지라는 사람을 압니꺼?"
　"서 동지?"
하고 아버지는 되물었다. 규는 5년 전 얘기와 아까 낮에 묘지기 아들로부터 들은 얘기를 말하고,
　"아무래도 둘째 큰아버지는 지리산에 있는 것 같습니더."

하고 덧붙였다.

둘째 큰아버지에 관한 얘기가 집안에서 일종의 터부禁忌처럼 되어 있기는 했으나, 규의 그런 말을 듣고 놀라는 아버지의 태도는 아무래도 이상했다.

"묘지기 아들의 말로는, 그 서 동지란 사람이 아무래도 예사 사람으론 안 보이더라쿠던데요."

규는 중얼거리는 척하면서 아버지의 눈치를 살폈다. 아버지는 뭔가를 골똘히 생각하는 눈치더니, 정색을 하고 규를 정면으로 쏘아보면서 말했다.

"규야, 할아버지나 둘째 큰아버지에 대한 관심은 그만두어라. 그런 것은 큰아버지나 내가 할 일이다. 너는 학교 공부만 하면 돼. 학교에서도 만약 독립이니 사상이니 하고 말을 걸어오는 친구가 있거든, 그런 친구는 피해야 한다. 세상은 앞으로 자꾸만 어렵게 되어간다. 살얼음을 밟는 기분이란 말이다. 네가 내 말을 잘 듣고 공부를 잘하면 대학까지라도 보내주마. 그러나 조금이라도 길이 어긋나면 그만이다. 너 하나로 우리 집안은 망하든지 흥하든지 할 끼다. 앞으론 다시 둘째 큰아버지나 할아버지 일을 입 밖에 내지 말고, 학교 공부나 잘하란 말이다."

이런 태도로 나오는 아버지에게 무슨 말을 더 했다간 공연히 노여움만 살 뿐이었다.

규는 '가서 자라.'는 분부가 있기가 바쁘게 아버지 방에서 나와버렸다. 음력 8월 15일의 달이 중천에 있었다.

이튿날 아침, 늦잠을 자고 일어나니 큰집으로 건너오라는 큰아버지의 명령이 기다리고 있었다. 세수를 하고 밥을 먹고 큰아버지를 찾아갔다.

큰아버지는 규와 태를 나란히 앉혀놓고 할아버지 무덤에 관한 일들

을 자세히 묻더니,

"할아버지의 문집을 읽고 싶다고 했다며?"

하고 규에게 얼굴을 돌렸다.

"예."

하고 규는 고개를 숙였다.

큰아버지는 한 권의 한서漢書를 꺼내 규 앞에 첫 장을 펴놓았다. 『대학』大學이었다.

"이 첫머리를 읽고 뜻을 새겨봐라."

규는, 우리말로는 읽을 수 없었으나, 일본말로 읽은 뜻으로선 이렇게 되지 않으냐면서 그 뜻을 설명했다. 『대학』의 그 구절은 규가 배우고 있는 한문 교과서에 나와 있는 것이라서 수월하게 설명할 수 있었다.

큰아버지는

"언제 한문을 그렇게 익혔는가?"

하고, 놀란 빛을 감추려 하지 않았다.

"학교에서 배웁니다."

"일본 사람이 학교에서 한문을 가르친단 말인가?"

규는 그렇다고 했다.

큰아버지는 또 한 권의 책을 끄집어냈다. 『당시합해』唐詩合解라는 것이었다. 첫 장을 가리키면서 큰아버지는 뜻을 말해보라고 했다. 그것을 규는 학교에서 배우지는 않았으나, 암파 문고岩波文庫의 『당시선』唐詩選이란 책의 맨 처음에 있는 것이고, 그 시가 마음에 들기도 해서 우리말로도 외고 있는 터였다. '남아감의기男兒感意氣면 공명수부론功名誰復論'이란 글귀로 끝나는 위징魏徵의 시였다.

공교롭게도 규가 이미 익힌 것이 테스트 재료가 되었다는 사실을 알지 못한 큰아버지는, 그것을 그냥 규가 총명하기 때문으로 받아들인 모양이었다. 큰아버지는 한숨을 지었다.

"내가 이 시의 뜻을 알게 된 것은 스무 살 된 해였다. 규는 금년 열다섯 살이지?"

이어, 큰아버지는 규의 손을 잡고 손등을 어루만지며,

"할아버지가 살아 계신다면 얼마나 기뻐하실까. 자기의 대를 이을 손자를 얻었다고 하실 텐데."

하고 목이 메었다.

"그러나……."

하며 큰아버지는 정색을 했다.

"재주가 승하면 덕이 박하다는 말이 있다. 그리고 지금은 재주를 나타낼 때가 아니고 숨겨야 되는 때다. 규야, 너는 앞으론 아는 척을 말아라. 학교에서 가르치는 그 한도에서 남에게 뒤지지 않을 정도로 조금 어리석게 굴어야 하느니라. 모처럼의 재주가 화가 안 되도록 근신하란 말이다."

그리고 큰아버지는 규가 둘째 큰아버지를 닮을까봐 걱정이라고도 했다. '위방불거危邦不居, 난방불입亂邦不入'이란 공자의 말을 들어, 일제하에서 사는 군자의 도리를 나름대로 설명하기도 했다.

"할아버지의 문집을 보는 것이 바쁘진 않다. 네 나이, 지금 내 나이만큼 돼서 읽어도 늦지 않다."

큰아버지는 이렇게 말을 끝맺고, 태에겐

"너는 네 형을 받들도록 지금부터 정성을 다해야 한다."

라고 일렀다.

규는 큰아버지가 자기의 총명함을 인정해준 것을 기쁘게 생각했으나, 한편 실력 이상으로 평가된 데 대해선 두렵기도 했다. 규가 특히 한문을 좋아하는 건 사실이지만, 큰아버지 앞에서 보여준 그 실력이란 일본인 교사에게서나 일본의 서적에서 배운 것을 외워 보인 것에 불과했던 것이다.

규는, 할아버지에 관해서 알고 싶은 것이 많은데 어른들은 왜 그런 것을 말하기를 꺼려하는지 큰아버지에게 따졌다. 한 가지 예를 들면, 종갓집 할아버지는 '기장 현감'機張縣監을 지냈다. 그래 '기장 할아버지'라고 불렀다. 그런데 규의 할아버지는 문중 제일의 문장文章이었다는데도 벼슬을 하지 못했다. 그 까닭이 어디에 있느냐는 것이었다.

"벼슬은 문장과 재주만 가지고 되는 것이 아니다."

큰아버지는 이렇게 말하고 이어,

"언젠가는 할아버지 얘기를 실컷 들려줄 때가 있을 거다. 문집을 읽을 때도 있을 기고……. 그러니 그때가 오기까지 할아버지를 들먹이지 말아라."

하고 침통한 어조로 말했다.

규는 태가 내년 신학기에 상급 학교 시험을 치도록 해달라고 졸랐다. 태는 보통학교를 졸업하고 줄곧 놀고 있는 형편이었다. 규의 아버지가 태를 진학시키려고 해도, 큰아버지가 완강하게 거부하는 바람에 그렇게 되어 있었다.

"집안 형편이 어디 그렇게 되나. 태가 중학교에 다니면, 또 네 애비의 신세를 져야 할 긴디, 네 애비는 큰집, 둘째 집 돌보느라고 등에서 콩이 튀는 꼴이다. 공부는 규만 하면 된다. 태는 집안일을 거들어야지. 네가 태의 몫까지 공부해서 출세해라. 그라몬 될 것 아니가."

큰아버지는 태의 진학 문제를 규와 태 앞에서 말하기가 무척 괴로운 모양이었다.

규와 태는 밖으로 나와 뒷동산으로 올라갔다. 무르익은 벼가 황금빛으로 골짜기 가득히 풍년을 이루고 있었다. 들을 바라볼 때마다 느끼는 감회가 또 일었다.

'이 들 전부가 옛날엔 우리 거라고 했는데…….'

태도 역시 같은 기분인지, 가느다랗게 뜬 눈으로 햇살을 받고 있는 들을 바라보았다.

"태야, 우리 둘째 큰어머니 집에 가볼까?"

규는, 둘째 큰어머니가 몸이 아파 어제 제사에 참석하지 않았다는 사실을 생각하고 말했다.

"가보자."

태가 응했다.

둘째 큰어머니는 연을 데리고 건넛마을에서 살고 있었다. 두세 두락의 논을 소작하고 살아, 살림살이가 구차하기 짝이 없었다. 규의 아버지가 돌봐주고 있다고는 하나, 그것이 넉넉할 리 만무하고, 겨우 입에 풀칠을 할 정도로 간신히 지탱하는 형편이었다.

흙 냄새가 나는 토벽 그대로의 방에 둘째 큰어머니는 머리에 띠를 두르고 누워 있었다. 규와 태가 들어가자 둘째 큰어머니는 안절부절못하며,

"아이고, 우짤꼬. 우리 도련님들 왔는데 앉을자리도 변변찮고……."

하고 일어나 앉았다.

"어디가 편찮습니까?"

규가 조용하게 물었다.

"별루 아픈 데도 없는디, 그저 조금 어지러워서……."

하는 둘째 큰어머니의 얼굴이 놀랄 만큼 초췌해져 있었다.

"큰어머니, 고생이 여간이 아니겠습니다. 우리가 크면 도와드릴 테니, 그때까지 참고 견디셔야 합니다."

규로서는 용기를 내서 한 위로의 말이었다. 둘째 큰어머니는

"말만이라도 고맙다. 그런디 내가 무슨 고생이냐. 느그 아부지가 못난 형 때문에 늘 고생이지."

하며 한숨을 쉬었다. 그때, 연이 밖에서 들어와 어머니의 등 뒤에 숨어 앉았다. 어제가 추석날인데도 연은 새 옷을 입지 못하고 낡은 삼베옷을 입고 있었다. 규는, 상냥하긴 하나 어릴 때부터 슬픔을 배워버린 연의 창백한 얼굴을 바라보면서 읍내 종갓집의 조카딸을 연상했다.

조카딸은 연과 같은 나이 또래였다. 작년에 보통학교를 졸업하고, 하얀 저고리에 흰 줄이 둘 달린 검정 치마를 입고 여학교에 다니고 있었다. 어느 모로 보나 연이 그 조카딸만 못하다고 할 수는 없었다. 그런데 같은 할아버지의 후손인데도 연은 보통학교에도 다니질 못했다. 규는 우선 그런 사실이 안타까웠고, 연을 그런 꼴로 만든 둘째 큰아버지가 원망스러웠다. 큰아버지는 규가 둘째 큰아버지를 닮을까봐 걱정이라고 했지만, 규 자신은 어림없다고 생각했다.

규는, 일본에 항거해야 한다는 둘째 큰아버지의 심정을 이해 못 하는 바는 아니었다. 그러나 자기의 주장을 세우기 위해서 가족을 희생시킨다는 것은 용서할 수 없다는 마음을 가졌다. 일본은 세력이 나날이 강해져가는데, 그 강한 세력을 무작정 반대한다고 해서 보람이 있을 것 같지 않았다. 둘째 큰아버지의 목적은 막연한데, 가족들의 고통은 구체적이고 절실했다. 그런데도 규는 그러한 남편을 원망하는 듯한 언동을 둘째 큰어머니에게서 발견하지 못했다. 큰어머니나 규의 어머니가 둘

째 큰어머니를 동정하는 양으로 간혹 핀잔하는 말을 하면, 둘째 큰어머니는 자기가 큰 잘못을 범한 것처럼 고개를 숙인 채 말이 없었다.

둘째 큰아버지는 과연 가족들에게 강요한 그 희생을 보상할 날이 있을까. 둘째 큰어머니를 방문한 것이 잘되었다는 생각과 함께, 이 무거운 가족들의 압력을 스스로 느꼈다. 어떤 일이 있어도 둘째 큰아버지를 닮지 않으리라 마음을 다시 한번 다졌다.

어떤 일이 있어도 둘째 큰아버지를 닮지 않겠다는 마음의 다짐은, 열다섯 살의 소년으로서는 대견한 일이라고 아니 할 수 없었다. 그것은 곧 부모를 비롯한 집안 어른들의 기대를 저버리지 않겠다는 각오이기도 하며, 이른바 입신 출세를 해야겠다는 소박한 의욕이기도 했다. 그러나 어떤 방향으로 걸어야 하는가는 아직 정해지지 않았고, 정할 수도 없었다. 그저 막연한 영광에 대한 동경이라고 할 수 있었다.

규에겐 외삼촌이 둘 있었다. 큰외삼촌은 일본에 가서 공부를 하다가 폐병에 걸려 돌아와 요양 중이고, 작은외삼촌은 면 서기 노릇을 하면서 독학으로 중학교 졸업 자격을 얻고, 이어 의사 시험을 준비하고 있었다.

규는, 병중인데도 언제나 활달한 큰외삼촌도 좋아했지만, 작은외삼촌을 더 좋아했다. 규는 어릴 때 작은외삼촌으로부터 '한스 그림'의 동화를 들었다. 노란 표지의 자그마한 책 가운데서 다음 다음의 얘기를 꺼내는 것이 이상해서, 이규는 어느 날 그것이 무엇이냐고 물었다. 작은외삼촌은 보통학교 1학년인 어린 규에게,

"이것은 한스 그림이란 사람이 쓴 동화집이다."

하고 설명했다.

"한스 그림이란 어떤 사람입니꺼?"

했더니,

"독일의 동화 작가다."

라고 말하고 이어, 독일은 어디에 있는 나라이며 어떤 나라냐고 계속되는 질문에 일일이 대답해주었다. 그리고 작은외삼촌이 들고 있는 그 책이 바로 독일말로 된 책이라고 했다. 작은외삼촌이 독일말을 배우고 있다는 것이 신기하기도 하고, 그러한 작은삼촌이 돋보이기도 했다. 그래 다시 물었다.

"독일말을 배워 무엇을 합니꺼?"

"의사가 되려면 독일말을 해야 해. 세계에서 의학이 가장 발달된 나라가 독일이거든."

하고, 작은외삼촌은 규의 머리를 쓰다듬으며 감동을 섞어 말했다.

"나는 장차 훌륭한 의학 박사가 될 게다. 너는 커서 훌륭한 문학 박사가 돼야 한다."

"문학이 뭡니꺼?"

"의학은 사람의 몸의 병을 고치는 것이고, 문학은 사람의 마음의 병을 고치는 것이다."

보통학교 1학년인 어린애가 이러한 말의 뜻을 충분히 이해했을까만, 규는 작은외삼촌을 생각하기만 하면 그때의 정황과 더불어 이 대화가 어제 일처럼 마음속에 소생하곤 했다. 그리고 언제나 새삼스러운 감동은, 작은외삼촌이 규의 나이에 구애 없이 대등한 인격, 대등한 사람으로 규를 대해주었다는 그 태도에 있었다.

훨씬 뒤의 일이지만 작은외삼촌은 초지初志를 이루어 의사가 되었다. 그뿐만 아니라, 서대문 근처에 병원을 차려놓고 의과 대학을 나온 의사들에 비해 손색 없는 명의로서의 명성을 차지하기도 했다.

그런 만큼 작은외삼촌의 규에 대한 영향은 컸다고 할 수 있고, 규가 스스로의 진로를 생각할 때마다 작은외삼촌의 그 말이 뇌리를 스쳤지만, 중학생인 규는 자기의 장래를 작은외삼촌의 뜻대로 정할 생각은 없었다. 문학이 뭔지를 알 까닭이 없는 중학생으로선 당연하기도 하고, 그런 방면으로 빠질까봐 지레 겁을 내고 있는 아버지의 심정이 짐작되기도 했기 때문이다.

규는 이런 생각 저런 생각으로 무거운 마음을 안고 학교로 갔다. 그런데 실로 엉뚱한 일이 규를 기다리고 있었다. 규와 가장 친한 박태영朴泰英이란 친구가 경찰에 붙들려 갔다는 것이다.

박태영은 규보다 한 살 위였으나 학급은 같았다. 고향은 함양의 어느 산골. 그의 말을 빌리면, 규나 태영이나 똑같은 지리산의 흙과 물로 만들어진 소년이었다. 박태영은 두뇌가 비상할 정도로 우수했다. 일본인 교사들이 혀를 내두를 정도의 수재였다. 박태영을 교내에서 일약 유명하게 한 것은, 교우회지에 그가 2학년 때 실은 「고향」이란 작문이었다. 그 첫머리가,

'향토는 조선祖先에 대한 추모를 통한 향수이며, 후손에 대한 기대를 통한 동경.'

이라고 된 것인데, 학교 선생님들은 그 작문이 16세 소년이 쓸 수 있는 것이 아니라고 문제 삼았다. 그래 일본인 선생이 박태영을 밀실에 불러 놓고 다른 제목을 주어 글을 짓게 했다. 그 결과, 「고향」이란 작문이 박태영이 쓴 것이며, 그에겐 그 이상의 글을 쓸 수 있는 실력이 있다는 사실이 밝혀졌다.

박태영의 재능은 작문에서만 빛나는 것이 아니고, 수학에 있어서도

탁월했다. 기하를 배우면서 가끔 교과서에는 없는 공식을 발견해서 교사에게 질문하는 바람에 교사가 땀을 흘리는 경우조차 있었다. 그러면서도 박태영은, 재주 있는 사람에게 있기 쉬운 경박함이 전혀 없는 조용하고 침착한 소년, 어느 한 군데 나무랄 데 없는 학생이었다.

이러한 박태영이 경찰에 붙들려 갔다고 하니 교내·교외로 큰 사건이 아닐 수 없었다. 더욱이 가장 가깝게 지내는 규로선 이루 형언할 수 없는 충격이었다. 규는 밥맛을 잃었다. 그랬는데 이튿날 규도 경찰에 불려 갔다. 살풍경한 방 안 구석에 있는 삐걱거리는 의자에 앉으라고 하고 우락부락하게 생긴 중년 형사가

"정직하게 대답하지 않으면 너도 콩밥을 먹을 줄 알아!"
라고 전제해놓고 신문을 시작했다.

"박태영과 너는 가장 친한 친구지?"

"예, 그렇습니다."

"박태영이 너보고 독립 운동을 하라고 한 적 없었나?"

"없었습니다."

"거짓말 마라!"

형사는 책상을 쾅 쳤다. 규는 가슴이 얼어붙는 듯했다. 말이 떨렸다.

"정말 그런 적 없습니다."

"좋아. 그건 또 다음에 챙겨보기로 하고, 박태영이 널 보고 '우리, 진리의 사도가 되자.'고 말한 적 있지?"

"있습니다."

그 말은 박태영의 입버릇이었던 것이다.

"진리의 사도라는 것이 어떤 것인지 아나?"

형사의 무섭게 노려보는 눈이 규의 이마를 태울 듯했다.

"참되고 옳은 공부를 하자는 뜻이었습니다."

"그럼 조선 독립을 위해 일하는 것은 참된 일이라고 생각하지 않나!"

규는 얼른 대답할 수가 없었다. 등에 식은땀이 흘렀다.

"바른 대로 말해봐."

"그런 건 생각해본 적 없습니다."

"뭐라고? 박태영은 그렇게 생각했다는데 넌 그런 생각을 안 했어?"

"예."

"그렇다면 왜, 금년 들어 조선어 과목이 없어졌다고 해서 박태영과 같이 울었지?"

"그런 적 없습니다."

"이놈아, 박태영의 일기장에 그렇게 씌어 있는데 거짓말을 해?"

규는 어이가 없었다. 결코 그런 적이 없었기 때문이다. 다만, 3학년으로 진급하고 조선어가 없어졌다는 얘기를 들었을 때, 박태영과 학교 뒤뜰에서 다음과 같은 얘기를 나눈 적은 있었다.

"학교에서 조선어를 없앤다고 조선어가 없어지나? 그럴수록 우리는 조선말 공부를 해야지."

"해야 하긴 하지만, 어디 그게 잘되겠나?"

"나는 내일부터 조선어 신문을 열심히 읽을 작정이다. 조선어로 된 잡지도 읽고, 일기도 조선말로 쓰고……."

"그런디 주 선생님은 뭣을 할까."

주 선생은, 규 등이 2학년을 마칠 때까지 조선어를 가르친 선생이었다.

"참 안됐어. 그러나 우리 주 선생님이 하신 말씀 있잖아. 말을 잊지 않으면 감옥에 들어가도 감옥의 열쇠를 가지고 있는 셈이란 그 말을 잊지 않도록 해야 해."

"그 말은 참 좋은 말이었어. 나도 조선말로 된 책을 애써 읽어야겠다."

이런 말을 주고받았으니, 어느 정도 감상적인 장면은 되었었다. 그러나 울기까진 안 했던 것이다.

하지만 이런 자세한 설명을 할 수도 없어 규는 고개를 숙여버렸는데, 그 머리 위로 벼락 같은 고함이 스쳤다.

"바른 대로 말하라니까! 박태영은 정정당당하게 바른 대로 말했어. 너는 보아하니 아주 비겁한 놈이로구나."

그리고 옆 호주머니에서 수갑을 꺼내 철거덕 소리가 나게 탁자 위에 놓았다. 금방이라도 그 수갑을 규의 손목에 채울 것 같은 기세였다. 규는 그 싸늘한 금속의 빛깔에 기가 질려, 자기도 모르게 울음을 터뜨렸다.

형사는, 울고 있는 규를 냉소를 섞은 표정으로 바라보면서 신문을 계속했다. 박태영이 규에게 한 말을 죄다 해보라는 것이었다. 규는 어물어물 얘기를 엮었으나, 그것이 요령이 갖춰질 턱이 없었다. 형사는 때릴 것같이 덤비기도 했다.

그러한 시간이 얼마쯤 계속되었는지 규는 짐작할 수가 없었다. 어떤 순사가 나타나더니 규를 신문하고 있는 형사의 귀에 뭐라고 소곤거렸다. 그러자 형사는 불쾌한 얼굴을 하고 일어섰다.

"일어낫. 서장실로 가자."

복도를 지나 서장실 앞까지 갔을 때, 그 방 안에서 귀에 익은 목소리가 들렸다. 규가 다니는 학교 교장 선생 목소리였는데, 나지막했으나 약간 흥분한 듯한 어조였다.

"생각해봐요, 서장. 그애들은 아직 열여섯, 열다섯의 소년들이란 말요. 무슨 문제가 있으면 내게 먼저 알려줘야 할 게 아니오. 그애들은 일단 내가 교육을 책임지고 맡은 아이들인데, 내게 의논도 없이 함부로 경찰이 붙들어간단 말요? 그것도 큰 죄나 지었으면 모르되, 서점에서 불미스러운 책 한 권을 샀다고 해서 어린아이의 가택 수색을 하고 일기장을 뒤지고 해서야 되겠소? 서장도 자식을 기르고 있지 않소. 교육적으로 해보다가 끝내 가망이 없으면, 서장이 싫다고 해도 내가 경찰에 넘겨주겠소. 그 아이들이 대일본 제국에 항거하는 아이들이라면 나 자신이 용서하지 않겠소."

상대방이 뭐라고 하는 모양이었으나, 그 말은 들리지 않았다. 그때까지 머뭇거리고 있던 형사가 문을 노크하고 문을 열었다. 규는 뒤따라 들어갔다.

서장인 듯한, 금테를 소매에 두른 정복을 입은 사람이 형사는 물러가라고 하고 규를 가까이 오라고 해서 교장 선생 옆 자리에 앉혔다. 교장은 안경 너머의 눈에 측은하다는 표정을 담고 규를 말없이 지켜보더니,

"박태영인 어떻게 됐소?"

하고 서장을 보고 물었다.

"곧 데리고 올 겁니다."

서장의 말이 채 끝나기도 전에 문이 열리더니, 형사의 인도를 받아 박태영이 들어섰다. 이틀 밤을 유치장에서 새운 박태영은 보기가 민망할 정도로 초췌해져 있었으나, 눈만은 카랑하게 맑았다. 규는 박태영을 바라볼 수가 없었다.

"고생이 많았지."

박태영이 교장의 저쪽 옆 자리에 앉자 서장이 말했다. 교장은 양팔을 펴서 규와 태영의 어깨를 안고 규와 태영의 얼굴을 번갈아본 뒤,

"이런 일이 있었다고 해서 그처럼 풀이 죽어서야 쓰나."

하고 부드럽게 말했다.

서장이 말했다.

"너희들은 아직 어리다고 하나 중학교 3학년이다. 자기의 일을 자기가 책임질 정도는 되었다고 본다. 박군의 일기를 보니 불온한 사상이 엿보였다. 그래 경찰에서 조사했는데, 일본의 경찰이 제국의 안녕과 국민의 정신 상태에 대해서 빈틈없이 대처한다는 것을 충분히 알았을 게다. 앞으론 그 따위 오해를 받지 않도록 힘써 충량忠良한 황국 신민이 되어야 한다. 교장 선생님이 모처럼 너희들을 위해서 여기까지 오셨기 때문에 특별히 생각해서 용서해주니 그렇게 알아라. 앞으로 또 그런 일이 있으면 절대로 용서하지 않는다. 그럼 교장 선생님, 이 애들을 데리고 가십시오."

서장은 책상 위에 있는 책과 박태영의 일기장인 듯한 노트를 교장에게 건넸다.

교장은 말없이 그것을 받아 들고, 규와 태영을 앞세우고 서장실에서 나왔다.

경찰서 앞마당에 서 있던, 탱크 바지 위에 오버를 입은 사람이 교장을 보자 황급히 달려왔다. 공손히 교장에게 절을 하고, 눈물이 글썽한 채 박태영의 아버지라고 자기소개를 했다.

"귀한 자식을 맡아 이런 불상사가 있게 해서 미안합니다."

교장이 근엄한 표정을 짓고 말했다.

"아니올시다. 불측한 아이 때문에 선생님께 누를 끼쳐 죄송합니다."

태영의 아버지는 몸둘 바를 모르겠다는 듯이 죄송해하면서도 태영이 쪽을 힐끔 보았다. 태영은 넋을 잃은 사람처럼 서 있을 뿐이었다.

교장은

병풍 속의 길 63

"이 아이들과 집에 가서 얘기를 좀 하고 싶었는데……."
하고 망설이더니, 태영의 머리를 어루만지면서 말했다.
"내일까지 푹 쉬고 모레 학교에 나오너라. 그때 얘기하자. 이군도 같이……. 그런데 이 책과 노트는 내가 가지고 가겠다."
그리고 태영의 아버지에겐 아이를 나무라지 말라고 타이르듯 하고 교장은 경찰서 문을 걸어 나갔다.
말없이 앞서 가는 아버지의 뒤를 따라가며 태영이가 나직이 말했다.
"미안하다, 규야. 내 일기장에 너에 관한 얘기를 많이 써놓았더니 너까지 불린 거다. 미안해."

교장실은 난로의 열기로 해서 훈훈했다. 그러나 태영과 규는 교장실다운 위엄에 억눌려, 마음만이 아니라 몸의 긴장이 좀처럼 풀리지 않았다. 태영과 규가 교장의 정면에 앉고, 학급 담임 선생이 조금 비껴 그 중간에 앉았다.
얼마쯤 침묵이 흘렀다. 활활 타오르는 불 소리와 난로 위의 주전자가 증기를 뿜어내는 소리만이 들렸다. 창밖에 흐린 겨울 하늘이 있었다.
"박군, 이 책을 다 읽어봤나?"
교장이 문고본인 '막심 고리키'의 수필집을 만지작거리면서 물었다. 그 책을 태영이가 사는 것을 어떤 형사가 목격하고 태영을 미행해서, 하숙집을 뒤져 일기장을 압수하는 등 사건을 꾸민 것이다.
"예, 다 읽었습니다."
박태영이 침착하게 대답했다.
"중학교 3학년이 읽기엔 정도가 높은 책이지만, 박군은 드물게 보는 수재니까 충분히 이해했겠지?"

"대강 이해했다고 생각합니다."

"고리키의 책을 이밖에 또 읽은 게 있나?"

"있습니다."

"뭣뭣을 읽었나?"

"『나의 대학』이란 책과 『영락자零落者의 무리』란 책과 『어머니』란 책을 읽었습니다."

"꽤 많이 읽었군. 그런데 고리키를 특별히 골라 읽은 덴 무슨 이유가 있었나?"

"그저 닥치는 대로 읽은 것이 그렇게 되었습니다."

"그 책을 모두 서점에서 사봤나?"

"아닙니다. 제 하숙 이웃에 있는 사람이 가진 것을 빌려 읽었습니다."

"고리키의 어떤 점에 감동했나. 감동이 있었기에 그처럼 다음다음으로 읽은 것이 아니겠나."

"가난하게 자라, 고생하면서 혼자 공부해가지고 그처럼 훌륭한 사람이 되었다는 데 감동했습니다."

"너도 그런 사람이 되고 싶은가?"

"가능하다면 그렇게 되고 싶습니다."

"설마 공산주의자가 되고 싶다는 얘기는 아니겠지?"

"그렇습니다. 다만, 어려운 환경을 이겨나가는 사람이 되고 싶을 뿐입니다."

교장은 잠깐 말을 끊고 이마에 손을 갖다 대고 생각하는 듯하더니 다시 입을 열었다.

"박군의 아버진 뭣을 하고 계시지?"

"군청 서기를 하고 있습니다."

"어느 군청?"

"사천 군청입니다."

"고향은?"

"함양군입니다."

"고향에 논과 밭이 얼마나 있지?"

"논 열다섯 두락, 밭 다섯 두락가량 있습니다."

"농사는 누가 짓지?"

"할아버지가 짓고 계십니다."

"살기가 구차한 편인가?"

"그렇진 않습니다."

"전문학교나 고등학교에 보낼 수 있을 정도는 되나?"

"그럴 정도는 안 됩니다."

"그럼 이 학교를 졸업하면 취직을 해야겠구나."

"……."

"취직을 해야지?"

"고학이라도 해서 상급 학교에 가고 싶습니다."

"고학? 그게 그렇게 쉬운 것은 아니다. 그러나 박군은 걱정하지 않아도 돼. 너같이 머리가 좋고 계속 노력한다면 조선장학회에서 장학금을 받을 수도 있을 테니까."

교장은 여기서 또 말을 끊었다. 그리고 다시 말을 이었다.

"충량한 황국 신민으로서 일류의 인물이 되어 사회의 우대를 받으면서 살고 싶은가. 독립 운동이니 공산 운동이니 해가지고 평생을 감옥살이로 보내고 싶은가?"

태영은 대답을 하지 않았다.

"독립 운동도 좋고 공산 운동도 좋다. 그러나 일본의 국체가 살아 있는 한 어림도 없는 이야기다. 일본의 국체는 만세일계萬世一系이고 천양무궁天壤無窮이다. 고리키가 살고 있는 러시아완 완전히 다르다. 어 때, 내게 기탄 없이 말해주지 않겠나. 네가 무슨 말을 하건 나는 개의치 않겠다. 어느 편을 택하겠느냐."

태영의 등에 기름땀이 번지고 있을 것이다. 규는 전신에 전율이 흐르는 것 같은 느낌을 가졌다.

태영은 자세를 고쳐 앉더니,

"교장 선생님, 그건 지나친 질문입니다. 지금 제가 어떻게 그런 어려운 문제에 대답할 수 있겠습니까. 만일 제가 황국 신민이 된다면, 사회의 우대를 받기 위해서가 아니라 그 신분을 위해서는 평생 옥살이를 해도 무방하다는 신념을 갖고서 될 것입니다. 황국을 위해서 지금도 목숨을 바치고 있는 용사들이 있지 않습니까. 그들은 사회에서 우대한다고 해서 황국 신민이 된 것은 아닐 것이라고 믿습니다."

하고 얼굴에 비장한 각오를 나타내며 말했다.

교장은 무엇에 질린 것처럼 태영을 바라보고 그 시선을 규에게로 옮겼다가 학급 담임 선생을 돌아봤다. 담임 선생이 창백해질 만큼 긴장한 얼굴로 더듬더듬 말을 꺼냈다.

"박군, 교장 선생님께 무슨 말을 그렇게 하지!"

교장은 그러는 담임에게 손을 저어 침묵케 하고는,

"내가 잘못했어. 박군의 말이 옳아. 박군의 말 꼭 그대로다. 황국 신민은 우대를 바라고 되는 것이 아니다. 나는 박군으로부터 훌륭한 교훈을 얻었다."

하면서 연방 고개를 끄덕였다.

그리고 담임 선생에게,

"선생은 좋은 학생을 가졌소. 장차 이 학교의 자랑이 될지 모르는 학생이니 각별히 마음을 쓰도록 해요."

하고, 태영에게는

"그럴수록 너는 신중해야 한다. 황국 신민이 되기 위해서도, 또 다른 신념이 필요하다면 그 신념을 위해서도, 너는 거창한 재목으로 커야 한다. 그러기 위해선 이런 책 따위를 읽어 경찰의 의심을 받거나 떡잎 시절에 밟혀버리는 위험 같은 것은 피해야 한단 말이다. 그렇게 하겠다면 교장인 내가 힘이 닿는 대로 너를 도울 작정인데……."

하고, 단 하나의 조건이 있다면서 다음과 같이 말했다.

"네게 고리키의 책을 빌려준 사람이 누구지?"

"……."

"그 사람 얘길 경찰에 했나?"

"안 했습니다."

"왜?"

"경찰서에선 그런 것을 묻지 않았습니다."

"경찰이 묻지 않았다고!"

"왜 그 책을 샀느냐는 것하고 일기장에 쓴 내용에 관해서만 물었습니다."

"그 사람이 누군지 내게 가르쳐줄 수 없나? 위험한 건 그 사람이다."

교장의 말이 갑자기 엄숙해졌다.

"너같이 순진한 학생에게 그런 책을 읽힌다는 것은 소년이 길을 잘못 들게 하는 원인이 된단 말이다. 네가 대학생쯤 되었을 때 읽으면 사리를 판단해서 처리할 수 있는데, 너무 어려서 읽었기 때문에 화근이 될 수 있단 말야. 앞으로의 너를 보장하기 위해서도 나는 그 사람이 어떤 사람인지 알아야겠다. 조사해보고 괜찮은 사람이면 용서할 거고, 그렇지 않으면 단호히 그런 독소는 뽑아버려야 한다. 앞으로의 화근을 없애기 위해서 너는 그 사람의 이름을 꼭 말해줘야겠다."

태영은 창백해진 얼굴을 들고 말했다.

"그 사람이 제게 읽으라고 권한 것이 아니라, 제가 함부로 그 사람의 서가에 있는 것을 뽑아 읽은 겁니다. 그 사람에겐 책임이 없습니다."

교장은 자기 내부의 감정을 어떻게 수습해야 좋을지 모르겠다는 시늉을 했다. 그의 안면 근육이 떨렸다.

"박군, 교장 선생님께 바른 대로 말해라. 교장 선생님이 너를 생각하는 심정을 알았을 것 아니냐."

담임 선생이 거들고 나왔다. 그러나 태영은 창백한 얼굴로 담임 선생을 순간 바라봤을 뿐, 입을 떼지 않았다.

교장은 입을 다물어버린 태영으로부터 시선을 규 쪽으로 옮겼다.

"이군도 고리키의 책을 읽어봤나?"

"전 읽지 못했습니다."

"박군과 이군은 그렇게 친한데도, 박군이 읽어 흥미 있다는 책을 네게 빌려주지 않더냐?"

"제 실력이 모자라는 줄 아니까, 박군이 권하지 않았는가 봅니다."

규는 겨우 이렇게 말했다.

"얘기 안 하더냐?"

"얘기는 간혹 들었습니다."

"어떤 얘기?"

"고리키가 불량자 속에 끼여 있었는데도 불량자의 악에 오염되지 않앉을뿐더러, 자기 자신을 키워 세계적인 문호가 되었다는 것은 대단한 일이라고 하면서, 그런 사람이야말로 위대한 인물이라고 했습니다."

"또 다른 얘긴 없었나?"

"별로 없었습니다."

이어, 교장은 조선어에 관해서 그저께 형사로부터 받은 것과 유사한 질문을 하고, 또 이런 말을 했다.

"조선어를 없앤 데 대해선 나도 가슴이 아프다. 오랜 역사를 지닌 말이고, 특히 한글은 썩 잘된 문자라고 하더군. 그러나 일본어도 결코 손색이 없는 말이며 문자다. 이 말을 갖고도 문화를 창조할 수 있고, 세계를 지배할 수도 있다. 그리고 조선어나 일본어는 본래 동조 동근同祖同根이라고 할 수 있다. 그렇다면 이왕 내선 일체內鮮一體, 일시 동인一視同仁의 방향으로 나아가야 할진대, 언어를 통일해야 하지 않겠느냐. 말이 다르면, 그리고 다른 말을 각각 조장하면 민족은 영원히 분열상태로 있게 된다. 일억의 인구가 합심하자면 말부터 통일해야 한다. 조선어를 버리는 것은 물론 아쉽다. 그러나 버려야 할 것은 미련 없이 버려야 한다. 거기 발전이 있고 향상이 있고 희망이 있고 행복이 있다. 신주神州는 불멸이다. 신국神國은 영원하다. 조선은, 너희들이 역사를 배워서 알겠지만, 수천 년 동안 소국小國이 분립해 외국의 지배 밑에서 갖은 고생을 해왔다. 독립을 하면 또 그런 처지가 될 것이 뻔하다. 지금 일본은 중국 대륙에까지 그 세위를 떨치고 있다. 이런 마당에니 반도의 독립이란 불가능할 뿐 아니라, 반도 인민의 행복을 위해서도 바람직한 일이 못 된다. 너희들과 같은 수재가, 아까 태영 군이 말한 대로 신념을 갖고 황국 신민이 될 작정을 한다면, 내선 일체의 보람이 더욱 촉진될 것이 아닌가. 지금 당장에 너희들의 대답을 듣진 않겠다. 내 마음으론, 아니 내

신념으론, 박태영 군에게 고리키의 책을 빌려준 사람을 꼭 알아냈으면 싶지만, 박군 때문에 그 사람이 화를 당한다면 그것이 또 박군의 정신적 부담이 될 것 같아서 일체 불문에 부치기로 한다. 박군이나 이군은 이러한 내 심정을 잘 이해하고, 앞으로 고민이 있거든 서슴없이 나를 찾아주면 고맙겠다."

그러고는 학급 담임더러 규와 태영을 데리고 나가라고 눈짓했다.

그런데 규와 태영이 나가려고 하자 다시 불러 세우더니, 규와 태영의 어깨를 안고 속삭이듯 말했다.

"이 세상에 읽어서 안 되는 책이란 없다. 그러나 너무나 많은 책이 있으니 그걸 다 읽을 수는 없다. 좋은 책을 읽을 것이 아니라, 최선 최고의 책을 읽어야 한다. 그런데 최선 최고의 책도 때와 장소를 가려 읽지 않으면 최악의 책이 되고 만다. 내가 바라건대, 너희들은 대학을 졸업할 때까진 자기가 읽을 책에 관해서 선생님의 지도를 받도록 해라. 선생님의 지도 없이 읽을 책은 대학을 나온 후 읽어도 된다. 내 말의 뜻을 알겠지? 오늘은 이 부탁만 하겠다······."

하영근

 경찰에 붙들려 간 사건, 그리고 교장실에 불려 간 일이 있고부터 박태영은 변했다.
 구김살 없이 웃고 천진하게 지껄이고 하던 그에게 음울한 그늘이 따르기 시작했다. 되도록이면 사람을 멀리하려는 경향도 보였다.
 이러한 박태영을 대하는 학급 전체의 분위기에도 약간의 변화가 생겼다. 모두들 그를 존경하는 태도였지만, 같이 어울리길 꺼리는 눈치였다. 박태영과 가까이하다간 어떤 위험을 자초하게 될지 모른다는 막연한 두려움 같은 것이 싹트고 있는 것 같았다. 학우들뿐만이 아니라 교사들까지도 박태영에겐 조심스럽게 대했다.
 겨울 방학이 이주일쯤 뒤면 시작되는 어느 날 점심 시간이었다. 모두들 도시락을 먹은 뒤 난로 주변에 모여 있었는데, 정태민이란 학생이 난로 위에 놓인 물주전자를 들 양으로 비집고 들어서다가 앞에 있는 박태영에게,
 "어이, 사상가. 어깨 좀 비켜라."
하고 익살을 부렸다.
 정태민을 돌아보는 박태영의 얼굴이 새파랗게 질려 있었다. 태민은

겸연쩍게 웃으며 빈정댔다.

"사상가를 보고 사상가라고 한 게 뭐 나쁘냐?"

그 말이 채 끝나기도 전이었다. 태영은 난로 위의 물주전자를 들어 정태민의 얼굴을 쳤다. 태민의 안경이 부서지고 온몸으로 물이 흘러내렸다. 뜨거운 물이 아니기에 다행이었다.

태민은 나이가 태영보다 많고 몸집도 컸다. 학급에서 꽤나 완력을 쓰는 축에 끼었다. 그런데 태민은, 새파랗게 질린 표정으로 덤벼드는 태영의 기합에 눌렸던지, 주먹을 치켜들다가 말고 마룻바닥에 떨어진 안경알을 집어 들고 말없이 자기 책상으로 돌아가버렸다.

그 일이 있고부터 태영은 더욱 학급 내에서 고립되게 되었다. 그럴수록 규는 태영과 더욱 가까이 지내지 않을 수 없었고, 같이 어울려 다니는 시간도 많아질 수밖에 없었다. 그렇다고 해서 태영과 규의 의견이 언제나 일치되는 것은 아니었다. 우선, 교장 선생에 대한 태도부터 그랬다. 규는 그저 단순하게 하라다 교장을 인자하고 고마운 선생이라고 생각했는데, 태영은 그렇지가 않았다.

"구렁이가 열댓 마리 도사리고 있는 인간."

이란 것이다.

"조선 사람을 어떻게 구워삶아야 하는가를 연구해서 행동하는 그런 능글맞은 인간보다는 되레 악의를 가지고 대하는 인간이 솔직하여 그만큼 봐줄 수 있다."

라고도 했다.

얘기가 토론으로 번지면 언제나 규가 지게 마련이다. 소년 시절엔 한 살이란 나이 차이가 대단하지만, 그보다도 태영의 식견에 규가 미칠 바가 못 되었다.

몹시 추운 토요일 오후, 학교에서 돌아오는 길에 태영이 규에게
"오늘 하 선생님을 같이 찾아보지 않을래?"
하고 권했다.

하 선생이란 하영근河永根 씨를 말했다. 태영이 고리키의 책을 빌린 것은 그 사람으로부터였다.

태영으로부터 하영근이란 사람 얘기를 들은 것은 같이 교장실에 불려 갔던 그날 오후였다. 그러나 지금까지 태영으로부터 하영근을 같이 방문하자는 권유는 없었던 것이다.

"괜히 찾아가서 실례가 안 될까?"

"내가 미리 규를 소개해두었어. 한번 데리고 오라고까지 그러대."

"나도 한번 찾아갔으면 하고 생각은 하고 있었지만……."
하고 규는 말꼬리를 흐렸다.

"그럼 됐어. 지금 이 길로 하 선생님 댁으로 가자."

"음."

이렇게 대답은 했으나, 규의 마음 한구석에선 하영근이란 사람을 찾아가는 게 달갑지가 않았다. 하지만 한번 만나보았으면 하고 생각했다는 그 생각은 거짓이 아니었다.

규와 태영이 걷고 있는 거리는, 먼지를 휩쓸며 찬바람이 세차게 불고 있었다. 그 고장 사람들이 '지리산 바람'이라고 하는 바람이었다. 가게는 유리문을 닫은 채 웅크리고 있는 느낌이고, 지나가는 사람들의 발걸음은 쫓기듯 빨랐다. 햇살은 있어도 따스함은 전혀 없고, 그저 을씨년한 조명일 뿐이었다. 규는 빨리 하숙으로 돌아가 따뜻한 온돌방에 처박히고 싶은 생각이 들었지만 태영과의 약속을 저버릴 용기는 없었다. 그래서 묵묵히 태영의 뒤를 따라 서봉동西鳳洞의 비좁은 골목길로 들어섰

다. 나지막한 집들이 서로 어깨를 대고 한기에 떨고 있는 것 같은 골목길엔 통행인이라곤 없었다. 개 한 마리도 지나가지 않았다. 모두들 죽어 없어졌는가 하는 착각이 들 만큼 호젓한 골목길을 한참 걸어 들어가는데, 그 일대에 어울리지 않게 커다란 기와집이 시야에 나타났다. 골목의 막바지에 대문이 있었다. 그 대문에 '하영근'이란 문패가 비바람에 바래진 퇴색한 글자로 새겨져 있었다.

　태영이가

　"계십니까?"

하고 소리를 돋우었을 때, 규는 뒤에 인기척을 느꼈다. 규는 일순 고개를 돌렸는데, 당황하여 대문 곁으로 비켜섰다. 검은 두루마기 아래 하얀 줄 두 개를 두른 여학생이 가까이 오고 있었던 것이다. 순간적인 일이어서 자세한 인상을 엮을 겨를은 없었으나, 가냘픈 몸매와 하얀 얼굴, 수줍게 내리깐 눈, 곱게 빗질을 해서 땋아 넘긴 머리의 모양 등이 일순에 뇌리에 새겨졌다.

　여학생은 대문 앞에 이르자, 규와 태영 쪽에 등을 돌리고 섰다. 이윽고 대문 안에서 인기척이 나더니, 대문 옆에 달린 샛문이 열렸다. 샛문을 열어준 사람은 나이가 열대여섯으로 보이는 소녀였는데, 푸른 머플러에 둘러싸인 얼굴이 사과처럼 빨갛게 상기되어 있으나, 초롱초롱한 눈이 청결하게 규의 인상에 남았다.

　"선생님 계시지요?"

　태영의 말에 그 소녀는 대답을 않고, 대문 안 오른쪽에 있는 판자문을 밀었다. 그러고는 들어오는 여학생을 발견한 모양이었다.

　"아씨 인자 오네. 오늘은 참 춥지예."

하고 책보를 받아 드는 기척이었다.

규는 사랑으로 통하는 판자문 안으로 들어섰다. 높은 처마를 가진 사랑채가 왼쪽에 있고, 눈앞엔 널따란 뜰이 있었다. 남쪽 담벼락을 끼고 몇 그루의 나목이 앙상한 가지들을 뻗고, 동쪽 담을 끼고 사철나무가 줄지어 있었다. 뜰 가운덴 짚으로 싸맨 나무들이 군데군데 서 있어, 황량한 겨울 뜰다운 정경을 펼치고 있었다.

남향으로 앉은 사랑채는 전부 유리창으로 둘러져 있었다.

규와 태영의 모습을 보았는지, 유리창으로 된 미닫이를 열고 하영근이란 사람으로 추측되는 사람이 손을 흔들었다. 하영근은 밤색 마고자에 회색 바지를 입고 있었다. 나이가 서른을 훨씬 넘어 보였고, 학처럼 여윈 인상을 받았다.

유리창이 둘러싼 대청은 난로가 없는데도 선룸sunroom처럼 따뜻했다.

하영근은 규와 태영에게 소파에 앉으라고 권하고, 자기는 흔들의자에 앉았다.

"박군으로부터 이군 얘기는 많이 들었다. 그런데 봉래동에 있는 이형관 씨와는 어떻게 되는 사이지?"

이형관은 규의 종갓집 형이었다. 규는 공손하게 대답했다.

"제겐 팔촌 형뻘이 됩니다."

"요즘 어떻게 지내시는지 모르나?"

하영근은 지나가는 투로 이렇게 말했다.

"요샌 통 종갓집에 가보지 않아서 잘 모르겠습니다."

이렇게 말하는 규를 하영근은 미소를 띠고 바라보며 말했다.

"그렇게 거북해할 건 없어. 내 고모님이 형관 씨의 어머니다. 그러니까 우리 집안과 이군의 집안은 서로 세의世誼가 있는 관계지."

규는, '싹실 아주머니'라고 부르는 종갓집 아주머니가 하영근의 고모라는 말을 듣고 놀랐다. 동시에, 그 아주머니의 친정이 굉장한 부자라는 말을 들은 기억이 났다. 그 집이 바로 이 집이로구나 하고 생각하니, 세상이란 참으로 좁다는 느낌도 들었다.

"헌데 이군은 장차 뭣을 했으면 하지?"

하영근이 화제를 돌렸다.

"아직 정하지 못했습니다."

"벌써 정할 수야 있겠나. 그러나 대강의 방침은 세워둬야지. 명년이면 대학 예과나 고등학교의 입학 시험을 보아야 할 게 아닌가?"

규는 어렴풋이나마 자기가 생각하고 있는 것을 말해보고 싶은 의욕을 느꼈다.

"전 장차 역사 공부를 했으면 합니다."

"역사 공부? 그것도 좋지. 무궁무진한 세계니까."

하영근 씨는 생각에 잠긴 눈치로 말을 끊었다가,

"박군은 철학을 하겠다고 하던데, 그 각오엔 변함이 없지?"

하고 태영에게 말을 걸었다.

"철학이건 뭣이건, 인생과 사회의 근본 문제를 탐구하는 학문을 하고 싶습니다."

태영은 또렷또렷한 발음으로 말했다.

"하나는 철학, 하나는 역사……. 자네들은 앞으로 좋은 친구가 될 거야."

하영근이 이렇게 중얼거렸다.

규는, 태영이가 하겠다는 철학이란 것이 도대체 뭣일까 하고 생각했다. 그렇게 같이 어울려 다닌 사이인데도 태영은 그런 말을 규에게 들려준 적이 없었다. 물론 규 자신도 역사 공부를 했으면 하는 생각을 태영에게 이야기한 적이 없었다.

"선생님, 철학이란 게 뭡니까?"

규는 용기를 내어 물었다.

"글쎄……. 철학을 하겠다는 태영 군에게 물어보지. 박군, 한번 설명해봐."

"모르니까 배우려고 하는 것 아닙니꺼?"

태영이 수줍은 표정으로 말했다.

하영근은 규의 질문을 너무나 가볍게 받아넘긴 것이 죄스러웠던지, 조용한 어조로 다음과 같이 말했다.

"나도 잘은 모르지만, 철학은 지혜에 이르려는 노력이 아닐까 해. 지혜란 보다 밝은 눈, 보다 밝은 마음이라고 나는 생각하는데, 분명 철학은 인생과 사회를 이해하기 위해 필요한 지혜를 얻으려는 노력이겠지. 그런데 대개의 경우 고집 불통의 괴물이 되든지, 철학책 속에 파묻혀 사는 철학자가 되든지 하는 게 고작이드면. 철학은 철인哲人이 되기 위한 학문일 텐데, 철학자와 철인이 조화된 인물은 드물어. 철인으로서 현실로부터 유리되지 않으면, 철학자로서 책벌레가 되고 말아. 그러나 태영 군은 머리가 좋으니까 철인과 철학자를 한 몸 속에 조화시킬 수 있겠지."

태영은 심각한 표정으로 하영근의 말을 듣고 있었다. 규도 주의 깊게 들었다. 상당히 어려운 말일 텐데 하영근의 말이 또렷또렷 이해되는 것 같아서 놀라운 기분이기도 했다.

"그러나……."

하고 하영근은 말을 이었다.

"철학을 정면에서부터 연구하는 것도 무방하지만, 내 생각으론 다른 학문을 통해서 들어가는 것도 좋을 것 같애. 이를테면 물리학을 한단 말이야. 물리학을 철저히 연구해나가면 반드시 철학적인 국면으로 들어가거든. 그 국면에서 출발해서 철학을 하면, 물리학이라고 하는 아주 구체적인 지식의 터전을 이용해서 멋진 철학의 궁전을 지을 수 있을 것 같애. 물리학이 아니라도 좋아. 식물학을 해도 좋고, 동물학을 해도 좋아. 구체적인 지식의 바탕이 있으니까, 그 철학이 보다 강한 설득력을 가질 것이거든. 어떤 철학자는 경제학이라고 하는 구체적인 지식을 통해서 자기의 철학을 폈어. 그런데 그게 어떤 철학보다 강력하단 말야. 오늘날 순수한 철학은 지나치게 전문화돼서 일반 대중, 어느 정도의 지식인까지 포함한 대중과 거리가 멀어졌어. 그렇다고 해서 그것이 인류에게 기여하는 바가 없다는 얘기는 아니지만……. 나는 태영 군의 아까운 두뇌를 아카데미 속에 파묻어버리긴 싫어. 허나 이건 내 편견일 따름이고, 아직 시간이 있으니 서둘 것 없이 천천히 행로를 정하면 될 것 아닌가."

그리고 하영근은 자기가 접촉해본 철학자, 경제학자, 문학자 등을 들먹여 그들의 특징, 그들의 일화 등을 얘기해나갔다. 그 가운데서 한 번 만나보고 가장 큰 감동을 받은 사람은 노신魯迅이란 중국의 문인이라고 했다.

"노신이란 어떤 사람입니까?"

태영이 물었다.

그러나 하영근은

"차차 알게 될 거다."

했을 뿐, 구체적인 설명은 하지 않았다.

햇살이 없어지자 대청마루에 갑자기 한기가 돌았다. 하영근은 일어서서 방문을 열고 전기를 켜고 말했다.

"바깥이 추우니 이리로 들어오게."

규는 태영의 뒤를 따라 사랑방으로 들어갔다.

절간의 큰 방을 연상케 하는 넓은 온돌방이었다. 규는 자기들 교실 두 배쯤의 넓이가 되는 방이라고 추측했다.

큰 벽면의 3분의 2가량을 서가가 차지하고 있었다. 저쪽 구석에 소파를 끼운 응접 세트가 놓였고, 이쪽엔 병풍을 배경으로 보료가 깔려 있었다. 한구석엔 테이블이 놓였는가 하면, 다른 한구석엔 재래식 문갑이 책상을 겸할 수 있도록 배치되어 있었다. 서가 사이사이엔 족자가 걸렸고, 불상을 비롯한 미술품도 적당히 공간을 차지하고 있었다. 그 방 하나로써 동서양의 생활 방식을 겸할 수 있도록 배려되어 있음이 분명했다.

규의 종갓집도 부자여서 그 집에 있는 희귀한 조도품調度品을 보아오기도 한 눈이었지만, 하영근의 서재를 겸한 그 방은 커다란 놀람이었다. 규는, 부자라는 것이 이렇게 우아하고 기품 있는 호사로 번역될 수 있는 것이라면 부자 되길 열렬하게 추구해볼 만하다고 생각했다.

보료가 깔린 곳에 자리를 잡고 규가 눈을 두리번거리고 있을 때, 바깥에서 사람 소리가 들렸다. 미닫이가 열리더니 하인으로 보이는 두 사람이 큼직한 요리상을 들여다놓았다. 아까 샛문을 열어준 청결한 눈망울을 가진 소녀가 요리상 위의 숟가락들을 정돈했다. 그 소녀를 보고 하영근이,

"윤희 돌아왔지?"

하고 물었다.

"작은아씬 벌써 돌아왔서예. 오늘은 반공일이거든예."
하는 어리광 비슷한 말을 남겨놓고 소녀는 물러갔다. 규는, 윤희라는 사람이 아까 대문간에서 본 여학생일 것이라고 짐작하고 공연히 얼굴을 붉혔다.

요리상엔 배, 사과, 석류, 단감, 침시를 비롯한 과일로부터 강정, 유과, 식혜, 떡에 이르기까지 골고루 차린 성찬이 쌓여 있었다.

"사돈 댁 도련님이 왔다고 하니까 이렇게 요란스레 차린 모양이로구나."
하고 하영근은, 삼 년 전에 심은 감나무에서 이렇게 탐스러운 단감이 열렸다는 설명과 함께 먼저 단감을 권했다.

시장한 때문도 있어, 규와 태영의 왕성한 식욕이 염치를 차릴 겨를도 없었다.

"그만큼 왕성한 식욕이면 천하라도 정복할 수 있겠다."
하며, 하영근 씨는 반쪽의 단감을 처리하지 못하고 조심스럽게 씹었다.

어느덧, 규와 태영이 다니고 있는 학교의 교장 선생이 화제에 오르게 되었다.

하영근 씨는 태영을 통해 지난번 생겼던 일과 교장의 거기 따른 언동을 들어서 알고 있는 모양으로,

"그 하라다란 교장은 보통 인물이 아닌 것 같다."
라고 말머리를 꺼냈다.

"자네들 학교로 오기 전에 동래고보東萊高普에 있었다드먼. 동래고보는 스트라이크 잘하기로 유명한 학교 아닌가. 그런데 그 하라다 교장은 스트라이크가 있을 적마다 학생 편을 들어 도道 경찰부와 대결했다거든. 내가 잘 아는 동고東高 출신인 친구로부터 들은 얘기지."

"그런 사람이 고리키의 수필집을 읽었다고 해서 문제를 삼아요?"

태영이 볼멘소리를 했다.

"그건, 경찰이 문제로 삼았기 때문에 교장도 문제로 삼았겠지."

하영근이 타이르듯 말했다.

"그건 그렇다고 치고, 조선어를 없앤 것을 당연한 일처럼 말하던데요, 뭐. 그리고 황국 신민이 되라느니, 신국은 영원하다느니 따위의 소리도 하구요."

태영은 여전히 볼멘 투로 말했다.

"그거야 일본인으로서의 한계가 아닌가. 그런 한계를 가진 일본인으로선 달리봐 줘야겠다는 거지, 하라다 교장의 태도를 전적으로 긍정해야 한다는 뜻은 아냐."

이어 하영근은 하라다 교장이 동래고보에 있을 때, 동맹 휴교의 책임을 물어 기어이 퇴학 처분을 하지 않을 수 없는 학생은 그 학생의 가정 사정이 허용하는 대로 일본 내의 중학교에 전학되도록 성의를 다해 알선했다는 얘기를 하고, 식민지에서 중학교 교장 노릇을 하는 일본인치곤 대단한 사람으로 보아주어야 한다고도 했다. 그리고 덧붙였다.

"하기야 조선 민족을 단련시키기 위해선 하라다 교장 같은 인물은 되레 유해할는지 모르지. 철두철미 일본인 근성을 노출시키려는 놈이면 정면으로 적대할 수 있는데, 하라다 교장 같은 사람은 무조건 적대할 수는 없거든."

하영근은 또 이런 얘기도 했다.

"자네들이 다니는 학교의 초대 교장은 고리키 다카오高力高雄란 친구였어. 이자는 철저한 고리키 숭배자였던 모양이야. 차남이란 핑계로 분가를 해서 '막심 고리키'란 일본 이름을 만드는 셈으로 고리키 다카오라고 했다는 거야. 막심이란 어의를 일본말로 근사치를 구하자면 다카오高雄라고 되고, 성은 그대로 고리키라 했다고 본인이 자랑삼아 얘기했다니까 틀림없이 사실이야. 일본인 가운덴 간혹 그런 별난 사람이 있어. 그런 걸물이 차츰 줄어드는 경향이 있는 것 같애. 그런 뜻에서 하라다 교장은 자네들이 겪어볼 수 있는 마지막 걸물일지도 모르지. 자네들은 좋은 교장을 가졌다고 할 만해."

태영은 여전히 석연치 않은 표정을 지니고 있었으나, 규는 하영근의 의견이 옳을지 모르겠다는 생각을 했다.

강 건너에 있는 학교는 군사 훈련을 한답시고 교복의 빛깔을 카키색으로 바꾸고 등교·하교시엔 군대식으로 각반을 치게 했는데, 똑같은 중학교인데도 규의 학교에선 여름엔 시모후리霜降 복지, 겨울엔 검은 복지의 교복을 바꾸지 않았고, 교련 시간 이외엔 각반을 치라는 등의 명령을 하지 않았다. 그 사실 하나만으로도 하라다 교장의 배짱을 알 수 있었다.

규는 지난 봄의 사건을 상기했다. 상급생들이 기생들을 데리고 선진船津이란 곳으로 벚꽃놀이를 갔다가, 같은 시내에 있는 다른 중학교 학생들과 싸움을 벌였다. 원인은, 이편에서 데리고 간 기생을 저편에서 희롱했다는 단순한 것이었는데, 일단 싸움이 되고 보니 몽둥이질, 돌팔매질까지 하게 되어 꽃놀이터를 난장판으로 만들었을 뿐만 아니라, 쌍방에 수십 명씩의 중상자를 내었다. 경찰관들의 개입으로 싸움은 겨우 진압되었으나, 문제는 그때부터 시작되었다. 현지 답사까지 한 도 경찰부와 학무과는 도지사의 명령을 빌려 양교의 관계 학생 전원을 퇴학 처분하라고 요구했다.

상대방 학교의 교장은 도지사의 명령이 있기가 바쁘게 관계 학생 전원을 퇴학 처분했다. 그런데 하라다 교장은 도 당국의 지시에 반발하고 나섰다.

"학생의 신분으로 기생을 데리고 벚꽃놀이를 하러 가서 싸움질을 하는 놈들일수록 보다 절실하게 교육을 필요로 하는 자들이다. 그 위험한 놈들을 그냥 학교에서 내쫓을 순 없다. 학부형으로부터 위임을 받은 교장으로서의 책임으로서도 그 학생들을 퇴학시킬 순 없다."

이것이 하라다 교장이 내세운 명분이었고, 만일 그 명분을 세울 수 없으면 자기는 교장직에서 물러나겠다고까지 강경했던 것이다. 결국 교장의 명분은 통했고, 관계 학생들은 퇴학 처분을 면했다. 상대방 학교에서도 퇴학 처분을 취소했다. 그 대신 하라다 교장은 관계 학생 전원을 기숙사에 수용하고 맹렬한 정신 훈련을 시켰다.

언제나 온유하기만 한 교장이 때에 따라선 바위처럼 무겁고 사자처럼 맹렬할 수 있다는 사실을 안 것만 해도 학생들에겐 커다란 교훈이 되었다.

규가 띄엄띄엄 이 얘기를 끝내자,

"하라다 교장은 어쨌든 보통 인물이 아니야."

하고 하영근이 다짐하듯 말했다.

"그럼 교장 선생이 시키는 대로 해야겠네요."

태영은 여전히 볼멘소리를 했다.

"박군은 교장에게 어지간히 정나미가 떨어진 모양이로구나."

그래놓고 하영근은 껄껄 웃었다.

"제게 고리키의 책을 읽게 한 사람을 대라고 했어요, 가만히 두지 않겠다고……. 제가 만일 선생님 이름을 들먹였더라면, 교장은 당장 경찰서에 연락할 뻔했어요. 하라다란 교장은 결국 그런 사람입니다."

태영이 흥분을 감추지 않았다.

"그런데 자네가 말하지 않으니까 그 질문을 철회하더라며? 그건 아마 자네의 인간됨을 시험해본 것인지도 모르지. 그리고 자네가 설사 내 이름을 들먹였다고 하더라도, 한 번쯤 나를 찾아올지는 모르나, 경찰에 연락하는 따위의 짓은 안 했을 거라고 나는 보는데……."

"하 선생님은 하라다 교장을 끝까지 두둔하시는구만요."

"박군, 두둔이 아냐. 사람을 진가 그대로 안다는 것이 대단히 중요한 거야. 평생의 선생으로 생각하고 때에 따라선 친구로 사귀어야 할 사람을 피상적인 감정 때문에 적으로 돌린다는 건 피차 손해가 아닌가. 내가 들은 대로의 자료를 가지고 판단했을 때, 나는 하라다란 사람을 드물게 보는 교육자라고 생각했다. 그런 사람을 업신여긴다든가 원수로 친다든가 하는 어리석음은 피해야 하지 않을까. 그런 생각으로 나는 말했을 뿐이다. 상대방이 일본인이라고 해서 무조건 미워할 순 없지 않은가. 일본인으로서 일본이란 나라를 신성시한다고 해도, 우리가 따라가지 않으면 그만이지, 그 점을 가지고 상대방을 몹쓸 인간으로 칠 순 없지 않은가."

규는 하영근의 말이 모두 지당하다고 생각했다.

"이군은 장차 역사를 전공하겠다고 했는데, 그것도 결코 쉬운 일이 아닐 거야. 여러 가지 제약을 받아야 하니까. 하여간 앞으로 자네들이 살아가기가 여간 힘들지 않을 게다. 사람답게 처세도 해야 할 게고, 먹고살 수 있도록 직업도 택해야 할 게고……."

"먹고사는 건 문제가 없다고 생각합니다."

태영이 불쑥 말했다.

"문제가 없다니?"

하영근이 질문하는 표정이 되었다.

"다행히 지리산 밑에 저와 제 가족이 먹고살 만한 땅이 있으니까요. 전 평생 농사를 지어 먹고살아도 무방하다고 생각합니다. 문제는, 어떻게 하면 사람답게 사느냐에 있다고 생각합니다."

하영근이, 그렇게 말하는 태영에게 미소를 던졌다.

"그게 그렇게 쉬운 문제가 아니다. 농사를 짓고 살겠다는 자네의 마음을 따지고 보면, 그것도 결국 센티멘털리즘이다. 누가 박군에게 농사를 짓고 편안하게 살도록 내버려둘 것 같애? 박군이나 이군은 둘 다 무슨 사명을 띠고 이 세상에 태어난 사람들이라고 생각해. 그 사명감이 자네들을 편하지 못하게 할 거야."

하영근은 태영과 규가 들으라고 말한다기보다 혼잣말처럼 중얼거렸다.

"하 선생님은 사명감을 가지고 계시지 않습니까?"

태영이 물었다.

"나도 한동안 사명감 비슷한 걸 가졌었지. 그런데 병에 걸리고부턴 전부 포기했어."

하영근 씨의 어조는 침울했다.

태영으로부터 규가 들은 얘기론, 하영근 씨는 심장병과 만성 위장병을 앓고 있다고 했다. 그런데 몸매가 퍽이나 여위었다는 것 외엔 그에게서 별로 병자를 느끼지 못했다.

"선생님은 자신의 병을 고칠 수 없는 병이라고 생각하고 계십니까?"

규가 공손히 물었다.

"고칠 수 있고 없고엔 관심이 없어. 어떻게 하면 이대로나마 오래 살 수 있을까 하는 생각은 하지. 그리고 나는 병자라는 것을 그다지 불행하게 생각하지 않아. 되레 세상일에서 도피하기 위한 수단이 된다는 뜻으로 이용하고 있지. 민족을 걱정할 주제가 못 된다는 변명도 찾고, 보다 옳은 일을 해야겠다는 의욕도 병을 탓으로 지워버리고, 소작인을 착취해서 살아가는 처지도 병으로써 변명하고……. 말하자면 비겁하게 살아가기 위한 변명의 재료로선 병자라는 것이 적당해. 게다가 병자란 패를 달고 있으니까 경찰이 위험 인물로 보지 않고, 적당하게 기부나 하면 생색을 낼 수 있고, 의용단이니 경방단이니 또 무슨 단체니 하는 것에 가담하지 않아도 되고……. 이래저래 편리한 게 병이거든."

하영근은 가볍게 말을 엮어갔지만, 그 말투는 결코 가벼운 것이 아니었다.

남달리 타오르는 이상과 의욕을 가지고 있는데 그것을 억지로 눌러야 하는 데서 비롯된 울분의 심정 같은 것이 느껴지기도 했다. 마음 탓만이 아니라, 하영근의 얼굴이 아까와는 딴판으로 수척해 보이기도 했다. 그리고 굵다란 주름이 그의 미간에 두세 줄 새겨졌다. 괴로운 표정이었다.

상을 물리고 나서 규가 말했다.
"책 구경을 하고 싶은데 좋습니까?"
"구경을 하고, 읽고 싶은 게 있으면 가져도 좋다."
하영근 씨는 찌푸린 얼굴이면서도 쾌활하게 말했다.
규와 태영은 가까이에 있는 서가부터 차례로 돌았다.
"이 두툼한 책들이 브리태니커다.『대영 백과 사전』이야."
그 서재에 익숙한 듯한 태영의 설명이었다.
"그리고 이 서가에 있는 건 전부 영어 원서다. 전부 1천2백 권이더라.

어느 날 헤아려봤다."

그 서가를 지나 다음 서가에 가서 태영은

"이건 전부 프랑스 원서다."

라고 했고, 그다음 서가의 책은 독일 원서라고 했다. 이어 한적漢籍이 가득 찬 서가가 있고, 그다음은 조선 서적, 그다음으로 일본 서적만으로 가득 채워진 서가가 여섯 개 연이어 놓여 있었다. 그리고 레코드 컬렉션과 화집이 한쪽 벽면의 반쯤을 차지하고 있었다.

규는 우선 책의 부피에 놀랐다. 1천 몇백 권이 있다는 영어책 서가를 표준으로 대강의 눈가늠으로라도 실히 만 권이 넘는 책의 양인 것이다. 그뿐만 아니라, 하영근이란 사람이 영어, 프랑스어, 독어를 다 읽을 줄 안다는 사실에 압도당했다.

규는 그 압도감 때문에, 일본책 서가에 꺼내보고 싶은 책이 없지 않았지만 손을 대보지도 않고, 넓은 방을 한 바퀴 돌아보는 정도로 하고 하영근이 앉아 있는 보료로 돌아갔다.

하영근이 안석에 기댄 채 얼굴에 미소를 띠고,

"읽고 싶은 책이 없던가?"

하며 규의 표정을 살폈다.

"너무 책이 많아서 가려낼 엄두가 나지 않았습니다."

하고 규는 정직하게 말했다.

"많다고 해야 모두 잡동사니인걸 뭐. 나 자신이 본래 두서가 없는 사람이 되다보니까, 모은 책도 다 그 꼬락서니다."

하영근은 쓸쓸하게 말했다.

"그런데 선생님은 저 책을 전부 읽었습니까?"

규는 이렇게 물어보지 않을 수 없었다. 하영근이 쓸쓸한 표정을 그대

로 지니고,

"그저 모아둔 게지, 전부야 다 읽었겠나. 차차 읽을 작정인데, 아무래도 내 생명이 모자랄 것 같다."
라고 신음하듯 말했다.

분명 그건 병자의 말투였다. 아닌 게 아니라, 하영근은 왼손으로 왼쪽 가슴을 짓누르고 이마에선 기름땀이 흐르고 있었다. 전등불 아래에서 그 기름땀은 불길한 광택으로 번들거렸다.

규는 큰외삼촌의 경우를 생각하고, 이럴 때 병자는 절대 안정해야 된다고 배웠기 때문에,

"고단하신 모양인데, 우린 그만 하직하는 게 좋지 않을까?"
하고 태영을 건너다봤다.

태영의 대답이 있기 전에 하영근이 손을 흔들었다.

"아냐, 좀더 있다가 가게. 내겐 상관하지 말고……. 심심하면 전축을 틀어도 좋고, 저기 화집이 있으니 그걸 꺼내 봐도 좋다. 자네들이 곁에 있으니까 한결 내 마음이 편하다. 자네들이 가고 나면 적막만 남는다. 이대로 좀더 있어주게."

이렇게 가슴에서 짜내듯 말하고 보료 위에 몸을 뉘면서 덧붙였다.

"한 시간쯤 이대로 누워 있으면 발작이 그칠 거다. 그때 또 얘길 하자."

이런 경우에 익숙해져 있는 모양으로, 태영은 규를 일으켜 세워 다시 서가 쪽으로 인도했다.

맨 끝에 놓인 서가 앞으로 간 태영은 아래로부터 둘째 칸쯤의 중간에 꽂혀 있는 한 권의 책을 꺼냈다. 『고대 중국의 경제 제도』란 제목의 책이었다. 규는, 무엇 때문에 그런 엉뚱한 책을 꺼내는가 하고 지켜보았다. 태영은 그 책을 펴더니, 그 속에 끼워둔 두 장의 사진을 집어 들고

방 한구석에 있는 소파로 가 앉았다. 규도 나란히 앉았다.

"규야, 이걸 봐!"

태영이 한 장의 사진을 규에게 건네주었다.

앉은 채로 말뚝에 묶인 사람의 모습이 보였다. 그것도 한 사람이 아니고 세 사람이며, 렌즈의 시야 저쪽에도 그렇게 묶여 있는 사람이 있는 것으로 짐작되는 사진이었다. 말뚝에 묶인 사람들은 모두 흰 수건으로 눈이 가려져 있었다. 흰 저고리와 바지로 봐서 모두 한국 사람들이었다. 그것이 사진의 오른쪽이고, 사진의 왼쪽엔 총을 겨누고 있는 일단의 군인들이 있었다. 차림으로 봐서 일본 군인임이 틀림없었다.

그러니 그 사진은 일본의 군인들이 한국 사람들을 총살하는 순간을 찍은 것이었다.

오랜 시간이 지나 인화지가 누렇게 변색되어 있었으나, 그만큼 그 사진에서 받은 음산한 충격이 생생했다.

규는 숨이 막힐 것만 같았다. 무슨 사진이냐고 물어볼 엄두도 나지 않았다. 그저 태영의 설명을 기다릴 뿐이었다. 그러나 태영은 입을 꼭 다물고 다른 한 장을 규에게 건넸다.

그 사진의 정경은 더욱 잔인했다. 사람들을 목을 조른 채, 높다랗게 건너지른 장대에다 명태를 매달듯 조랑조랑 매달아놓은 사진이었다. 화면에 나타난 수만으로도 수십 명을 헤아릴 수 있었다. 헝클어진 머리카락 사이로 쭈뼛 튀어나온 상투의 앙상한 모양이 처량했고, 축 늘어진 바짓가랑이가 추악할 만큼 처참했다. 그리고 사진 한구석엔 지게를 받쳐놓고 몇 구의 시체를 그 위에 얹어놓은 것이 보였다. 규는 가슴이 와들와들 떨려옴을 느꼈다. 그 광경이 바로 지옥의 광경일지 모르겠다. 아니, 지옥보다도 더 흉측스러운 정경이었다.

곁에서 태영의 크게 한숨을 쉬는 소리가 들렸다. 태영이 떨리는 목소리로 겨우 말했다.

"3·1운동 때 일본놈들이 우리 조선 사람을 잡아 죽이는 광경이다."

규는 꿀꺽 침을 삼켰다. 그런데 그 침이 목구멍 어딘가에 걸려버린 듯 가슴이 답답했다. 동시에 불현듯 뇌리를 스치는 모습이 있었다.

둘째 큰아버지의 모습이었다. 둘째 큰아버지도 분명 이런 꼴이 될 뻔했던 것이다.

둘째 큰아버지는 이렇게 처참한 지옥을 두 눈으로 보았을 뿐만 아니라, 그 지옥에서 살아남은 사람이었다. 그러한 둘째 큰아버지가 일본인을 미워하지 않고 배겨낼 까닭이 없다.

규는 비로소 둘째 큰아버지를 이해할 것 같았다. 자기 스스로의 인생을 망치고 가족들의 행복을 짓밟으면서까지 일본에 대한 증오의 불길을 쏟지 않을 수 없는 둘째 큰아버지의 심정을 처음으로 이해하고, 때론 둘째 큰아버지를 야속하게 생각하기도 한 자신의 잘못을 뉘우치는 마음 때문에 눈물이 쏟아질 뻔하기도 했다.

규는 다시 한번 두 장의 사진을 번갈아 봤다. 말뚝에 묶여 날아올 총알을 기다렸을 사람들의 심중은 어떠했을까. 개처럼 목이 졸려 명태처럼 매달린 아버지나 아들을 보는, 아들의 마음, 아버지의 마음, 어머니의 마음은 어떠했을까……. 이렇게 잔인하고 혹독한 짓을 어떤 이유로 감행할 수 있단 말인가.

얼마 동안 사진을 앞에 놓고 넋을 잃었는지 모른다. 규는 뱉듯이 뭐라고 말하는 태영의 소리에 정신을 차렸다.

규는 태영을 봤다.

"이런 것을 보고도 우리가 황국 신민이 될 수 있겠어?"

다시 한번 되풀이하는 태영의 말이었다. 규는 그 말을 자기의 가슴에 새겨 넣었다.

'이런 것을 보고도 우리가 황국 신민이 될 수 있겠어? 안 된다. 절대로 안 된다.'

어느 결엔가 하영근이 규와 태영의 등 뒤에 와 서 있었다. 방 한구석에서의 그들의 거동이 이상하기도 하고, 심장의 고통이 가셔지기도 했기 때문에 거기까지 와본 것이었다.

하영근은 말없이 그 사진을 집어 들더니, 구석에 놓여 있는 문갑 속에 넣어버렸다.

그러고는 다시 보료 위로 가서 몸을 뉘며 조용히 말했다.

"자네들은 보아선 안 될 것을 봤어."

규는 금방 받은 충격을 쉽사리 진정할 수가 없어 멍청하게 하영근의 등 뒤에 둘러쳐져 있는 병풍의 그림 쪽으로 시선을 돌렸다. 절벽이 있고 그 틈에 피어난 난초를 그린 것으로 보였는데, 거기서 규는 아무런 의미도 캐낼 수 없었다.

바깥에서 갑자기 바람이 인 모양이었다. 유리 창문이 요란스럽게 흔들렸다. 그 소리 사이로 뜨락의 나뭇가지가 비명을 올렸다.

"과거를 모두 잊고 살 수도 없지만, 지나치게 과거에 사로잡히는 것도 좋지 못한 일이다."

누운 채로 하영근이 뚜벅 이런 말을 했다.

"보고도 안 본 척할 순 없지 않습니까?"

태영이 조심스럽게 말했다.

"안 본 척할 수야 없지. 그러니까 봐선 안 될 걸 봤다고 하지 않는가."

하영근의 말투엔 나무라는 듯한 느낌이 섞였다. 이어 그는 타이르듯 다음과 같이 말했다.

"역사라는 것은, 헤아릴 수 없는 희생의 더미를 남기며 진행하는 거창한 드라마다. 인생이란 것은, 그런 희생의 더미를 일일이 따져가며 살아갈 수 있을 정도로 여유 있는 게 아니다. 아까 자네들이 본 사진은 무수한 희생의 더미 가운데 작은 한 부분에 불과하다. 지금 이 순간에도 지구의 어느 구석에서, 아니 이 반도 안에서 그것에 못지않은 잔인하고도 혹독한 것이 벌어지고 있을 것이다. 자네들이 받은 충격을 충분히 이해하지만, 사람이란 그런 충격까지도 자기 나름대로 소화하고 살 수밖에 없다. 죽은 자로 하여금 죽게 내버려두라는 말이 있다. 대단히 가혹한 말 같지만 그게 인생의 실상인 걸 어떻게 하나. 자네들은 당분간 앞만 바라보고 걸어라. 남의 일, 또는 과거를 들출 때가 아니다. 우선 자네들이 커야 하니까. 그런 뜻에서도 그 사진에서 받은 충격 같은 건 잊어버리도록 해야 한다."

"일본놈에 대한 미움마저 잊으란 말입니꺼."

태영의 반발이었다.

"잊기 힘드는 것까지 잊어야 그게 수양이 아닐까. '구슬을 감싸듯 내 마음속의 미움을 감싸두자.'는 시를 읽은 적이 있어. 정정한 거목으로 자라기 위해선 증오 따위는 한동안 감싸두는 게 좋은 거야."

"전 그렇게 생각하지 않습니다."

태영이 단호한 어조로 말했다.

"우리가 성장하기 위해선 미움까지도 성장시켜야 한다고 생각합니다."

"박군의 의견은 훌륭해. 기골이 있는 인간이라면 부정이나 악에 대한 철저한 미움을 가져야 하니까. 그러나 박군과 이군은 아직 기초 공부를 해야 할 때니까, 그 기초를 쌓기 전엔 미움이니 뭐니 하는 관념을 일시 보류하란 얘기다. 공교롭게도 그 사진을 내 집에서 자네들이 보게 되었기 때문에 책임상 이렇게 말하는 거다. 그리고 일본에 대한 미움이라고 하는데, 미움의 대상이 그처럼 막연해가지곤 한 발짝도 앞으로 나아갈 수가 없을 게다. 일본인 가운데도 진정 미워해야 할 사람이 있고 미워해선 안 될 사람이 있다. 3·1운동만 해도 그렇다. 진정 미워해야 할 부류는 우리 내부에 있을지 모른다. 직접 총을 쏘아 죽인 놈은 일본인이지만, 우리 동족 가운데에 일본으로 하여금 그런 짓을 하도록 한 놈이 있다면 어떻게 할 것인가. 미워할 건 철저하게 미워해야 하지만, 그러기 전에 미워해야 할 사람과 미워해선 안 될 사람을 구별할 필요가 있지 않을까. 그런데 그 구별이 그렇게 쉬운 게 아니다. 세상일을 보다 정확하게 판단할 수 있을 때까진 그런 구별 자체를 보류해두는 것이 나을 거라는 의견일 뿐이다."

이야기는 이어 3·1운동의 내용과 양상으로 번져갔다. 하영근은 그런 사진을 보관하고 있는 만큼 3·1운동의 내용을 소상하게 알고 있었다. 그런데 그의 결론은 규와 태영이 장성해서 듣게 된 어떤 의견과도 달랐다.

하영근은 3·1운동의 책임을 일본인에게보다 조선인에게 더 신랄하게 추궁해야 할 것이라고 했다. 민족의 규모로 거사를 하면서 군중 조직을 전연 등한시했다는 점, 최악의 경우에 대한 대비를 일절 고려하지 않았다는 점, 일본의 잔학 행위를 세계에 호소하기 위한 직접적인 물적 증거 수집을 게을리했다는 점(아까의 사진 같은 것이 가장 유력한 호소 자료인데, 그것도 외국인 선교사가 찍은 것이다), 거사의 주모자가 거사와 동시에 자수해서 안전 지대로 도피했다는 점, 그리고 민족의 지도자로 자처하는 사람의 대부분이 3·1운동을 일제와 야합하는 이유와 동기로 이용했다는 점 등을 들어, 3·1운동은 일제가 한국인을 탄압·학살했다는 의미에 앞서 이른바 민족의 상층부가 전 민족을 배신한 의미로 역사에 특기될 사건이라는 것이었다. 그러고는

"이군이 장차 역사를 연구하겠다니까 내 의견의 정부正否를 가려줄 날이 있겠지."

하고 쓸쓸하게 웃었다. 심장의 발작이 완전히 멎은 모양이었다.

"그렇다고 해서 잔인한 일본의 죄악을 용서할 순 없지 않겠습니까?"

규는 둘째 큰아버지의 초라한 모습을 뇌리에 그려보면서 이렇게 말했다.

"누가 일본의 죄악을 용서하라고 했는가. 남의 죄를 따지기 전에 우리의 잘못을 따져야 한다는 얘기지."

하영근은 보료 위에 뉘었던 몸을 일으켜 앉았다.

내일은 일요일이란 안심감도 있어, 규와 태영은 밤참까지 얻어먹고 거의 자정이 될 무렵에야 하영근 씨의 집에서 나왔다.

태영의 하숙은 하영근 씨의 집에서 가까운 곳에 있었다. 그래서 태영이 자고 가라고 권유했지만, 규는 혼자 자기의 하숙으로 걸어가기로 했다. 하영근 본인에 대해서나 그 집에서 있었던 일들에서 너무 깊은 감명을 받았기 때문에, 호젓한 밤길을 혼자 걸으며 정리해보고 싶은 생각이 들어서였다.

바람이 자서 거리가 고요했다. 추위는 그다지 고통으로 느껴지지 않았다. 띄엄띄엄 깜박거리고 있는 가로등, 검은 윤곽으로 침묵하고 있는 거리가 어떤 이방의 거리를 걷는 나그네 같은 감상을 돋우기도 했다. 규는 자신의 인생이 새로운 국면으로 전개될 듯한 예감 때문에 가벼운 흥분도 있었다.

만 권의 책을 쌓아놓고 그 속에 병든 몸을 뉘고 있는 하영근이란 사람!

그는 만석꾼의 외아들로서 인생을 시작했으나, 그의 경로는 그리 순탄하지 못했다. 서울에서 고등보통학교를 졸업하고 성대 예과城大豫科에 입학했다. 일 년 남짓 거기서 수학修學하다가 식민지 대학의 따분한 분위기에 염증을 느껴 동경으로 건너갔다. 그리고 한 해를 쉰 다음 동경 외국어학교에 입학했다. 제1외국어로서 독일어를 선택하고, 영어, 프랑스어까지도 배웠다. 중학을 졸업한 정도의 두뇌로 4년 동안 외국어학교에 다니면 서너 개쯤 외국어는 마스터할 수 있다는 본인의 얘기였다.

당초 하영근은 경제학을 공부할 계획이었다. 그러나 병에 걸리고부터 그 계획을 포기했다.

"경제학이 병자에겐 위안이 되지 않드먼. 그리고 경제학이란 학문은, 다른 학문도 마찬가지겠지만, 특히 건강한 체력 없인 어림도 없는 학문이야. 그래 닥치는 대로 철학책이니 문학책을 읽다가 보니 형편없는 딜레탕트가 되어버렸지."

이것은 규가 두 번째 하영근을 만났을 때 들은 얘기다. 그때 규가 물었다.

"딜레탕트란 것이 뭡니까?"

"이를테면 나 같은 사람이지."

하고, 하영근은 다음과 같이 말을 이었다.

"전문專門이 없이 그저 잡박한 지식만 주워 모으는 사람, 생산성 없는 지식의 소유자, 눈만 높고 능력이 따라가지 못하는 얼간이, 도락道樂으로 학문이나 예술의 언저리를 빙빙 도는 사람, 말하자면 따분한 존재지."

하영근은 학교를 졸업하고도 동경에 머물러 있다가, 중국 북경에 가보기도 하고, 상해에서 한때를 지내기도 했다. 그때 노신이란 중국의 문인을 알게 되었다. 하영근은 노신이 쓴 거나 그에 관한 문헌은 모조리 모으고 있다면서, 그것을 시기가 오면 규나 태영에게 보여주겠다고 약속했다.

방학이 되어 집으로 돌아와 규는 아버지에게 하영근이란 사람을 아느냐고 물어보았다.

"네 육촌 형의 외사촌 아니가. 그런데 왜 묻노?"

규는 자기가 받은 하영근의 인상을 솔직히 말했다.

듣고 있던 아버지의 표정이 이상하게 변했다. 뭐라고 간단하게 말해 버릴 수 없는 복잡한 감정이 있는 것 같았다. 아버지는 뭔가를 골똘하게 생각하는 눈치더니,

"하씨는 소문난 집안의 소문난 아들이다. 네가 본받을 사람은 못 된다. 상종을 해도 그리 알고 상종해라."

했을 뿐, 다신 아무런 말이 없었다.

규로선 이해가 곤란한 말이었다. 소문난 집안의 아들이란 말은 좋게도 나쁘게도 해석할 수 있는 함축을 가졌다. 게다가 본받을 사람이 아니란 말도 이상했다. 넉넉지 않은 집안의 아들이 부잣집 아들을 본받아선 안 된다는 말로도 해석되고, 인간성을 두고 하는 말 같기도 해서였다. 또, 상종을 해도 그리 알고 상종하라는 말도 이상했다. 하라면 하라, 하지 말라면 말라로 단정적으로 말하는 버릇이 있는 아버지로선 뜻밖인 발언이라고 할 수 있었다.

뒤에야 안 일이지만, 그때 아버지는 하영근을 결코 달갑게 생각하고 있지 않았다. 아버지의 인물 평가엔 한계가 있었다. 사람은 자기의 척도에 맞추어 남을 잴 수밖에 없는 것이다.

규는 간혹 큰외삼촌과 하영근을 비교해보았다. 그리고 만일 큰외삼촌이 하영근 씨 정도의 재산을 가지고 있었다면 혹시 비슷한 인물이 되어 있었을지 모른다는 생각을 했다. 똑같이 병중에 있는 몸이면서도 큰외삼촌과 하영근은 달랐다. 하영근은 언제나 세계의 중심에 있는 사람처럼 보였다. 비록 앓고는 있을망정, 그 의식은 자기를 세계의 중심에다 두고 엮어져나갔다. 큰외삼촌은 그렇지가 않았다. 낙천적인 말을 하고 활달하게 웃기도 잘했지만, 그 모습엔 세계에서 버림을 받은 사람으로서의 초라함이 있었다.

하영근은 또 작은외삼촌과도 달랐다. 작은외삼촌은 자기의 의지만을 의지하여, 자기와 관계없는 일엔 폐쇄적인 태도를 취했다. 세계의 중심으로서의 자부도 없고, 소외된 사람으로서의 체관도 없었다. 세계의 한쪽 구석에 자기 나름의 집을 짓고 살겠다는 거미 같은 집념의 소유자라고 할 수 있었다.

하영근은 또, 규가 배우고 있는 학교의 어떤 교사와도 달랐다. 교사들은 그들의 체취처럼 위선의 냄새를 풍기고 있었다. 하영근에겐 그 위선의 냄새가 없었다.

규는 방학의 몇 날을 하영근 생각만 하고 지내다가, 자기의 소신을 적은 편지를 하영근에게 보내볼까 생각했다.

그 편지는 조선어로 써야겠다고 마음먹고, 낡은 조선어 교과서를 꺼내 철자법을 익혔다. 단 한 개의 맞춤법의 착오도 없어야겠다고 생각했기 때문이다.

규는 할아버지의 무덤에 관한 얘기로부터 족보에 대한 자기 나름의 감상을 적고, 역사를 공부하고 싶은 마음의 동기를 밝히는 글을 썼다. 세 번을 다시 쓰고 두 번을 정서해서 규는 그 편지를 우편으로 보냈다.

일주일도 채 안 되어 하영근에게서 답장이 왔다.

어른의 글씨답지 않게 가늘고 화사하고, 치졸한 데가 엿보이는 필적이 뜻밖이었다.

그런데 그 문면文面은 규를 기쁘게 했다. 규의 편지가 여간 잘된 편지가 아니더란 칭찬으로부터 시작해서, 장차 훌륭한 역사학자, 탁월한 문학가가 될 수 있는 소질이 보이더라는 의견으로 끝난 편지였는데, 그 중에 규의 할아버지와 하영근의 큰아버지 회봉晦峯 선생은 막역한 친교가 있는 사이여서 왕복 서간도 있고 하니 후일 같이 연구해보도록 하자는 사연이 있었다.

그런데 규를 놀라게 한 것은 편지의 말미에 '하영근 배'河永根拜라고 해놓고, 그 곁에 작은 글씨로 '윤희 받아 씀'이라고 쓴 부분이었다.

편지의 필적이 가늘고 치졸한 데가 있다는 사실을 그것으로써 이해할 수 있었는데, '윤희 받아 씀'이라고 써 넣은 그 글귀가 이상한 의미를 띠고 다가섰다.

그해가 저물 무렵, 규는 자기 앞으로 온 여남은 통의 연하장 속에서 발송인의 이름을 기입하지 않은 한 통의 연하장을 발견했다. 연분홍빛 봉투에 든 그 연하장엔,

'아름답고 행복한 새해가 되길 빕니다.'
라고 씌어 있었다.

그것을 보자 규는 불현듯 하영근으로부터 받은 편지를 연상했다. 황급히 그 편지를 꺼내 봤다.

연하장의 필적과 그 편지의 필적이 똑같았다. 규는 천장이 빙 도는 느낌으로 한동안 눈을 딱 감고 숨을 죽여야만 했다.

정신을 차린 규는, 자기도 윤희에게 연하장을 보내야겠다고 결심했

다. 규가 준비한 연하장엔 윤희에게 보낼 만한 아름다운 것이 없었다. 아무 그림도 없는 하얀 종이를 택하기로 했다. 규는 하얀 종이 위에 붓 글씨로 다음과 같이 썼다.

'아름다운 새해에 아름답게 지내시길 축복합니다.'

써놓고 보니 너무나 진부했다. 기교를 부린다는 것은 신성한 소녀에 대한 모독이란 생각도 들었다.

규는 정성들여 그 종이를 접어 봉투에 넣어가지고 밖으로 나왔다. 아랫마을에 있는 우체국으로 갈 참이었다.

찌푸린 하늘에서 눈이 내리고 있었다. 그해 들어 첫눈이었다.

규의 가슴은 그 첫눈으로 해서 더욱 부풀었다. 밖으로 나가는 규를 보고 안방에서 어머니의 소리가 있었다.

"규야, 눈이 오는데 어딜 가니?"

"우체국에 편지 부치러 갑니다."

"누굴 시키면 될 긴디, 눈이 오는데 우체국까지 가?"

"아닙니더. 제가 갔다 오겠습니다."

하고 규는, 차츰 밀도가 짙어진 눈 속으로 반쯤 뜀박질하며 신작로를 걸었다.

'눈 속에서 1938년은 간다.'

왠지 이런 글귀가 규의 가슴속에서 되풀이되었다. 이어 이런 글귀도 뇌리에서 번쩍였다.

'1939년은 기막힌 해가 될 거다.'

정월 3일, 박태영이 갑자기 규의 고향 집을 찾아왔다.

"고향에 있으니 할아버지의 잔소리가 귀찮고, 하숙으로 갔더니 혼자 심심하고, 그래서 찾아왔다."

이렇게 말하는 박태영은 수척한 모습이었다.

박태영은 전에도 한 번 규의 고향 집을 찾은 일이 있어, 부모님과 태와 준과도 안면이 있었다. 오래간만에 만난 터라, 규와 태영은 밤늦게까지 이야기를 주고받았다. 그로써 안 일인데, 태영이 고향 집에서 나와버린 건 할아버지의 잔소리만이 그 원인이 아니었다. 함양경찰서에서 두 차례나 형사가 와 집 안을 들쑤셔 가택 수색을 하는 바람에 기가 질렸다는 얘기였다.

"이대론 도저히 배겨낼 것 같지 않아."

태영의 말은 우울했다.

규는, 전번의 사건 때문만이 아니라 태영이 일본인에 대한 증오를 너무나 노골적으로 암시한 데 화근이 있는 것 아닌가 생각했지만, 그 말은 하지 않고

"하 선생님께 그런 얘기 해봤나?"

하고 물었다.

"하 선생님은 아직 찾아뵙지 않았다. 그러나 그런 사연을 편지에 썼더니 이런 답장이 왔드만."

하고, 태영은 일어서서 벽에 걸어놓은 양복 호주머니에서 한 통의 편지를 꺼냈다.

우선 규의 시선을 끈 것은, 그 편지 역시 윤희의 필적으로 되어 있다는 사실이었다.

규는 왠지 가슴이 덜컥 내려앉는 기분이었다. 편지의 내용은, 무슨 일이 있어도 흥분하지 말고 당국 사람들을 자극하는 언동을 피하라는 간곡한 충고로 채워져 있었다. 특히 이런 문장이 인상에 남았다.

"흐린 날이 있으면 갠 날도 있다. 그것이 모두 태영 군의 자중自重을 깨우치는 교훈이라고 생각하고 침착하도록 바란다."

규는 편지를 읽으면서도, 다음 장쯤에 있을 편지 끝의 '윤희 받아쏨'이란 글귀에 부딪힐 것이 겁났다. 그런데 편지 끝에 그 글귀는 없었다. 그저 '하영근 배'라고만 되어 있었다.

규는 형언할 수 없는 감동을 억제하기에 기를 썼다.

친구는 우울해하는데 자기는 지금 태영에게 온 편지에 '윤희 받아쏨'이란 글귀가 없다는 다만 그 이유로 기쁜 감동에 젖는다는 건 죄스런 일이라고 생각했다.

'이래가지고 과연 나는 태영의 친구라고 자부할 수 있을까.'

태영의 우울한 감정을 모방하려고 애쓰면서 규는 이렇게 뉘우쳤다. 산촌의 밤은 깊어만 갔다.

1939년

진주의 봄은, 남강의 얼음이 녹아 그 맑은 흐름의 바닥에 하늘의 푸르름을 깔아 흰구름을 아로새기게 되는 무렵부터 시작된다. 4월이 되어 강안江岸 남쪽의 죽림竹林이 청색의 선도를 되찾아 백사白沙와 조응하면, 서장대西將臺 서쪽의 들엔 샛노란 유채꽃이 황금의 담요를 펼치고, 평거平居, 도동道洞의 과수원은 일제히 꽃을 만발해서 산들 바람결에 향기를 시가 쪽으로 흘려 보낸다. 꽃 향기에 서린 아지랑이 저편 북서쪽으로 아득히, 아직도 백설을 인 채 지리산의 정상봉이 의연한 모습을 나타내면, 진주의 봄은 스스로의 봄을 한 폭의 그림으로 완성한 셈이 된다.

1939년의 봄도 이러했다. (그러나 그 후 진주의 봄은 다소 달라진 모양이다. 우선, 겨울에 남강이 전처럼 얼어붙지 않고, 샛노란 유채꽃이 피었던 들에 공장이 들어섰다.) 그해의 봄에 시작되는 신학기에 규와 태영은 중학 4학년이 되었다. 그런데 규와 태영에게 있어선 우울한 계절의 시작이었다.

신학기가 시작된 바로 첫날, 규는 자기와 책상을 나란히 하고 있던 박용배朴容培가 죽었다는 소식을 들었다.

박용배는 농구 선수였다. 까무잡잡한 얼굴에 표범처럼 민첩한 체구를 가진 명랑하기 짝이 없는 소년이었다. 웃으면 하얀 이빨이 예쁘게 솟아나고, 양쪽 뺨에 보조개가 파였다. 규는 박용배와 친한 사이였다고 할 수는 없었지만, 다정하게 지낸 축에 끼였다. 3학년 2학기 중간쯤부터 그가 병석에 누웠다는 얘기를 들어 알고 있었지만, 죽음으로 끝날 줄은 상상도 못했다.

규는 할머니와 외할아버지의 죽음을 목격했고, 주변에 나타나는 죽음을 보고 듣기도 해서 죽음 자체에 대해서는 별로 놀라지 않을 정도의 경험이 있었으나, 바로 자기와 나란히 앉아 3년의 시간을 같이 지낸 박용배의 죽음은 커다란 충격이 아닐 수 없었다. 그 민첩하고 야무진 소년의 육체가 죽음을 준비하고 있었다는 것은 믿어지지 않는 일이었다. 그 활달하고 애교 있는 웃음들이 얼마 안 가 죽을 소년이 웃은 웃음이라고는 도저히 이해할 수 없었다.

'죽음이란 무엇일까?'

간혹 규의 뇌리를 스치는 이 물음은 박용배의 죽음과 더불어 비롯되었다.

그러나 규는, 남의 불행의 언저리에서 그렇게 오래 서성거리진 않았다. 박용배의 검은 그림자는 시간과 더불어 어느덧 사라져갔다.

그런데도 규는 왠지 모르는 불안이 검은 연기처럼 가슴속에서 피어올라, 때론 질식할 것만 같은, 때론 미칠 것만 같은 발작에 사로잡힐 때가 있었다.

그런데 그 원인을 알 수 없는 것이 더욱 안타까웠다.

태영도 나름대로 무언가 고민이 있는 모양이었다. 항상 침울한 표정을 짓고 교실 한구석에 웅크리고 앉았거나, 발끝에 시선을 떨어뜨린 채

걷거나 했다.

어느 일요일 오후, 규는 태영과 비봉산에 올랐다. 오르는 도중에 고갯마루 근처에 있는 두 그루의 정자나무는, 임진왜란 때 일본군이 진주성을 공략하는 광경을 보았으리란 전설을 가진 노목들이었다.

"태영아, 너 요새 왜 그리 우울하노?"

규가 물었다.

"규야, 너는 왜 그렇게 우울하노?"

태영이 물었다. 그리고 한참 있다가 태영이 입을 열었다.

"규야, 거리란 이상하재. 시가 한복판에 있으면 그렇게 시끄럽던 소리가, 여기서 이렇게 앉아 들으니 무슨 자장가 안 같나?"

규는 그렇다고 고개를 끄덕였다. 태영이 다시 말을 이었다.

"저 평거하고 형무소 근처를 봐. 샛노란 유채꽃이 참 아름답재. 그런디 그 속을 걸어봐. 똥 냄새가 나서 숨이 막힐 지경이라."

"이상한 게 어디 거리뿐인가. 시간도 그렇지. 임진왜란을 본 그 정자나무에게 말을 시켜보면, 60년 안팎밖에 못 사는 사람의 말하곤 퍽 다를걸."

규는 이렇게 말하며 죽은 박용배를 생각했다.

"그렇다면 우리가 우울해할 게 하나도 없는데 말이재."

하며 태영은 하늘을 보았다. 규도 동감이었다. 생각하면 우울해할 까닭이 없는 것이다.

규는 자기를 둘러싼, 자기가 당면한 문제를 하나하나 생각해보기로 했다. 첫째, 진학 문제다. 규는 어떤 일이 있어도 고등학교에 가고 싶었다. 그런데 규의 아버지는 규더러 의학전문학교나 고등농림학교에 가라는 것이었다. 아버지의 말로는, 고등학교에 가면 또 대학에 가야 하니 6년간 더 학비를 대야 하는데, 집안 형편으론 도저히 그럴 수 없다는 것이었다.

"너만 아들이냐. 네 밑에 준이도 있고 성이도 있다. 그리고 너는 장남이다. 동생들 생각도 해야지."

아버지의 말은 이처럼 퉁명스러웠다. 규는 한동안 아버지의 말에 따르기로 했으나, 구사마草間라고 하는 영어 선생의 말을 듣고 끝내 고등학교에 가기로 결심했다. 어느 날 규의 하숙을 찾아온 구사마는 이런 말을 했다.

"이군은 고등학교에 가야 한다. 큰 구멍을 파려면 자리를 넓게 잡아야 하고, 큰 나무를 가꾸자면 북을 높게 돋우어야 한다. 지금 일본의 교육제도 가운데서 가장 훌륭한 게 고등학교이고, 가장 나쁜 게 전문학교다. 하기야 학교만이 배울 수 있는 곳은 아니다. 그렇다면 고등학교나 전문학교나 다 무시해버려도 좋지만, 이왕 상급 학교에 갈 바엔 고등학교를 택해야 한다. 이건 전부에게 해당되는 말이 아니고, 이규 꼭 너에게만 해당되는 말이다. 너는 너무나 온순하기 때문에 환경의 지배를 가장 많이 받을 학생이다. 너는 전문학교에 가면 그 틀에 박혀버리는 인간이 되고, 고등학교에 가면 무한한 가능성을 가진 인물이 될 수도 있을 거다. 네 친구 박태영 군은 어떤 학교에 보내도 자기의 가능성을 충분히 발휘할 사람이지만 넌 그렇지 못해."

그리고 구사마는, 자기가 고등사범학교를 나왔기 때문에 뒤에 경도제대京都帝大를 거치긴 했지만 얼마나 손해를 보았는가를 푸념처럼 말했다.

"어떤 손핸지 구체적으로 말씀하실 수 없습니까?"
하고 물은 규를 보고 구사마는,

"교육자가 되겠다는 신념이 성숙하기도 전에 교육의 기술만 주입당했으니 될 말이야? 나는 그 콤플렉스 때문에 가장 교육자답지 않은 교사가 되려고 마음먹어서 요 모양 요 꼴이 아닌가."
하며 누런 이빨을 드러내고 웃었다.
아닌 게 아니라, 구사마는 성격 파산자가 아닐까 의심해볼 수 있을 정도로 파격적인 교사였다. 나이 40이 가까운데도 홀아비로 하숙 생활을 하면서, 마음이 내키면 학생들의 집이나 하숙을 찾아가 아무 데서나 자버리는 성미를 갖고 있었다. 그러면서도 언제나 책을 손에서 놓지 않았고, 그의 영어 실력은 대단한 것으로 알려져 있었다.
규는 진학 문제를 두고 아버지와 다툴 생각을 하면 우울했지만, 그러나 내심으론 그다지 큰 문제로 삼지 않았다.
'고등학교 입학 시험에 합격만 하면 그만이다.'
이렇게 마음을 다지고 있었다.
"태영이, 뭘 생각하고 있니?"
규가 물었다.
"진학 문제."
태영이 뚜벅 말했다.
"우연의 일치로구나. 나도 방금 그걸 생각하고 있었어."
이렇게 말하고 규는 물었다.
"넌 어떻게 할 테냐?"
태영의 아버지가 태영에게 사범학교의 연습과演習科로 가도록 권하고 있다는 사실을 알고 있었다.
"까짓것, 아무 데면 어때."
태영은 우울한 표정을 지었다.

"넌 어딜 가도 될 놈이라고 하더라."

규는 구사마의 말을 다시 한번 되풀이해서 전했다.

"나도 그렇게 생각해. 학문은 내가 하는 거지, 누가 시킨다고 해서 되나. 고등학교니 제국대학이니 하며 일본놈들이 만들어놓은 가치 질서에 편승하는 것도 구역질이 나고, 그렇다고 해서 전연 그런 걸 무시할 수도 없고, 하여간 '될 대로 되어라!' 이거다. 진학 문제는, 어딜 가나 공부만 하면 될 게 아닌가."

규는 박태영의 지식이 자기보다 한 걸음 앞서 있다는 것을 깨달았다.

둘은 다시 각기 생각에 잠겼다.

규는 자기가 왜 우울한가의 원인을 비봉산 위에서 캐내고 싶었다. 그런데 규에겐 태영에게 숨기고 있는 사실이 있었다. 그것은 하영근의 딸 윤희에 대한 아련한 사모였다.

지난 겨울 방학 때 윤희로부터 연하장을 받고 자기 편에서도 연하장을 보내고부터 이상한 감정이 싹트기 시작하여, 그것이 점점 커가고 있었다.

책을 읽고 있으면 윤희의 모습이 행간에 떠올랐다. 수학 문제를 풀고 있으면 답이 씌어야 할 공백에 윤희의 얼굴이 새겨졌다. 거리를 걷고 있으면 저쪽에서 윤희가 걸어오는 것 같은 환각에 사로잡혀 엉뚱한 골목으로 기어드는 일조차 있었다. 그뿐만 아니라, 윤희를 생각하기만 하면 전신이 불덩이처럼 달아오르고 숨이 가빠지기도 했다. 일기장을 펴놓고 나름대로 감상을 적어보려고 하지만, '하윤희'란 세 글자만 써놓으면 가슴이 두근거려 얼른 그것을 지워버리곤 했기 때문에 일기장을 더럽혀놓은 결과만 되었다.

규는 그 일기장이 자기의 불결한 마음을 닮았다고 보고 어느 날 불살

라버렸다. 하지만 윤희에 대한 자기의 감정을 태워 없앨 순 없었다.

하영근 씨 댁엔 가끔 드나들기도 하는데, 그때마다 윤희를 만날 수 있지 않을까 하는 기대를 가져보기도 하고, 만나면 어떻게 하나 하고 겁을 먹기도 했다.

그러니 가장 두려운 것이 하영근 씨가 규의 이런 마음을 알아차리지나 않을까 하는 것이었고, 동시에 박태영이 눈치채지 않을까 하는 것이었다. 그러나 그것이 규를 우울하게 하는 원인이 될 수는 없었다.

규는 태영이가 자기에게 숨기고 있는 뭣이 있다는 걸 짐작하고 있었다. 물어볼 수도 없어 그게 뭣인지 알 수 없었지만, 그런 것이 있다는 사실만은 직감으로 알 수 있었다.

둘은 거의 해가 질 무렵에야 비봉산에서 내려왔다. 규의 하숙이 가까워지자 조금 들렀다가 가라는 권유를 물리치고 걸음을 떼놓으려다가 태영이 갑자기 물었다.

"규야, 너 연애하는 감정을 가져본 일 있나?"

규는 당황했다. 그러나 얼른 대답했다.

"아아니."

태영은 다시 아무 말 없이 걸어가버렸다. 그 뒷모습을 보며 규는 어두워서 다행이라고 생각하고 숨을 크게 내쉬었다. 홍당무가 된 얼굴이 아직도 화끈거렸다.

그다음 토요일에 규와 태영은 하영근 씨를 찾기로 했는데, 태영이 갑자기 함양의 자기 집에 가야 할 일이 생겼다. 규는 태영을 버스 타는 곳까지 바래다주고 돌아오는 길에 송남 서관이란 서점에 들렀다. 왠지 허전한 느낌이어서 잡지라도 살 작정으로 들렀는데, 주인이

"이번에 이런 잡지가 창간됐습니다."
하며 『문장』文章이란 잡지를 들어 보였다. 이태준李泰俊·김기림金起林·정지용鄭芝溶 등 이름 있는 문인들의 이름이 목차를 채우고 있었고, 창간사가 그럴듯했다.

규는 혼자 하영근 씨를 찾는 것도 뭣하고 해서, 그 책을 읽으면서 토요일 오후를 지낼 작정을 했다.

하숙으로 돌아와 그 잡지를 펴 들었다. 소설이 있고, 시가 있고, 평론이 있었다. 그러나 규가 이해하는 범위에선 감동을 받을 만한 것을 발견하지 못했다. 그래 잡지를 덮어버리려고 할 즈음, 이상李箱의 「동경일기」東京日記란 것이 눈에 띄었다. 그때까지 규는 이상의 글을 읽은 적이 없었다. 규는 우선 그 기묘한 문체에 흥미를 가졌다.

읽고 나니 조금 얼떨떨한 느낌이 남았다. 특히, "동경 카페에서 단풍잎 무늬가 깔린 옷을 입고 우왕좌왕하는 여급들을 보고 있노라니까 현미경 속에 나타난 성병균을 보는 느낌이었다."는 구절이 마음에 걸렸다. 열여섯 살인 규가 성병을 알 까닭이 없고, 그러니 성병균이란 어휘를 실감 있게 받아들일 수 있을 까닭이 없었지만, 이른바 화복和服이라고 하는 일본 여성의 옷에 깔린 단풍잎 무늬는 쉽게 상상할 수 있었고, 그것이 바로 현미경 속의 성병균과 통하는 것이 언젠가 학교의 실험실에서 어떤 병원체를 현미경을 통해 본 경험과 겹쳐져, '관찰이라는 것은 이럴 수도 있다.'는 것과 '문장을 이렇게 쓸 수도 있구나.' 하는 개안開眼에 가까운 느낌을 가졌다.

동시에 이상이란 이름이 하필이면 상자箱字라는 것도 강렬한 인상이었다. 감동이랄 수는 없었지만 그러한 기분으로 그냥 하숙방에 틀어박혀 있을 수는 없었다. 규는 '문장' 잡지를 들고 하영근 씨를 찾아가기로 했다.

대문에 들어섰을 때 벌써 화원이 전개되어 있었다. 겨울과 이른 봄엔 그냥 담장이고 길이고 뜰이었던 곳이 갖가지 꽃으로 덮여 있었다. 중문을 열기만 하면 다시 거기에 현란한 화원이 나타났다. 그러나 중문을 열자 규가 멈칫 서버린 것은 그 화원의 현란한 아름다움 때문이 아니었다. 유리창을 열어젖히고 볕을 담뿍 받아들인 대청마루 위에 윤희의 모습이 보였던 것이다. 윤희는 아버지 곁에서 무언가를 가위질하고 있었다. 규는 뒤로 물러서지도 못하고 앞으로 나아갈 수도 없는 심정으로 우뚝 서 있었다.

"거기 왜 그러고 있나. 빨리 올라오게."

하영근이 웃으며 손짓했다.

규가 대청 가까이 다가섰을 때, 윤희가 앞에 놓인 종이를 챙겨 들고 일어서려 했다. 하영근이 그러는 딸을 제지하고,

"마침 잘됐다. 둘이 서로 알고 지내라."

하면서 인사를 시켰다.

"이게 내 딸 윤희다. 딸이라기보다 내 조수지. 지금 신문을 정리하고 있는 참이다."

그리고 윤희에게는

"이 학생이 내가 말하던 이규 군이다. 네겐 왕고모님이 되는, 그러니까 내 고모님의 7촌 조카뻘이 된다. 우리하곤 사돈이 되는 거지. 길에서 만나더라도 서로 인사를 하고 지내야지."

하고 자상하게 설명했다.

규는 벌겋게 달아오른 얼굴을 들 수가 없었다. 윤희도 역시 고개를 숙인 채 있었다.

"젊은 남녀 학생들이 주고받는 얘기를 듣고 싶기도 한데 둘 다 왜 이러지?"

하고 하영근이 장난스럽게 말했다.

"어릴 때부터 남녀 간의 교제가 있어야 서로 이로운데, 우리나라에선 못된 인습이 아직도 판을 치고 있으니 탈이야. 너희들부터라도 그런 인습은 타파하도록 해야지. 이군이 금년 열여섯 살이랬지? 그럼 윤희가 이군보다 한 살 위가 되는구먼. 서로 어려워 말고 앞으로 좋은 말동무가 되도록 해라."

윤희는 종이 꾸러미를 안고 일어섰다.

하영근이 웃으며 말했다.

"내겐 함부로 덤벼드는 애가 이군은 거북한 모양이구나. 그럼 들어가봐라. 그 신문은 여기다 두고. 이군더러 거들어달라고 할 테니까."

윤희는 예쁘게 빗질하여 묶은 머리채를 분홍색 스웨터 위에서 한들거리며 대청 뒷문으로 사라졌다. 어떤 폭발물이 제거된 후의 뜰처럼 조용한 평온을 대청마루가 되찾은 느낌이었다. 규는 비로소 안도의 숨을 내쉬고 죄어진 가슴을 풀었다. 그러고는 스스로의 긴장을 카무플라주할 셈도 있어서,

"이게 뭡니까?"

하고 깨알만 한 영자로 가득 채워진, 윤희가 두고 간 종이 뭉치를 보였다.

"타임스란 신문이다. 흔히들 런던 타임스라고 하지. 런던에서 발행되는 건데, 내게까지 오는 데 동경을 경유해서 꼬박 두 달 반이 걸린다. 그걸 지금 스크랩하고 있는 중이야. 워낙 부피가 크고 내겐 불필요한 부분이 많고 해서 대강 스크랩해놓고 읽는다."

규의 호기심을 알아차렸는지, 하영근은 먼저 신문의 체제를 설명했

다. 두 달 반이나 늦는데도 런던 타임스를 읽는 이유를 다음과 같이 말했다.

영국을 중심으로 한 세계의 정세를 소상하게 알 수 있다는 것, 영국 국회의 의사록議事錄이 소설 이상으로 재미있다는 것, 그것을 읽음으로써 비록 몸은 조선 반도의 한구석에 갇혀 있지만 의식만은 세계인의 의식으로 살아갈 수 있다는 것, 일본이나 한국에서 보도한 사건의 내용과는 전연 딴판인 사건의 진상을 간혹 발견하는 흥미가 있다는 것 등이었다.

"이것은 내가 직접 보려고 하면 어림도 없는데, 동경에 있는 일본 친구의 명의로 들여와서 내게 전송하는 바람에 읽을 수 있다."

규는 그러한 설명을 들으면서 신문을 만지작거리고 있었는데, 2월 10일이란 일자가 붙은 신문 어느 페이지에서 커다란 활자로 찍힌 다음과 같은 제목을 읽었다.

'카탈루냐 함락.'

규는 자기의 번역이 옳은지 어떤지도 궁금하고, 그 카탈루냐가 뭣인가 알고 싶기도 해서,

"카탈루냐 함락이란 게 뭡니까?"

하고 물었다.

"카탈루냐는 스페인 어느 지방의 이름이다. 그 카탈루냐가 함락됐다는 얘기다."

"거기서 전쟁이 있었습니까?"

"그렇다. 스페인에선 3년간이나 전쟁이 계속되고 있었다."

"그래요?"

규는 놀란 표정을 지었다.

"그럼 이군은 스페인에 내란이 있었다는 걸 몰랐나? 일본 신문에도 났을 텐데?"

"신문을 읽어야지요."

규는 얼굴을 붉혔다.

"허기야 아직 중학생이니까 그런 걸 몰라도 돼. 그런데 스페인 내란은 이군이 언젠가는 알아둬야 할 대사건이다."

이렇게 말해놓고 하영근은 방으로 들어가더니 두툼한 스크랩북 세 권을 안고 나왔다. 스크랩북 표지에 '스페인 내란'이라고 씌어 있었다.

"이게 모두 런던 타임스에서 스페인 내란 관계만 잘라 모은 거다. 귀중한 자료라고 생각한다. 이다음 이군이 역사가가 되었을 때 이 스크랩이 필요하게 될지 모르지. 그러니까 내게 이것이 있다는 걸 기억해둬. 필요할 땐 언제든지 제공할 테니까."

하영근은 스페인 내란에 관해 대강 얘기했다. 프랑코란 이름을 듣는 것도 처음이었다. 돌로레스 이바루리란 이름도 처음 들었다. 마드리드, 바르셀로나, 발렌시아, 살라망카, 안달루시아 등등의 지명이 하나같이 신선하고 신비로운 이름으로 들렸다.

"그런데 아까 이군이 본 카탈루냐에서의 전투가 마지막 전투였던 모양이더라. 지난 2월 27일 프랑코 장군이 마드리드에 입성했다. 인민전선정부는 드디어 붕괴되고 말았다. 일본 신문도 대서특필했던데……."

규는 왠지 3월 27일이란 날짜가 마음에 남았다.

'1939년 3월 27일 프랑코 장군은 마드리드에 입성했다. 그날 나는 무엇을 하고 있었을까!'

세계의 어느 곳에선 나라가 부서지는 대사건이 있었는데도 그런 것을 모르고 산골 언덕에서 햇볕을 쬐며 백일몽을 꾸고 있었다고 생각하니, 규는 마음이 쓸쓸했다. 앞으로 알아야 할 일이 산더미 같다고 생각하니 망연한 느낌이면서, 한편 가슴이 뭔지 모르는 기대로 부풀기도 했다.

'내게도 런던 타임스를 읽고 세계의 정세를 환히 알 수 있는 날이 있을 것이다.'

하영근은 런던 타임스를 읽으면서 설명을 계속했다. 제2차 세계대전이 언제 일어날지 모른다는 얘기도 했다.

이탈리아가 알바니아를 침공하고, 히틀러라는 독재자가 독일을 장악하고 전쟁 준비를 서두르고 있다는 얘기도 했다. 간디라는 이미 듣고 있던 이름 외에 네루라는 위대한 지도자가 인도에 있다는 얘기도 했다.

"세계는 급격하게 변하고 있다. 이군이 어른이 될 땐 전연 다른 세상이 있을지도 모른다. 어쩌면 우리나라가 독립되어 있을지도 모르지."

국제 정세를 설명하다 보니 하영근도 어느덧 흥분한 모양이었다.

'우리나라가 독립되어 있을지도 모른다.'라는 말에 규는 귀가 번쩍 뜨였다.

"우리나라가 독립이 될까요?"

"그렇게 변해가면 혹시 그렇게 될지도 모른다는 얘기다. 일본이 지금 기고만장해서 대륙을 침공했지만, 대륙이 그처럼 호락호락하게 일본의 뜻대로 되진 않을 테니까. 또 세계가 일본이 멋대로 하는 것을 보고만 있진 않을 테니까. 그러나 이군은 그럴수록 침착하게 공부해야 해."

규는 보다 명백한 것을 듣고 싶었다.

"선생님은 우리나라가 독립이 되리라고 믿고 계십니까?"

"역사의 방향은 누구도 단정적으로 예측할 수는 없다. 나는 다만 일본의 무궤도한 짓이 가속과 가중을 더해, 그들로선 뜻하지 않은 방향으로 역사가 전환될 수도 있을 것이란 뜻으로 말했을 뿐이다."

여기서 말을 끊고 하영근은 잠깐 생각하는 눈빛이 되더니,

"이런 얘길 박태영 군에겐 하지 마라."

라고 조용히 말했다.

규로선 하영근의 그 말이 뜻밖이었다. 하영근은 규의 의아스러운 마음을 풀어야겠다고 생각한 모양이었다.

"태영 군은 다이너마이트와 같은 천재다. 언제 뇌관에 불이 붙을지 모른다. 불이 붙으면 폭발한다. 만일 내 입으로 우리나라가 독립될지 모른다는 말을 태영에게 해봐. 태영은 당장 그때부터 독립 운동에 나설 사람이다. 천재는 대개의 경우 자기 자신의 재능을 위해서도 약은 구석이 있는데, 그것이 또한 천재를 천재답게 길러내고 보호하는 역할을 하는데, 태영 군에겐 그런 게 없어. 언제든 폭발하려고만 하는 다이너마이트와 똑같단 말이다."

규는 그 말을 단번에 이해할 수 있었다.

"그러니까 태영 군 같은 천재는 되도록이면 불 근처에서 멀게 해두어야 된다. 그 정열과 기백에 물을 끼얹어주어야 해. 우선 그 천재를 키워놓고 보아야 할 테니까."

"태영에겐 절대로 그런 말을 안 하겠습니다."

"그렇게 해주게."

하영근이 암연한 표정이 되면서 말했다.

대청 뒷문을 여는 소리가 났다. 규는 고개를 들었다. 윤희가 찻잔을 얹은 쟁반을 들고 들어왔다.

규는 자기의 눈을 의심했다. 언제나 규가 있을 때의 심부름은 식모아이가 했던 것이다.

쟁반을 탁자 위에 놓는 윤희를 보고 하영근이 웃음을 띠고 말했다.
"야. 오늘은 우리 공주님이 손수 차를 가져오셨구나."
규는 두근거리기 시작한 가슴을 죄고, 찻잔을 내려놓는 희고 가늘고 긴, 그리고 우아한 손가락만을 지켜보았다.
규의 얕은 지식과 상상력으로선 천사의 손가락이란 상념이 떠올랐을 뿐이었다. 참으로 아름답고 청결한 손이었다. 찻잔을 놓고 윤희는 말없이 돌아섰다.
"이왕 온 김에 얘야, 이리 와서 좀 앉아라. 우린 한창 신나게 얘기하는 중이란다."
하영근이 그렇게 만류했지만, 윤희는 몸을 돌려 대청 저쪽으로 사라져 갔다. 순식간의 일이었다. 꿈이 아닐까 했다.
"자, 식기 전에 차를 들게."
하는 하영근의 말에, 그게 꿈이 아니란 걸 규는 알았다.
규는 간신히 찻잔을 입에 대다 말고, 자기가 가져온 『문장』지를 하영근 앞에 내놓으며 말했다.
"이런 잡지가 나왔습니다."
하영근은 그 잡지를 목차부터 차근차근 넘기기 시작했다. 어느 군데에서는 읽어보기도 했다.
그동안 규는 '스페인 내란'이란 표제가 붙은 스크랩북을 뒤지며 주로 그림을 보았다. 파괴된 집들, 내버려진 시체, 각양각색 군복을 입은 병정들의 모습, 그림만 보아도 스페인의 내란이 얼마나 처참했던가를 알 수 있었다.
한 시간쯤 지났을까. 하영근은 잡지를 규에게 돌려주며 중얼거렸다.
"가난하고 슬픈 나라가 문학으론 풍부할 수도 있는데, 이 잡지를 통해서 본 우리의 문학은 우리나라 이상으로 가난하다. 그러나…….”
하고 하영근은 그 잡지를 가리키며 덧붙였다.

"그런 분들의 피나는 노력마저 없었더라면 우리나라는 캄캄한 암흑 세계가 될 뻔했지.”

"이상李箱의 문장은 어떻습니까?”

규는 우선 그것에 관한 하영근의 의견을 알고 싶었다.

"글쎄. 깨진 거울, 아니 금이 간 거울에 물건을 비춰 보면 이상하게 이지러져 보이지? 결국 그런 건데, 기교가 지나친 반면 진실이 모자라는 느낌 아냐? 지금 읽은 이상의 글을 두고 하는 말은 아니지만, 그런 글을 읽으면 빈혈증에 걸린 재능이란 느낌이 들어. 이군은 아직 모를 테지만, 문학엔 그런 유파가 있지. 다다이즘이니 표현주의니……. 그러나 이런 얘기는 두었다가 하기로 하고, 하여간 이군이 이런 글을 읽는 건 좀 이르지 않을까 하는데…….”

"선생님도 글을 쓰셔서 발표라도 하시면…….”

규는 진정으로 말했다. 하영근은 껄껄 웃었다.

"내가 글을 써? 그리고 발표를 해? 내겐 그런 능력이 없어. 재능도 없고……. 능력이 없으면서 입으론 비판을 하는 사람, 그러니까 나는 딜레탕트라고 하잖더냐.”

"공연히 그러시는 것 같애요.”

"아냐, 정말이다. 안고수저眼高手低란 말이 있지? 꼭 그대로다.”

"외국의 훌륭한 작품을 많이 읽으셨기 때문에 우리나라 작가의 작품이 마음에 들지 않는 게 아닙니까?”

"그럴는지도 모르지. 그러고 보면 우리나라의 작가는 동정을 받을 만해. 지식인으로부턴 깔뵈고, 일반 대중과는 유리되어 있고……. 내 친구 가운데 소설을 쓰는 사람이 있는데, 그 사람 말로는 우리나라 말 문학 인구가 3천 명이 안 된다더라. 그러니 작가가 직업으로서 가능할 까닭이 없고, 지사적志士的인 길을 걸을 수밖에 없는데, 문학에 대한 애착 때문에, 아니 글을 써서 발표하고 싶은 욕심 때문에 본의 아닌 짓을 하게 되어 사서 망신을 당하는 경우가 많거든. 그런 의미에서도 중국의 노신을 배워야 하지만, 사실 이 반도엔 노신과 같은 나무 한 그루 성장할 토양이 없다…….”

규는 하영근의 말을 전부 이해할 순 없었으나, 그런 탄식에 동감할 순 있을 것 같았다.

어느덧 긴 봄 해도 기울었다. 규는 저녁 식사를 하고 가라는 권유를 받았지만 번번이 그런 폐를 끼칠 순 없다고 생각하고 하영근의 집을 나섰다.

돌아오는 길의, 봄 저녁 나절의 바람이 규의 얼굴을 부드럽게 스치고, 규의 가슴속을 향기로 채웠다. 윤희와 인사를 나눴다는 사실, 윤희가 자기를 위해 찻잔을 가지고 왔다는 사실이 어떤 행복의 전조인 양 규의 가슴을 설레게 했다.

그러나 그것도 한순간, 하숙에 돌아갔을 무렵의 규는 다시 걷잡을 수 없는 우울증에 빠져들었다.

5월에 접어든 어느 날 마지막 수업 시간이었다. 학급 담임이 출석을 부르고 나더니 박태영을 다시 불렀다.

"시간이 끝나는 즉시 교장실로 가도록 하라."

방과 후, 규는 교문 근처에서 교장실에 갔다 올 태영을 기다렸다. 30분쯤 지나 태영이 나타났다.

"무슨 일이고?"

규가 물었다.

"통 영문을 모르겠어."

태영이 걷기 시작하며 투덜댔다.

"교장이 내 손을 꼭 쥐고 한다는 말이 글쎄, ……인생은 지나치게 두려워할 것도 아니지만, 그렇다고 해서 너무 얕봐서도 안 된다나. ……어떻게 하든 자중하고 자애해서 내가 대학을 무사히 졸업하도록 하래. 자기가 어디에 있건 내가 대학을 무사히 졸업하는 즉시 자기를 찾아주면 더욱 반갑겠고, 그러지 못할 땐 엽서라도 한 장 보내달라는 얘기였어. 무슨 뚱딴지 같은 소린지 알 수가 있어야재."

"고마운 말 아니가?"

"고맙건 밉건, 밑도 끝도 없이 사람을 모처럼 불러놓고 한다는 말이 그 꼴이니 당최 기가 막혀서!"

"그 말밖에 안 하더나?"

규 역시 궁금해서 이렇게 물었다.

"똑같은 말을 자꾸만 되풀이하는 거야. 몸조심을 해라, 경찰을 비롯한 일본 기관의 비위를 거스르지 않도록 해라, 대학을 무사히 졸업할 때까진 아무튼 위험한 책이나 사상이나 단체에 접근하지 마라……."

"교장으로선 특별히 네게 관심이 있는 거다. 그래놓응깨 작년 같은 일이 또 있을까봐 노파심을 발동시킨 거다."

규는 이렇게 말했지만, 석연한 마음으로 한 것은 아니었다.

"나도 그렇게 짐작은 해, 그렇지만 새삼스럽지 않나. 아무래도 경찰서에서 뭐라고 한 게 틀림없어. 제기랄."

태영의 버릇이 되어버린 침울한 표정이 더욱 침울하게 이지러졌다.

"조심하란 말은 몇백 번 들어도 좋은 말 아닌가?"

규는 위로하는 투로 말했다.

"그런데 이상한 일이 있어."

태영이 말했다.

"뭐가."

"내가 교장실에서 나오니까 5학년 민영태 씨가 밖에서 기다리고 있더라. 민씨도 교장실에 불린 모양이드라만……."

"민씨가?"

민영태도, 태영과는 조금 달랐지만 수재라고 해서 교내에 소문이 나 있는 학생이었다. 그리고 한 번인가 두 번 경찰 신세를 진 적도 있었다. 아버지는 우편 배달부였다. 아버지는 학비를 댈 만한 처지가 못 되었는데, 민영태의 재능을 아끼는 특지가가 돕고 있다는 소문이었다.

민영태까지 불렀다면 태영의 짐작대로 경찰에서 무슨 말을 한 것이 틀림없는 사실인 성싶었다.

그러나 박태영은 작년의 사건 이래 그야말로 근신하는 나날을 보냈다. 그의 말을 빌리면, 독일어나 프랑스어가 아니면 사상에 관한 책은 읽지 않기로 하고 있었던 것이다.

그런데 그 수수께끼는 곧 풀렸다.

이튿날 아침, 조례 직전의 교정이 하라다 교장의 전근설로 술렁대고 있었다.

"틀림없다."

"그럴 리가 없다."

"만일 그게 사실이라면 결사적인 스트라이크를 해야 한다."

"스트라이크를 해야 하고말고."

"교장이 전근을 하다니 될 말인가."

"낭설이다, 낭설."

"아냐, 낭설이 아니다."

제각기 나름대로 견해를 말했으나, 누구도 확신을 가진 사람은 없었다. 만일 하라다 교장이 딴 곳으로 간다면, 그건 학생들을 위해서 커다란 손실이다. 결단코 그런 일이 없도록 해야 한다는 감정만은 학생 전원이 공통인 것 같았다.

교장이 떠날지 모른다는 소문과 더불어 학생들은 새삼스럽게 하라다 교장의 위대함과 친애함을 인식하게 되었다고 할 수 있었다.

규는 하라다 교장 전근설이 낭설이 아니고 참말일 것이란 직감을 가졌다. 그러지 않길 바라는 마음이 규로서도 강렬했지만, 어제 박태영을 교장이 불러 그런 말을 했다는 것이 움직일 수 없는 증거라고 생각했다. 교장은 떠나는 마당에 이 학교에서 가장 우수하고 가장 문제적인 두 학생을 부른 것이다. 규는 그런 생각을 하면서 태영을 찾아다녔다.

규가 태영을 기숙사 근처의 숲속에서 찾아냈을 때는 조례의 종이 울리고 있었다. 바쁜 걸음으로 조례장으로 향하면서 규는 자기의 추측을 말해봤다.

태영은 새파랗게 질린 표정이었다. 그도 벌써 그런 짐작을 하고 있었던 모양으로, 울상을 지으며 한다는 소리가 이랬다.

"싸워야지 별 수 있나."

'태영이 겉으론 교장을 빈정대는 척했지만, 그도 또한 교장에게 애정을 가지고 있었구나.'

하고 규는 생각했다. 아니, 교장의 전근설과 더불어 그의 마음에 교장에 대한 애정이 솟아났는지도 모른다고 규는 생각했다.

전근설은 낭설이 아니었다.

검은 로이드 안경을 쓴 '살찐 족제비'란 별명을 가진 교두(敎頭: 일제 때의 수석 교사)가 단상으로 올라가더니 비명 같은 날카로운 고함을 질렀다.

"지금부터 하라다 교장 선생님 송별식을 거행하겠습니다."

일순 교정이 물을 뿌린 듯 조용해지더니, 다음 순간 그 정적을 찢는 듯한 고함이 열중에서 터져 나왔다.

"송별식 절대 반대다!"

"절대 반대다!"

하는 아우성이 뒤따라 파도처럼 일었다. 자기도 모르게 규도 그렇게 외치고 있었다. 배속 장교가 사벨洋劍을 번쩍거리며 단상에 뛰어올라 호통쳤다.

"조용히 해라! 떠나시는 교장 선생님을 위해 이건 예의가 아니다."

"누가 교장 선생님을 떠나시게 한다더냐."

하는 아우성이 또 일었다.

"조용히 해라. 이렇게 문란한 규율을 나는 묵과할 수 없다."

배속 장교가 목에 핏대를 돋우었다.

"우리들은 교장 선생님이 떠나시는 것을 묵과할 수 없다."

어디선가 이런 소리가 또렷하게 들려왔다.

규는 자기의 왼쪽 셋째 줄에 서 있던 김종관金鍾官이 대열에서 빠져나가 교정 한복판을 향해 달려가는 것을 보았다. 거기에 서더니 학생들을 향해 부르짖었다.

"우리는 조례를 그만두고 강당으로 갑시다. 거기서 우리는 이 중대한 문제를 토의합시다. 자, 강당으로 갑시다."

이것이 신호가 되었다. 학생들은 '와' 하고 환성을 지르며 강당을 향해 달려가기 시작했다.

이때, 이제까진 묵묵히 서 있던 교장이 단상으로 올라갔다. 교장은 달리고 있는 학생들을 향해 그 자리에 서라는 시늉으로 손을 저었다. 그러면서 호소하기 시작했다.

"제군, 이 자리에서 내 말을 들어라. 돌아와서 내 말을 들어라. 만일 나를 생각하는 마음이 조금이라도 있거든 돌아와서 내 말을 들어라!"

울부짖는 듯한 하라다 교장의 호소를 학생들은 저버릴 수가 없었다. 학생들은 강당으로 향하던 발길을 돌리기 시작했다. 그러고는 한 사람씩 모여들더니, 교장이 서 있는 단을 둘러쌌다. 줄을 지을 겨를도 없이 학생들은 밀집한 군중이 되었다.

"가서 정렬하라!"

배속 장교가 소리를 질렀다. 그러자 교장은

"열을 지을 필요 없다. 이대로가 좋다."

하고 배속 장교를 제지했다.

교정은 조용해졌다. 맑은 5월의 하늘이 머리 위에 있었고, 신록의 내음을 담은 바람이 산들거리고 있었다. 학생들은 단 위에 있는 하라다 교장을 숨을 죽인 채 쳐다보고 있었다.

하라다 교장은 조용히 입을 열었다.

"나는 오늘 아침을 위해서, 너희들을 위해서, 그리고 나를 위해서 참으로 멋지다고 할 수 있는 고별 연설을 준비하고 있었다. 그런데 허탕이 되어버렸다. 첫째 원인은 나의 부덕에 있고, 둘째 원인은 너희들의 경솔함에 있다. 나는 대단히 슬프게 생각한다. 인생에 있어서 가장 소중한 시간은 만나는 때보다 헤어지는 때다. 만날 때는 피차 실수가 있어도 접촉해나가는 가운데 그것을 보상할 기회가 있지만, 헤어질 때의 실수는 그럴 수가 없다."

하라다 교장은 여기서 말을 끊고 한참 동안 묵묵히 학생들의 얼굴을 둘러보았다. 이어 다음과 같이 계속했다.

"제군! 오해가 없길 바란다. 나는 너희들과 오래오래 같이 있고 싶다. 그러나 사람이 자기 소원대로만 할 순 없다. 사람에겐 죽음이란 게 있는 것이다. 인생에는 헤어질 때와 끝날 때가 있는 것이다. 나는 지금 여기 이렇게 멀쩡하게 서 있긴 하다. 그런데 나는 중병에 걸려 있다. 의사의 말로는, 곧 정양생활에 들어가지 않으면 당장 죽을지 모른다고 했다. 나는 생각한 끝에 사표를 내기로 했다. 다행히 당국에서 그것을 허락했다. 이 늙은 하라다를 조금이라도 더 살게 해주는 셈치고, 너희들은 나를 방면해주어야겠다."

"거짓말이다!"

누군가가 외쳤다.

"거짓말이다."

"그렇다."

"그렇다. 거짓말이다."

하고 소리소리가 잇달았다.

"내가 언제 너희들에게 거짓말을 하더냐."

교장은 표정이 엄숙해지고 음성이 떨렸다.

"나는 너희들로부터 감사하다는 말을 들을 순 없을망정 모욕을 받아야 할 짓은 하지 않았다. 지금 너희들과 헤어지려는 이 엄숙한 마당에 내가 어떻게 거짓을 말한단 말인가. 내가 하는 말을 그대로 믿어주기 바란다."

라고 해놓고 다시 말을 이었다.

"나는 너희들과 지낸 수년 동안을 내 평생에 있어서 가장 행복한 시기였다고 생각한다. 교육자로서의 나의 만년이 결코 실수로 끝나진 않았다고 생각한다. 너희들이나 너희들의 선배는 모두 우수했다. 그런데 제군! 너희들이 앞으로 살아가는 데 적잖은 곤란이 있을 것으로 안다. 양심의 보람이 제대로 나타나지 않을 경우도 있을 것이다. 스스로의 능력과 노력에 비해 부당한 대접을 받을 경우도 있을 것이다. 뜻하지 않게 많은 함정에 빠져 억울한 눈물을 흘려야 할 경우도 있을 것이다. 선인善因이 반드시 선과善果를 마련하지 못한다는 것을 알고 좌절하고 실망할 때도 있을 것이다. 그러나 이러한 억울함과 실망과 좌절을 이겨나가는 사람이 인생의 승리자란 사실을 명심하기 바란다. 그리고 꼭 한 가지 해둘 말이 있다. 너희들이 사회에 나가면 일본인으로부터 차별 대우를 받는 현실에 부닥칠 것이다. 정신적으로나 물질적으로 차별 현상이 엄연히 있으니, 민감한 너희들은 곧 그 사실을 알아차릴 것이다. 그럴 때 너희들은 비굴해선 안 된다. 비굴하지 말라고 한대서 반항하라는 뜻은 아니다. 너희들을 차별하는 그자들을 불쌍한 자들이라고 보아 넘기란 뜻이다. 상대방보다 우월한 능력도 실력도 없는 놈이 상대방을 차별 취급한다면 나쁜 것은 그놈이지 상대방이 아니다. 그런 놈을 상대하지 말고 스스로의 내부를 충실하게 하도록 해야 한다. 차별해야 할 아무런 근거도 우월성도 없는 놈이 남을 차별한다는 건, 바로 그 점만으로도 경멸을 받을 충분한 이유가 된다. 그러니 차별을 겁낼 것이 아니라, 불쌍한 놈이라고 웃어주면 그만이다. 하지만 그것만으론 부족하다. 그자들을 웃어주기 위해선 자기 자신이 훌륭한 인물이 되어 있어야 한다. 차별 대우를 너희들이 분발하게 하는 계기로 활용하면 너희들의 장래엔 광명이 있을 것이다.

내가 가장 죄스럽게 생각하는 것은, 내가 재임 중 너희들의 학과 과정에서 조선어 과목을 없앤 일이다. 나 개인의 힘으로는 어떻게 할 수 없었다고 내 행동을 변명할 생각은 없다. 반도 청년의 교육에 뜻을 두고 이곳에 온 나 자신의 책임으로서 나는 달게 책망을 받을 각오로 있다. 그러나 사람에게 있어서 가장 중요한 교육자는 자기 자신이라는 것을 알아야 한다. 자기가 자기의 교사가 될 수 있을 때 비로소 교육이 시작될 수 있다고 해도 과언이 아니다.

내가 끝으로 당부하고 싶은 말은, 대일본 제국이 결코 너희들에게 나쁜 조국이 아니라는 점이다. 대일본 제국은 앞으로 융융한 발전을 하게 될 것이다. 그 조국과 더불어 너희들의 장래가 커나갔으면 하는 마음 간절하다. 그러나 나는 너희들이 본심을 속이고 황국 신민인 척하라고 권하진 않는다. 공자의 말에 '군자는 화이부동和而不同이고 소인은 동이불화同而不和한다.'는 대목이 있다. 대일본 제국의 신민이 되도록 하되, 화이부동하라는 뜻이다. 소인의 동이불화로 대일본 제국의 신민이 되는 것은, 일본을 위해서도 여러분을 위해서도 불행한 일이다. 이것이 나의 교육 방침이었다."

하라다 교장은 여기서 말을 끊었다. 어떤 감회가 치밀어오르는 그런 표정으로 한동안 묵묵하더니,

"제군! 저 지리산을 보라!"

하며 손끝으로 지리산을 가리켰다. 학생들의 시선이 하라다 교장의 손끝이 가리키는 방향으로 쏠렸다.

구름 한 점 없는 5월의 하늘 저쪽에 신비의 장막을 두르고 지리산의 정상이 숭엄한 모습을 나타내고 있었다.

"저 지리산의 숭엄한 모습을 어느 해, 어느 때 나와 함께 눈여겨보았다는 기억을 너희들이 길이 간직해주었으면 고맙겠다."

하라다 교장의 말이 조용히 들려왔다.

학생들이 다시 시선을 하라다 교장 쪽으로 돌렸을 때, 하라다 교장의 얼굴엔 눈물이 흘러내리고 있었다.

"제군, 자중 자애하기 바란다."

마지막 말은 눈물로 흐렸다.

이렇게 해서 하라다 교장은 학생들의 눈앞에서 퇴장해 갔다.

신병을 이유로 교장 스스로 사의를 표명했다는 말은 거짓이 아니었지만, 하라다 교장의 사임은 결국 타의에 의한 것이었다. 송별식장에서 학생들이 동요한 것은, 내용을 모르면서도 청소년다운 직감으로 그러한 기미를 눈치챈 때문이었다.

그런데 하라다 교장 사임의 진상이 밝혀지기까지엔 상당한 시간을 필요로 했다. 뒤에 규가 종합한 바에 의하면, 그 진상의 대강은 다음과 같았다.

동래고보 이래로 하라다 교장이 반일적 학생을 적극 두둔한 사실에 대해서 당국은 일찍부터 주목하고 있었다. 그런데다 선진 사건 때 하라다 교장은 공공연하게 상부의 지시에 반발해서 문젯거리를 만들어놓았다. 그뿐만 아니라, 그는 교련 교관에게, 일주일에 두 시간씩 배정된 시간 외엔 교련을 위해서 시간을 허용하지 않았다. 매일 아침의 조례 시간을 이용해서 배속 장교가 열병·분열의 훈련을 시키려고 하자, 하라다 교장은 '머리가 좋은 학생들이니 그렇게까지 할 필요가 없다.'고 그 제안을 일축해버린 일이 있었다. 또 하라다는 학생들에게 카키색 제복을 입혀 군국색으로 바꿔야 한다는 일부 교사들의 의견을 '소년들은 되도록 예쁘게 길러야 한다.'면서 봉쇄해버린 적도 있었다.

이만한 정도라도 충분한 문젯거리가 되고도 남는데, 어느 날 배속 장교가 그 학교 졸업생 가운데 지원병으로 간 사람을 데리고 와서 학생들을 격려하는 모임을 갖자고 한 것을 교장은 거절하는 한편, 그 선배를 본받아 지원병으로 가려는 졸업생 셋을 불러 '굳이 병정으로 가지 않더라도 나라에 봉사하는 길이 얼마든지 있다.'면서 그들을 만류한 사건이 겹쳤다.

이것이 직접적인 계기가 되었다. 군국주의의 방향으로 나아가고 있는 상황에서 교장의 그런 태도가 용납될 까닭이 없었다. 도지사는 교장의 인격을 존중해서 충고한 다음 다른 학교로 전근시킬 생각을 가지고 있었던 모양이지만, 군부의 힘을 업은 경찰이 가만있지 않았다. 그 결과가 하라다 교장의 권고 사직으로 나타난 것이다.

하라다 교장에 관해서 후문이 있다.

하라다가 권고 사직을 당했다는 소식이 전해지자, 옛날의 제자와 학부형들이 만주 길림吉林에 조선인 중학교를 설립해놓고 하라다를 그 학교의 초대 교장으로 모셔 갔다.

사이토齊藤라는 이름의 교장이 하라다의 후임으로 왔다.

'살찐 족제비'란 별명이 붙어 있는 교두는 이번에 온 교장을 '국학의 정수를 파악한 식견과 인격이 아울러 탁월한 대선생'이라고 소개했지만, 학생들은 단번에 '수침 명태'水浸明太란 별명을 붙여버렸다.

작년 홍수 때 침수된 어떤 창고에서 꺼내 백사장에 널어놓은 물먹은 명태를 본 학생들이 사이토에게서 그와 같은 인상을 발견한 것이다. 사이토는 별명 그대로 수침 명태처럼 볼품이라곤 없는 노인이었다.

사이토의 취임식은 열병과 분열식을 갖춘 군대식으로 거행되었다. 볼품이라곤 없는 비쩍 마른 노인이 장군의 위엄을 닮으려고 표정을 꾸미며 기를 쓰는 꼴은 학생들의 실소를 터뜨리지 않을 수 없었다. 열병하는데 교장이 지나가자마자 참고 있던 웃음을 헛기침으로 가장하는 조소가 잇따랐다. 이어 있은 분열식도 엉망이었다. 배속 장교가 호통을 쳤지만, 학생들의 마음가짐을 일시에 고쳐놓을 수는 없었다.

규는 새삼스럽게 하라다 교장 송별식을 생각했다. 대열도 짓지 않고 그저 아무렇게나 조례단을 중심으로 둘러선 학생들, 그 학생들을 어루만지듯 자애로운 눈으로 바라보며 이별 인사를 하던 하라다 교장!

'그게 바로 엊그제 일인데 벌써 옛이야기가 되어버렸구나.'

하는 감회가 눈물겨웠다.

드디어 사이토 교장이 신임 인사를 할 차례가 되었다. 그는 판에 박은 듯한 허두를 하고 나선,

"너희들에게는 아직 군인 정신이 들어 있지 않다. 이때까지 너희들이 해이해져 있었다는 증거다. 그러나 내가 이 학교 교장의 직책을 맡은 이상 철저히 군인 정신을 주입할 것이니 지금부터 각오를 단단히 해야 한다."

하고 목청을 돋우었다.

그러자 학생의 대열 가운데서 고함이 터져 나왔다.

"우리는 군인이 아니다! 학생이다! 오해하지 마라!"

아마 2학년 학급에서 일어난 소리 같았다. 차급 교관 이카메이龜井란 소위가 그 자리로 달려가는 것 같더니, 때리고 치고 고함을 지르고 하는 소리가 들렸다.

"저놈 죽여라!"

하는 아우성이 이곳저곳에서 일어났다. 교정은 순식간에 아수라장으로 변하기 직전의 상태가 되었다. 학급 담임들이 각 학급 쪽으로 뛰어가 말리는 바람에 대열은 겨우 본래대로 돌아갔으나, 아우성과 불평 소리는 좀처럼 진정되지 않았다. 그 술렁거리는 소음 위로 교장의 날카로운 고함이 울려 퍼졌다.

"이것이 모두 군인 정신이 철저하지 못한 탓이기에, 이런 추태는 절대로 용서하지 않겠다! 앞으론 결단코 이와 같은 사태를 그냥 두지 않겠다!"

이어 배속 장교가 그 뒤를 받아 장장 한 시간의 훈시를 늘어놓았다.

조례 때 학생이 교사로부터 구타당한 일은 그 학교가 시작된 뒤 처음 있는 일이 아니었을까 한다. 조례가 끝나자 교내엔 불온한 공기가 감돌기 시작했다.

학생들이 이곳저곳에 모여 동맹 휴교라도 해야겠다고 기세를 올렸다. 언제 연락이 되었는지, 사복 형사로 보이는 사람들이 이곳저곳 눈에 띄었다.

규의 학급에선 비상 회의가 열렸다. 언제나 열혈적인 김종업金鍾業이 교단에 서서 외쳤다.

"우리는 어떤 일이 있어도, 어떤 수단을 부려서라도 사이토를 배척해야 한다."

일동은 박수와 아우성으로써 그 의견을 지지한다는 의사를 표명했다.

"단결만 하면 못 할 일이 없다. 우리는 철석같이 단결해야 한다."

최양규崔亮圭가 찬조 발언을 했다.

"옳소!"

하는 아우성이 뒤따랐다.

"그럼 빨리 하급생 교실에 대표를 파견해서 전체 대회를 열기로 하자."

정무룡鄭武龍이 제의했다.

재빨리 다른 학급에 파견할 대표자들을 뽑았다. 규는 3학년 1반으로 가기로 되었다. 뽑힌 대표들이 우르르 일어서려는데 3학년 학생이 뛰어들어와,

"우리 3학년은 동맹 휴교를 선언하고 전원 비봉산으로 올라갑니다."

해놓고 다시 뜀박질하며 돌아갔다.

"우리가 대표를 보내지 않아도 각 학급이 자발적으로 행동하는 모양이니 우리도 빨리 빠져나가자."

하고 곽병한이 외쳤다.

"어디로?"

하는 소리에,

"비봉산으로 가자."

하는 대답이 있었다.

"아니다."

하고 박태영이 나섰다.

"3학년이 비봉산으로 갔다면 우리는 남강 백사장으로 가자. 그렇게 해야만 공격 목표를 분산시킬 수 있고, 시민들에게 선전하는 효과도 있다."

"좋다, 백사장으로 가자."

순식간에 의견의 일치를 본 학생들은 한꺼번에 골마루로 쏟아져 나갔다. 도가 강한 안경을 쓴 영어 선생 구사마가 교실에 들어서려다 말고 눈을 깜박거리며 학생들의 행동을 바라보고만 있었다.

누가 리더가 되어 명령한 것이 아닌데도 전 학생은 학급 단위로 일제

히 동맹 휴교 태세에 들어갔다. 입학한 지 두 달 남짓밖에 안 된 1학년까지도 뒤지지 않았다.

하라다 교장 유임 운동을 못 했다는 후회와 사이토에 대한 반발이 겹쳐 자연 발생적으로 폭발한 것이다.

그러나 이 동맹 휴교는 70여 명의 피검자를 내고 이주일이 못 가서 좌절되고 말았다.

지방 유지들과 학부형들의 개입으로, 경찰에 붙들려간 70여 명 학생의 즉시 석방과 한 사람도 그로 인해 처벌하지 않겠다는 교환 조건으로 학생들은 동맹 휴교 태세를 풀지 않으면 안 되게 되었다. 그 피검자 가운데 규와 태영도 끼여 있었다.

"치밀한 사전 계획과 조건이 없으면 아무 보람도 나타내지 못한다."

사후에 박태영이 술회한 말이었다. 자연 발생적인 폭발이고 보니 거센 세력을 나타낼 수 있었지만, 사전의 준비가 없었던만큼 허무하게 와해되지 않을 수 없었던 것이다.

학생들의 동맹 휴교가 사이토를 배척하지 못했을 뿐만 아니라, 사이토의 태도를 더욱 악화시켜놓았다는 것을 학생들은 곧 알 수 있었다.

등교, 하교시엔 반드시 각반을 쳐야 한다는 명령이 떨어졌다. 이어 책가방 대신 일본 병정들이 메는 것과 비슷한 배낭을 메야 한다는 명령이 따랐다. 그럴 때마다 동맹 휴교를 하자는 의견이 나타나곤 했지만, 그만한 정도는 견디자는 의견이 압도적이어서 순순히 따르기로 했다.

그런데 9월 신학기부턴 카키색으로 교복을 바꾼다는 방침이 발표되었다. 학교에 또다시 불온한 공기가 감돌기 시작했다.

강 건너에 있는 학교에선 벌써 3년 전부터 카키색 교복을 입고 있었다. 학생들은 그 학교와는 달리, 여름이면 '시모후리'를 입고 겨울이면 검은색 '고쿠라'복을 입는 것을 프라이드로 삼고 있었다. 카키색 교복보다는 '고쿠라'복이 훨씬 학생다웠다. 그런데 자기들도 카키색 교복을 입게 되면 그 유일한 프라이드가 없어지는 셈이 되는 것이다.

이런 공기를 미리 탐지한 학교 당국은 경찰과 손을 잡고 학생들을 위협했다. 교내에서 사건이 나기만 하면 그 주모자는 퇴학시킬 뿐 아니라 징역살이를 보낸다는 것이었다.

그러나 학생들은 '노예의 옷을 입느니 수인의 옷을 입길 바란다.'며 9월 신학기부터 입어야 할 카키색 교복을 한사코 거부하기로 했다.

그러는 가운데 교내에서 묘한 움직임이 태동하기 시작했다. 학생보국회란 모임이 검도부와 유도부 학생을 중심으로 결성된 것이다. 그 모임에 참가하지 않은 학생은 검도부나 유도부에서 제명당해야 한다는 것이었다.

학생보국회 회원은 조기회를 가져, 아침 일찍 신사 참배를 하고 남강에서 냉수욕을 하고 백사장에서 체조를 하는 등, 심신을 단련한다는 것인데, 이주일에 한 번씩 웅변 연습을 한답시고 강당에 모여 고함을 질렀다. 이들은 또 상급 학생의 명령엔 절대 복종한다는 규율을 세워, 만일 하급생이 상급생에게 거수 경례를 하지 않으면 제재를 가한다고 했다. 종전에도 하급생이 상급생에게 인사하는 것은 관례가 되어 있었지만, 그건 거수 경례가 아니고 모자를 벗고 하는 절이었으며, 어쩌다 인사를 하지 않아도 제재를 받는 그런 사례는 없었다. 그뿐만 아니라, 상급생도 하급생에 대해서 말할 땐 어디까지나 정중한 경어를 쓰는 게 그 학교의 전통이었다.

학생 보국회의 존재는 나날이 커갔다. 규의 학급에서도 그 회에 참가하는 학생 수가 불어갔다. 처음엔 유도부의 주영중朱榮中과 검도부의

박한수朴漢洙가 할 수 없이 참가했다고 했는데, 두 달째에 접어들면서 이효근李孝根, 김달석金達石 외에 4, 5명이 자진 입회했다는 사실이 밝혀졌다. 이런 사실을 계기로 이때까진 학급회를 하면 의견이 간단히 일치되던 것이 좀처럼 의견을 합하기가 곤란하게 되었다.

그런 때문도 있어 어느 날 규의 학급은, 다른 학급들이 끝내 고집할 경우엔 추종하기로 하더라도 그 학급은 그 운동의 선두에 서지 말자는 합의를 보았다. 그렇게 합의를 한 이유는, 학생 보국회 회원의 책동 외에 구사마 선생의 설득이 있었기 때문이었다. 구사마는 설득할 작정으로 설득한 것이 아니라, 칠판 한구석에 써놓은 '우리는 노예의 옷을 입느니 수인의 옷을 원한다.'는 글귀를 보고 푸념 삼아 얘기를 꺼낸 것이 설득의 효과를 거두었다고 할 수 있었다.

구사마의 말은 이랬다.

"지금 너희들이 입고 있는 옷은 노예의 옷이 아니고 영웅들의 옷인 줄 아나? 정복이나 제복도 훈장을 칠갑한 장군의 옷이 아닌 바에야 모두 노예의 복장이다. 노예의 복장을 현재 입고 있으면서 그게 무슨 뚱딴지 같은 소리지?"

이렇게 말하면서 구사마는 칠판 한구석에 써놓은 그 글귀를 가리키곤 우울한 표정을 지었다. 다른 선생이 이런 말을 했다면 교실이 벌집 쑤셔놓은 것처럼 소연하게 되었을 텐데, 겸손하기 짝이 없고 학생들과의 사이에 조금도 격의가 없는 구사마였기 때문에 학생들은 조용히 그의 말에 계속 귀를 기울였다.

"그러나 너희들의 기분을 안다. 반발하고 싶은 그 심정도 안다. 하지만 일을 일으키면 상하는 건 너희들뿐이다. 일본의 군국주의는 지금 대륙을 석권하고 있다. 그게 끝내 성공할지 못 할지는 다음의 문제라고

1939년 137

하더라도, 현재는 감당할 수 없을 정도로 거친 바람이다. 거친 바람은 피해야 한다. 무자비한 전차 바퀴는 피해야 한다. 살기 위해선 지는 척도 해야 한다. 위난을 피하기 위해선 지는 척도 해야 한다. 곰을 만나면 지는 척도 해야 한다. 그런데 이런 모욕쯤 받는다고 반발한다면, 그 사람은 자살 희망생이다.

만일 이 일에 반대할 생각이 있거든 그 반발로써 죽음에까지 갈 각오를 해라. 그러지 못할 거라면 그만둬라. 그리고 중학생 시절에 받는 모욕은 모욕이 아니고 장난이다. 장난이 아니면 단련이다. 카키색을 입건 검은색을 입건 옷이 문제가 아니고, 그것을 입은 알맹이가 문제다. 카키색 제복을 기어이 입히려고 하는 사람에 대해서도 그렇다. 그런 생각을 바꾸게 해보았자 별수 없다. 그런 졸렬한 생각을 해내는 그 본원의 바탕을 고치지 않으면 아무런 소용이 없다. 지금 반도 전체에서 카키색 정복을 입지 않은 중학교는 이 학교를 포함해서 삼 개교밖에 없다. 그 학교들도 머지않아 모두 카키색을 입게 될 거다. 그러니 이건 사이토 교장 개인의 의사라기보다 대일본 제국의 의사라고 보아야 옳다. 달걀을 던져 성문을 부수려는 어리석음을 피하고, 이 구사마가 가르치는 영어의 단어 한 개라도 더 배우도록 하라."

일찍이 설교란 걸 해본 적이 없는 구사마의 말이었기 때문에 학생들은 신중하게 들었다. 구사마는 다음과 같이 덧붙였다.

"너희들이 말하는 수침 명태는 그야말로 수침 명태처럼 각박한 사람이다. 공연히 비위를 거슬렀다가 인생 출발기에 좌절할까봐 두렵다."

그해 여름 방학을 규는 남해섬에 있는 상주尙州란 곳에서 지냈다. 더위를 피해 바다로 간다는 호사가 아니고, 본격적으로 입학 시험 준비를 해야겠다는 초조감 때문에 한적한 곳을 찾지 않을 수 없었다. 집에 있으면 자질구레한 일들과 인사 치레를 해야 할 일들이 겹쳐 정신이 집중되지 않을 것 같아서였다.

규의 집에서 20리쯤 떨어진 곳에 다솔사多率寺가 있고, 10리쯤 떨어진 곳엔 약수암藥水庵이란 암자가 있었다. 아버지의 의향은 그리로 가면 되지 않겠느냐는 것이었지만, 규는 상주로 가기로 했다. 규가 상주를 처음 본 것은 지난 봄, 금산錦山에 올랐을 때 그 상봉에서였다. 그때 상주란 어촌이 규의 마음에 새겨진 것이다.

규가 금산에 오르게 된 것은, 남해 이동면二東面 무림리茂林里가 고향인 정선채鄭善采의 권유가 있었기 때문이었다. 정선채의 말에 의하면, 자기 고향에서 자랑할 만한 것은 오직 금산뿐이라고 했다.

"그런데 나는 그 금산 때문에 세계 어느 곳과도 내 고향을 바꿀 수가 없어. 나는 봄, 가을마다 한 번씩은 금산에 오른다. 어때, 나와 함께 금산에 올라볼 생각 없나?"

정선채는 말이 없는 온순한 소년이었다. 그러한 그가 그처럼 말한다면 한번 올라볼 만하다고 규는 생각했다.

선채의 마을 무림에서 금산으로 오르려고 십 리 반가량 신작로를 따라 남쪽 길을 걸어가면서 규는 익살을 부렸다.

"남해도 꽤 넓구나. 힘껏 차면 공이 바다에 빠질까봐 축구도 못할 곳인 줄 알았는데……."

선채는 규가 뭐라고 해도 웃고 있더니 이런 얘기를 꺼냈다.

"이 태조李太祖가 임금이 되려고 산신께 기도를 올린 곳이 바로 금산이다. 그래 그 꿈이 이루어지자 비단으로 산을 둘렀다는데, 비단금錦자를 따서 금산이라 부르게 된 건 그런 사연이 있어서였다는 전설이 있지."

"전설치고는 쩨쩨한 전설이구나."

익살이긴 했지만 규의 솔직한 의견이기도 했다.

"왜?"

선채는 의아하다는 듯 규의 표정을 살폈다.

"임금이 되겠다고 산신에게 기도했다는 얘기도 쩨쩨하고, 임금이 되었다고 해서 비단으로 산을 둘러쌌다는 얘기도 쩨쩨하지 않나. 비단을 둘렀다고 산에 무슨 생색이 있겠어? 금산의 명예를 위해서도 그런 전설은 말살하는 편이 좋겠다야."

"아냐, 그 얘기는 금산의 산신령이 영특하다는 걸 강조한 기다."

"너, 산신령을 믿나?"

"믿지. 나는 어떤 미신도 믿지 않지만 금산에 산신령이 있다는 건 믿어."

규는 선채가 정색을 하고 그런 말을 하는 데 놀랐다. 선채는 공학工學을 하겠다는 학생이기도 했다.

"과학을 하겠다는 사람이 글쎄 산신령을 믿어?"

"과학과 산신령을 믿는 것이 무슨 관계가 있지? 금산에 산신령이 있다기보다 금산 전체가 산신령이란 말이다. 올라가보기만 하면 알 끼다."

선채는 신중한 투로 말했다. 규는 선채의 금산에 대한 신앙이 보통이 아니라는 것을 새삼스럽게 깨달았다. 남의 신앙을 익살거리로 한다는 것은 안 될 말이라고 생각하고 규는 잠자코 선채의 말을 듣기만 했다.

그런데 규는 금산의 정상에서 금산의 아름다움과 신비, 그리고 산신령을 느꼈다기보다 거기서 바라뵈는 바다의 아름다움과 신비에 감동했다.

바다는 조망하는 거리와 위치와 각도에 따라 천변만화千變萬化한다는 사실을 규는 금산의 정상에서 실감했다.

할아버지 묘소가 있는 지리산의 줄기를 타고 내려오면서 바라본 바다는 그저 하늘의 연속이었다. 하늘이 아래로 처지면서 차츰 그 빛깔과 밀도를 더해간다는 느낌, 그러니까 바다와 하늘은 원경에 있어선 다를 바가 없었다. 하늘도 아득하고 바다도 아득했다.

남해로 건너올 때의 배 위에서 본 바다는 달랐다. 운명의 의지 같은 것을 느끼게 하는 외포畏怖를 규에게 주었다.

농축한 엿 빛깔을 방불케 하는 바다의 표면은 무한량의 물의 집적이라고 하기보다 거창한 의지가 액체의 모양으로 유착하면서, 이 자연 속엔 육지도 있지만 그 육지보다 몇 곱절이나 더한 신비를 간직한 바다가 있다는 사실을 잊어선 안 된다는 시위를 거듭하고 있는 것처럼 느껴졌다. 고요할 때의 바다 표면의 그 섬세한 무늬, 약간 성을 냈을 때의 그 몸부림치는 거센 파도……. 규는, 뱃머리에 부딪히는 파도와 배 뒤에 그어지는 하얀 비말飛沫을 방대한 시야 속에서 번갈아보며 조소潮騷를 이렇게 번역하기도 했다.

"내가 성을 내기만 하면 너희들이 타고 있는 배쯤은 단숨에 삼켜버릴 수도 있다. 그러나 너희들에 대한 나의 호의로 나는 그렇게 하지 않기로 한다."

아무래도 배가 무사히 목적지로 향하고 있는 것은 사람의 힘, 엔진의 힘, 배의 힘 때문이 아니라 단순히 바다의 호의 때문이라고만 느껴졌다.

금산 정상에서 바라뵈는 바다는 이와도 달랐다. 아득한 푸르름이 어느 땐 보랏빛으로 변하기도 하면서 수평선 가득히 무형 무언無形無言의 왕국을 이루고 있었다. 침묵의 왕국이라고 할 수도 있는 바다는 규에게 한없는, 그러나 부피도 형체도 불분명한 동경을 안겨주었다. 그 동경은 규가 나이 들어 어른이 되면 정체를 나타내 보일지 몰랐다. 그 동경은 또, 바다 건너에, 아니 몇억분의 일 밀리미터의 간격도 없이 이어진 바다의 저쪽에 샌프란시스코가 있고 케이프타운이 있고 코펜하겐이 있다는 상상으로 해서 가벼운 흥분으로 변하기도 했다.

'장차 어른이 된다는 건 얼마나 축복할 만한 일인가.'

동시에 규는 바다에의 유혹을 강하게 느꼈다. 구체적으로 어떤 것인지는 몰라도, 바다의 호흡을 스스로의 호흡으로 하고 바다의 운명을 스스로의 운명으로 하고 싶다는 막연한 상념과 어울리는 유혹이었다. 이러한 상념과 더불어 멍청히 눈을 돌리고 있는데, 바로 눈 아래에 있는 조그마한 어촌이 시야에 들어왔다.

팔꿈치를 바깥쪽으로 꾸부린 채 팔을 앞으로 펴고 양손의 끝을 약간 안쪽으로 오므라들게 하면 그 윤곽만은 표현할 수 있는 모양의 만灣이 우선 신기했다. 그 만의 언저리를 검은 빛깔로 보일 만큼 밀생한 송림이 둘러싸고 있고, 송림과 바다 사이엔 흰 모래밭이 있고, 모래밭 끝에 모래의 흰빛과는 다른 파도의 흰 빛깔이 비말을 올리고 있었다. 그것이 해발 1천 미터가량의 고소高所에서 바라뵈는 것이니 새침한 경관이 아닐 수 없었다. 민가는 송림 안쪽에서 버섯 같은 초가 지붕을 이고 30호 남짓한 규모로 졸고 있었다.

"저곳이 어디지?"

규는 꿈꾸는 사람처럼 물었다.

"상주란 곳이다. 면은 이동면이고……."

"저겔 가봤으면 좋겠다."

"마음에 드나?"

"응, 아름답지 않아?"

"멀리서 보니까 그렇게 보이겠지."

"아냐, 참으로 아름다운 곳이다. 선채, 저 어촌을 보고 생각나는 것 없나?"

"글쎄, 나는 항상 보아온 곳이어서 별로……."

"『이녹 아든』에 나오는 어촌 같지 않나?"

"규는 역시 로맨티시스트로구나."

"로맨티시스트가 뭐꼬. 하여간 나는 상주를 보고 있으니까 『이녹 아든』 생각이 난다."

테니슨이 쓴 『이녹 아든』을 작년 겨울, 규는 구사마 선생으로부터 보충 교재로 배웠다.

파도가 하얗게 비말을 올리며 쉴 새 없이 부딪치는 만에 자리 잡은 어촌에서 이녹 아든은 가난하게 자랐다. 사랑하는 여자와 결혼을 하고 궁한 살림을 이겨보려고 원양선을 탄 이녹 아든은 항해 도중 난파하여 고도에 남는다. 그리고 10년, 돌아와보니 사랑하는 아내는 친구인 필립의 마누라가 되어 있었다. 아내의 행복을 위해 이녹 아든은 정체를 숨기고 살다가 끝내 쓸쓸한 여관방에서 병들어 죽는다. 어려운 영어였지만 애절한 얘기에 모두들 도취되어 수월하게 그 작품을 마스터할 수 있었는데, 규는 상주를 보자 그때의 감동이 되살아났다.

"이녹 아든의 어촌은 상주보다 훨씬 규모가 컸을 것 아닌가. 파지장 波止場도 있고, 배에서 일하는 인부들도 있고, 술집도 많고, 여관도 많고, 필립 같은 부자도 살고 있었으니까. 상주를 어촌이라고 하지만, 어촌 정도도 아니다. 낚싯배 같은 건 있을지 몰라도, 발동선은 한 척도 없어. 사람들도 어부가 아니라 모두 농부다. 바다에 면해 있달 뿐이지 순

전한 농촌이다."

선채의 이와 같은 말을 듣고 규는 웃었다.

"선채, 너는 역시 과학자구면. 그런데 여기서 바로 저기로 내려갈 순 없나?"

"여게선 까뜨라서(가팔라서) 안 돼. 서쪽으로 빠져나가, 아까 우리가 오르기 시작한 바닷가에 가서 배를 타야 한다."

"그럼 배를 타고라도 한번 가보자."

"배는 사흘에 한 번 있을까 말까 해."

"되게도 교통이 불편하구나."

"불편해. 우리가 상주로 수월하게 가려면 남해읍으로 되돌아가서 선소船所라는 델 가야 해. 거기서 배를 타고 미조彌助로 가서 배를 다시 바꿔 타야 한다."

"고도孤島와 마찬가지로구나."

"그렇다. 지형적으로 그렇게 돼 있어. 헌데 머잖아 신작로가 난다는 말이 있더라."

선뜻 규의 뇌리를 스치는 상념이 있었다. 그래 선채를 보고 말했다.

"선채, 저 만이 꼭 여순만旅順灣같이 보이지 않아?"

"여순만?"

"일로전쟁 때, 히로세 주사廣瀬中佐가 봉쇄했다는 관동주關東州의 여순만 말이다."

"아아, 듣고 보니 그렇구나. 그러나 규모는 턱도 없지."

규는 상주를 보면 볼수록 국민학교 시절 선생이 칠판에 그려 보인 여순만의 모양과 닮았다는 생각을 굳혔다. 그리고 상주에 대해서 호기심과 애착을 느꼈다.

그러나 봄 방학이 짧았기 때문에 그때 규는 상주에 가지 못했다. 그러나 언젠가 한 번은 그곳에 가봐야겠다고 다짐을 했던 것이다.

책과 일용품을 챙겨 넣은 보스턴백을 들고 8월 초의 어느 날 규는 삼천포에서 미조로 가는 배를 탔다. 한자를 그대로 읽으면 미조彌助라고 되는 곳을 배 안의 사람들은 모두 '야스케'라는 일본 이름으로 불렀다. 규는 그 까닭을 알고 싶어 몇 사람에게 물어보았는데, 몰라서 그런지, 사람들의 친절이 모자라서 그런지 '야스케니까 야스케라고 하는 기지.' 할 뿐, 아무도 속 시원한 대답을 하지 않았다. 그리고 또 신기한 것은, 삼천포나 통영 등지를 '육지'라고 하고 남해를 남해라고 발음하지 않고 '넘해'라고 한다는 사실이었다.

남해 사람들이 육지 사람들에 대해 적의에 가까울 만큼 경계심을 가지고 있다는 사실도 그 배 안에서 규는 알았다. 주고받는 말 가운데 다음과 같은 말이 예사로 규의 귓전을 스쳤다.

"육지 놈 사우(사위) 볼 끼 아니다. 건방지기만 잔뜩 건방지고 께을키만 하몬서 처갓집 재산이나 넘보는 놈들이거든."

"육지 가시내 며느리 볼 것도 아니다. 꼬라지에 분칠할 줄이나 알고 밭에 ××질 할 줄이나 알까, 아무 짝에도 쓸모가 없단 말이다."

심지어 이런 말까지 튀어나왔다.

"덕(닭)도 넘해 덕이라야 맛이 있지."

네 시간쯤 걸려 미조에 도착했을 땐 긴 여름 해도 기울어 있었다. 상주로 가는 배는 내일 아침에야 있다는 얘기여서 하룻밤을 여관에서 묵기로 했다.

선창에서 가까운 편리한 곳을 잡는다는 것이 일본인이 경영하는 여관에 들게 되고 말았다. 여관의 이름은 도코나미床次 여관이라고 했다.

인구가 7, 8백 될까 말까 한 어촌에 있는 여관으로서는 꽤 규모도 크고 깨끗하기도 했다. 성어기盛魚期에 들면 어장의 주인이나 도매상들이 부산, 여수 등지에서 몰려오기 때문에 그런 여관이 필요하다고 들었다.

저녁밥을 먹고 선창에 나가 규는 그곳에 모여 있는 노인들과 얘기를 주고받을 기회가 있었다. 그 얘기를 통해 규는 큼직한 어장의 소유자는 하야시 가네林兼니 하자마迫間니 하는 일본인들이지 조선 사람은 한 사람도 없다는 사실을 알았다.

"조선 근해에 조선인 어장이 없다는 것이 어찌 된 일일까요. 기술이 모자란 탓입니까?"

규는 이렇게 물었다. 노인 한 사람이 헛기침을 하곤 중얼거렸다.

"기술이 모자라다니, 직접 고기를 잡는 어부들은 모두 조선 사람인디."

"그렇다면……."

규의 호기심이 날카롭게 움직였다.

"이유를 알아 뭣 하겠소. 다 그렇게 되어 있는 긴디."

다른 노인이 불쑥 이런 말을 했다.

"고기도 조선 사람 깔볼 줄을 알거든. '어장의 주인이 일본 사람이다.' 해야 고기도 모여든단 말잉께."

이 문제는 규에게 숙제로 남았다. 뒷날 그 숙제는 간단히 풀렸다. 총독부 정치가 시작되자 어업권 갱신이 있었다. 그때 총독부는 어업권을 일본인에게 넘겼다. 이유는 다른 데 있었겠지만 내세운 명분은, 조선인은 큰 어장을 감당할 만한 어로 기술과 시설, 장비를 갖추고 있지 않다는 것이었다.

도코나미 여관에서의 하룻밤은 묘한 인연의 실마리를 만든 계기가 되었다. 규가 방장房帳을 치고 그 속에 책상을 갖다놓고 공부를 하고 있는데 유카타浴衣 차림의 처녀가 실례한다면서 서슴없이 방장 안으로 들어온 것이다.

사방의 미닫이나 문을 터놓고 있는 터라 방이라고 해도 한데나 마찬가지였지만, 생면부지의 처녀가 생면부지의 청년이 있는 방장 안으로 성큼 들어온다는 것은 규의 상식으로는 감당하기 어려운 일이었다.

처녀는 공손히 머리를 숙이고 말했다.

"도코나미 야스코床次靖子라고 합니다. 여중(女中: 하녀)의 말이, 학생이 시험 준비를 하시는 분이라고 하기에 실례를 무릅쓰고 왔습니다."

처녀의 얼굴과 몸 맵시, 그리고 말하는 태도는, 당돌하게 남자가 있는 방장 속으로 들어온 행동과는 어긋나게 단정하고 정중했다. 그래 규도 정중하게 물었다.

"무슨 일인데요?"

"전 부산고녀釜山高女 5학년입니다. 내년 동경여고사東京女高師 입학 시험을 보려고 합니다. 지금 그 준비를 하고 있는데, 아무래도 풀리지 않는 수학 문제가 있어요. 부산에 가면 선생님이 계시니까 가르침을 받을 수도 있지만, 그 때문에 부산에 갈 수도 없고, 고민하던 끝인데 학생이 오셨다기에 혹시나 하고……."

"난 4학년이고 당신은 5학년인데, 하급생인 내가 어찌……."

하고 규는, 풀리지 않는 건 그냥 뒀다가 신학기가 시작되면 그때 선생님께 묻는 것이 좋지 않겠느냐고 말했다.

"그런데 그것이 그렇게 되지 않아요. 풀리지 않는 게 있으니까 앞으로 나갈 수가 없어요. 마음에 걸려서요."

규는 그 심정을 이해할 만했다. 그래서 문제를 좀 보자고 했다. 야스코는 들고 있던 수학책을 규 앞에 펴놓았다. 그때 규는, 무르익은 참외 냄새 같은 냄새를 처녀의 머리칼에서 맡았다.

붉은 연필로 표시한 문제를 보고 규는 안심했다. 수월하게 풀 수 있는 문제이기 때문이었다. 몇 문제는 세제곱근풀이를 필요로 하는 수식이었고, 몇 문제는 급수級數에 관한 것이었다. 규는 그 문제들을 풀어 보이며 간단한 요령 같은 것을 설명했다. 그리고

"요령만 알면 쉽습니다."

했더니, 야스코는 황홀한 표정을 하고 바라봤다.

"고마워요. 체증이 내려간 것 같애요. 한 학기 동안 배운 것보다 더 실력이 붙은 것 같은 느낌입니다."

야스코는 진심인 듯 이렇게 말하고 다음엔 기하 문제를 꺼냈다. 그건 주로 궤적에 관한 것이었다. 궤적 문제도 요령만 파악하면 그다지 어려운 것이 아니었다. 규는 야스코가 충분히 이해하도록 설명해주었다. 그렇게 밤 늦게까지 시간 가는 줄을 몰랐는데, 야스코는 일어서면서 다시 고맙다고 하고,

"학생은 어떤 학교라도 원하는 대로 들어갈 수 있겠네요."

하고 부러움을 솔직하게 나타냈다.

이튿날 아침 규가 셈을 하고 떠나려는데 주인인 노인 부부가 한사코 돈을 받지 않으려고 했다.

"손수 딸을 가르쳐줘서 고맙기도 하고 학생 같은 굉장한 수재를 모신 것만 해도 영광인데 돈을 받을 수 있겠습니까."

하는 것이었다.

굉장한 수재라는 말에 규는 쓰게 웃었다. 박태영을 알았더라면 이 노부부는 기절할 게 아닌가 싶어서였다. 규가 그곳으로 갈 때 박태영을 보고 같이 가자고 권했었다. 그랬더니 박태영은

"나는 방학 동안이나마 할아버지를 도와 농사일을 해야 한다."
하면서 쓸쓸하게 웃었다. 그 표정이 규의 뇌리를 스쳤다.
도코나미 야스코는 규의 보스턴백을 자기가 들겠다면서 선창가까지 나왔다. 규가 배에 오를 때 야스코는
"또 모르는 게 있으면 상주까지 갈게요. 그래도 좋죠?"
하며 아양을 떨었다.
"좋습니다. 언제라도 오십시오."
규는 이렇게 대답하지 않을 수 없었다.
11톤 남짓한 배는 아직 아침 놀이 걷히지 않은 바다를 썰고 나갔다. 상쾌한 아침이었다.

상주에서의 그 여름은 규의 회상 속에서 독특한 위치를 차지한다. 거기서 새로운 시간이 시작되고, 그곳을 떠나자 거기에서의 시간이 끝난, 꿈의 빛이라고밖에 달리 말할 수 없는 빛깔로 윤곽지어진, 이를테면 괄호로 묶여진 삽화처럼 뚜렷한 것이었다.
보스턴백 하나를 들고 아침 바다를 건너 미지의 마을로 찾아 들어가는 소년의 모습, 약간의 불안과 호기심으로 가볍게 흥분하고 있는 소년의 마음.
규는 상주에 도착하자 별로 망설이지도 않고 그 마을에 단 하나 있는 주막집에 하숙을 정했다. 주막집이라고 해도 육지에서처럼 시끄럽게 사람들이 모여 술을 마시고 놀고 하는 곳이 아니었다. 요긴한 손님이 오면 거기다 모셔놓고 간단하게 대접을 하고 돌려보내곤 하는 마을 전체의 응접실이라고 할 수 있었다.
주인은 김씨라고 하는 중년의 사람인데, 부부가 함께 규를 환대해주

었다. 육지에서 공부하러 왔다는 소년을 먼 곳에서 온 귀한 손님처럼 극진히 대접했던 것이다.

그곳에서의 규의 일과는 아침 일찍 일어나 주막집 옆으로 흐르는 개울에서 세수를 하는 것으로부터 시작되었다. 세수를 마치면 벼가 푸르게 자라는 주막집 논 가운데 길을 산책하다가 돌아와서 아침밥을 먹는다. 그러고는 수학 공부를 시작해서 점심때에 이른다. 점심밥을 먹고 나면 영어 등 읽는 것만으로 되는 학과의 책을 두서너 권 챙겨 들고 백사白沙와 청송靑松이 있는 바닷가의 송림 그늘로 가서 자리 잡고 책을 읽다가 수평선에 눈을 팔다가 한다. 송림을 울리는 솔바람 소리, 해안선에 부딪치는 파도 소리가 아름답고 웅장한 음악처럼 협화協和하는 가운데 책에 쓰인 지식이 모래에 스며드는 물처럼 규의 머릿속으로 빨려 들어갔다. 그러다가 바다에 뛰어들어 얕은 곳을 찾아 헤엄을 치고 모래밭에 엎드려 등을 햇볕에 굽는다. 그럴 때 규에겐 불안도 없고 회한도 없었다. 사이토 교장이 부임함으로 해서 생겨난 일들, 앞으로 있을 일들도 모두 잊을 수 있었다. 내년에 있을 입학 시험에 대한 걱정도 없었다. 적막한 바닷가에 혼자 있다는 의식이 왠지 충실한 생명감을 띠고 느껴지기도 했다.

상주에 도착한 지 사흘째가 되는 날 어떤 소년이 규를 찾아왔다.

"저, 저, 저는 2학년입니다."

심하게 말을 더듬는 그 소년은 이어,

"이, 이름은 손남득입니다."

하고 얼굴을 붉혔다.

"그렇습니까. 나는 4학년인 이규라고 합니다."

규도 정중히 자기소개를 했다.

"자, 잘 알고 있습니더."

규는 심하게 더듬는 소년 앞에서 더듬지 않고 말하는 것이 죄스러웠다. 더듬는 흉내라도 내줄까 하는 충동마저 일었다. 어쨌든 이 마을에 규와 같은 학교에 다니는 학생이 있다는 사실은 반가웠다. 그래

"우리 학교에 다니는 사람이 또 있습니까?"

하고 물어보았다.

"어, 없습니더."

"다른 중학교에 다니는 사람은 있습니까?"

"어, 없습니더."

"그러면 이 마을에서 중학교에 다니는 학생은 손씨 하나뿐이구만요."

"예, 그, 그렇습니더. 보, 보습학교에 다니는 사람은 둘 있습니더."

상주 유일의 중학생인 손남득의 집은 술도가 - 都家: 釀酒場를 한다고 했다. 술도가라도 하니까 아들을 중학교에 보낼 수 있었던 것이다.

그날 밤, 규는 손남득의 집으로부터 저녁 초대를 받았다. 남득의 아버지는 50 가까운 연세로 보였는데, 아들에 대한 기대가 이만저만이 아닌 것 같았다.

"남득이한테서 학생 얘기를 들었소. 이름난 수재라고 들으니 더욱 반갑소. 저놈을 잘 지도해주소."

규는 어른으로부터 어른 대접을 받아보긴 그때가 처음이었다.

그 후로 손남득은 가끔 규를 찾아왔다. 같이 바닷가를 걸으면서 얘기도 하고 놀기도 했다. 그런데 손남득이 중학교를 졸업하면 육군사관학교에 가고 싶다고 했다. 규는 그 말을 듣고 놀랐다. 규는 반문하지 않을 수 없었다.

"하필이면 왜 사관학교엘 가려고 합니까?"

"사, 사, 사관학교만 나오면 유, 육군 소위가 안 됩니꺼. 유, 유, 유, 육군 소위몬 고등관이 된 거나 마찬가지고, 구, 군수와 맞먹는다고 합니더."

규는, 소년다운 꿈이라고만 생각할 수는 없었다. 남해 사람은 어느 지방 사람보다 출세욕이 강하다고 들은 적이 있는데, 손남득의 사고방식은 그런 사실을 증거한 것인지 몰랐다.

규는 실례를 무릅쓰고,

"사관학교도 좋지만 손씨는 그 말 더듬는 것부터 고쳐야 하겠소. '차렷' 하는 구령을 내릴 때 말을 더듬어가지고 되겠소?"

"구, 구, 구, 구령을 내릴 적엔 더, 더, 더듬지 않습니더."

"한번 해보시오."

손남득은 바다를 향해 다리를 펴고 서서 얼굴 전체를 빨갛게 상기시키고 양 뺨을 풍선처럼 불룩하게 해 가지곤 입술을 떨고 있더니 풍선이 터지는 것처럼,

"차렷!"

하고 고함을 터뜨렸다. 적어도 그사이 2, 3분은 경과되지 않았을까 한다.

"하여간 말 더듬는 버릇은 고쳐야 합니다."

규는 제법 선배답게 일렀다.

"마, 마, 마 말더듬이를 고, 고, 고, 고치는 데가 있다고 들었는데요. 거, 거, 거, 거기 가서 고치몬 된다고 생각합니더."

"빨리 고치도록 하시오. 자기 힘으로 고쳐야죠. 그것도 버릇이니까."

규는 손남득이 말 더듬는 결점을 빼곤 나무랄 데 없는 소년임을 알았

다. 학력도 학년 상당으로 충실했고, 품행도 단정했다. 부모가 기대를 걸어볼 만한 소년이었다.

송림과 백사장은 언제나 한산했는데, 어느 날 규는 밀짚 모자를 쓴 청년이 백사장을 걸어오는 것을 봤다. 그 사람은 규가 솔밭에 앉아 있는 것을 보고 그리로 오는 것이었다.

밀짚 모자의 청년은 스무 살 가까이 되어 보였다. 흰 바지를 입고 어깨가 노출된 러닝셔츠를 입은 품이 상주 마을 사람답지 않았다. 청년은 가까이 와서 규가 들고 있는 책과 옆에 놓인 책들을 들여다보더니,

"넌 학생인가?"

하고 일본말로 물었다.

"그렇다."

규는 조선말로 대답했다.

"어느 학교 학생이냐?"

다시 일본말로 물었다.

"진주고보 학생이다."

규는 역시 조선말로 대답했다.

"무슨 공부를 하는가?"

역시 일본말이었다.

"보면 알 게 아닌가?"

규는 여전히 조선말로 대답하고, 들고 있는 영어책을 뒤집어 보였다. 규는 그 청년의 거만한 태도가 아니꼬웠다.

청년은 덥석 규의 옆에 앉으면서 말했다.

"나는 부산중학釜山中學을 나왔다. 기노미야라고 부른다."

'하하, 이자는 일본 사람이구나.'

규는 이렇게 생각하고 일본말로 자기소개를 했다.

"몇 학년이지?"

기노미야가 물었다.

"4학년."

"그럼 내년을 위한 수험 공분가?"

"그렇다."

"어느 학교에 갈 작정인가?"

"고등학교에 갈 작정이다."

"고등학교?"

하면서 기노미야는 비웃는 표정이 되었다. 그리고 다시 물었다.

"고등학교면 어느 고등학교?"

규는 그런 태도가 아니꼬워서

"일고一高가 아니면 삼고三高에 갈 작정이다."

하고 어깨를 펴며 단호히 말했다.

"흥."

청년은 콧방귀를 뀌더니,

"나는 야마구치山口 고등학교에 연거푸 두 번 미역국을 먹었다. 그러니 지금은 낭인이다. 그러나 내년엔 꼭 야마구치 고등학교에 입학하고 말 작정이다."

"시험을 쳐서 미역국 먹는 수도 있나?"

규는 기노미야의 태도가 밉살스러워서 이렇게 익살조로 말했다.

기노미야는 어이가 없다는 듯 규를 돌아보더니,

"넌 고등학교 입학 시험이 얼마나 어려운가도 모르는 놈이로구나."

하고 냉소를 띠었다.

"아무리 어려워도 나는 낙제라는 것을 인정하지 않는다."

"낙제를 인정하지 않아? 너는 인정하지 않아도 시험관이 인정하면 어떻게 할 테냐?"

"어떤 시험관도 나에 대한 한 낙제를 인정하지 못할 게다."

"제법 당돌한 놈이로군."

"그 놈자를 빼고 말을 못 하겠어?"

규는 치밀어오르는 화를 억제하지 못하고 쏘았다.

"놈자가 신경을 건드렸으면 사과하지."

기노미야는 순순히 말했다.

"그런데 놈자를 쓰는 건 우리 부산중학생의 입버릇이지, 상대방을 모욕하려는 언사는 아냐."

"아무리 입버릇이라 해도 이제 막 인사를 나눈 사람에게 그런 말버릇은 좋지 못한 것 아닌가."

"그러니까 사과를 한단 말이다."

기노미야는 머리를 숙여 보였다.

"우리 진주 중학에선 상급생이 하급생일수록 존경하는 말로 대한다."

"상급생이 하급생에게 존경의 말을 쓴다?"

기노미야는 뜻밖이라는 표정을 지었다.

"그렇다."

"그거 유약하구나."

"왜?"

"하급생은 상급생이 단련시켜야 되는 거야."

"단련시키는 것하고 존칭어를 쓰는 것하고, 그 사이 무슨 모순이 있지?"
"상하의 분별이 뚜렷해야 된단 말이다."
"학교가 뭐 병영인가?"
"일본 남아의 정신은 그렇지 않단 얘기다."
규는 더 이상 기노미야와 말을 주고받기가 싫었다. 빨리 자리에서 떠나주지 않으면 자기 쪽에서 일어서야겠다고 생각하는데, 기노미야는 이제 막 규가 놓아둔 영어 교과서를 들며,
"너희들도 킹 크라운 교과서를 쓰는구나."
하고 책장을 넘겼다. 그러고는
"한두 가지 물어봐도 되나?"
라고 했다.
분명히 기노미야는 규를 시험해볼 작정이었다. 규는 불쾌한 마음이 들었지만, 아까 큰소리를 탕탕 친 터라 피할 수가 없는 심정이었다.
"물어보렴."
"헌데 이 교과서 어디까지 배웠지?"
기노미야는 시험 범위를 미리 알아둘 셈인 것 같았다.
"어디까지 배웠건, 그 책에 있는 것 전부를 물어보면 될 게 아닌가."
"너 4학년이라는데, 이건 4학년 교과서니까 안 배운 부분이 있을 것 아냐."
"안 배웠어도 그 책 속에 있는 건 전부 알고 있으니까 걱정 말고 물어봐."
규는 태영과 더불어 학교에서의 진도와는 관계없이 1학기 동안에 그 교과서를 끝까지 마스터했다. 그러니 상주의 바닷가 송림에선 그 교과서를 처음부터 끝까지 욀 작정으로 익히고 있는 터였고, 그때까지

거의 4분의 3쯤의 분량을 '콤마', '피리어드' 하나 빠지지 않게 욀 만큼 되어 있었다. 그것이 끝나면 2학기부터 5학년 교과서를 시작할 작정이었다.

기노미야는 책 마지막 부분 가까이에 있는 어느 페이지를 가리키며 그것을 번역해보라고 했다. 자기 생각으론 길고 까다로운 문장을 가린 요량이었다.

그러나 규는 망설임도 중복도 없이, 그리고 어순 하나 바꾸지 않고 깨끗이 번역해 내려갔다. 기노미야는 겁에 질린 사람처럼 규를 바라보았다. 그러고는 얼굴에서 거만스러운 표정을 지우고 양순한 청년의 얼굴이 되었다.

"수학도 그만큼 잘하나?"

기노미야가 물었다.

"무슨 문제이건 내보렴."

기노미야는 들었던 책을 놓아버렸다. 더 물어보나 마나 한 심정이 된 모양이었다.

"내 친구에 사헤키佐伯란 수재가 있었어. 지금 후쿠오카 고교福岡高校에 가 있지. 그놈도 너만큼은 못 했어. 학교에서 배운 부분은 잘했지만, 배우지 않은 부분까진 머리가 미치지 못했어. 그런데 넌 참으로 대단한 수재로구나. 감탄했어."

규는 박태영 얘기를 꺼냈다. 박태영은 영어건 수학이건 5학년 교과서까지 마스터했다는 얘기였다.

기노미야는 참으로 감탄한 표정으로 물었다.

"진주중학엔 수재가 많구나. 그런데 참고서는 뭣을 쓰지?"

"참고서는 안 써. 입학 시험 문제집은 가지고 있지만……."

기노미야는 멍청한 표정으로 수평선을 바라보더니,
"실례했다."
하고 일어섰다. 그리고 종종 만날 기회를 갖자는 말을 남겨놓았다.
규는 멀어져가는 기노미야의 등 뒤에서 낭인으로서의 외로움과 슬픔을 보았다.
'입학 시험에 두 번이나 낙제하고 보면 쓸쓸하기도 할 게다.'
이런 동정심과 더불어 이제까지 기노미야에 대해 느꼈던 불쾌감을 씻어버리기로 했다.
여름의 바다 저쪽에서 뭉게구름이 하늘을 장식하고 있었다. 뚝 끊긴 것 같더니 다시 매미 소리가 은은한 솔바람 소리와 파도 소리를 요란하게 수놓기 시작했다.
하숙으로 돌아와 주인에게 기노미야란 일본 사람을 만났다고 했더니, 기노미야는 상주국민학교 교장의 차남이라는 주인의 설명이었다.

도코나미 야스코가 규를 찾아왔다. 그날은 아침부터 찌는 듯 더운 날이어서 규는 오전 중 주막집 뒤쪽에 있는 정자나무 밑에 평상을 내놓고 그 위에서 수학을 풀고 있었다. 수학을 풀고 있으면 시간 가는 줄도 모르고, 옆에 사람이 와도 의식하지 못했다.
그러한 무아경에서 열심히 연필을 움직이다가 언뜻 보니 바로 눈 아래 있는 여자의 신발이 눈에 띄었다. 얼굴을 들었다. 원피스 차림의 처녀가 서 있었다. 도코나미 야스코였다.
"방해해서 미안합니다."
야스코는 들고 있던 보자기를 놓고 공손하게 머리를 숙였다.
"방해까지야……."

규는 야스코를 평상에 걸터앉으라고 했다.
"전 십 분쯤 서 있었어요."
"그럼 진작 말이라도 걸지 않고……."
"하두 열중하고 있기에, 몇 시간이든 그렇게 서 있으려고 했어요."
규와 야스코는 먼 옛날부터 아는 사이처럼 그동안의 소식을 알리고 전하고 했다.
만일 야스코가 조선인 여학생이라면 그렇게 급속도로 친숙하게 될 수는 없었을 것이라고 생각하니 이상했다. 일본 사람과 한국 사람이란 벽이 있었기 때문에 더욱 활달하게 의사를 통할 수 있다는 사실은, 규로선 상당히 신기한 발견이었다.
어느덧 점심때가 되었다. 규는 야스코의 점심을 어떻게 할까 하고 걱정했다.
"전 도시락을 준비해왔어요."
하고 야스코가 옆에 놓인 보자기를 들어 보였다.
"학생 몫까지 싸가지고 왔습니다. 마음에 드실지 어떨지 모르겠습니다만……."
규는 고맙다고 하고, 물만 있으면 된다고 하기에 물통에 보리차를 넣어 들고 자기가 즐겨 가는 바닷가 송림으로 향했다. 양복을 입은 여자와 나란히 들길을 가고 있는 규를, 들일을 하고 있던 마을 사람들이 이상한 눈초리로 보았다.
도시락을 맛있게 먹고 나니 그날 오후는 더욱 흥겨웠다.
"학생은 장래에 뭣이 되려고 하죠?"
"글쎄요. 수학 공부도 하고 싶고 문학 공부도 하고 싶어 망설이고 있어요."

규의 솔직한 고백이었다.

"문학 공부를 하세요. 학생처럼 머리가 좋으면 뭐든 할 수 있을 겁니다. 그렇다면 문학을 하셔야죠. 기쿠지 간菊池寬처럼 훌륭한 문학가가 되세요."

규는 웃었다. 일본 문학의 사정을 잘은 모르지만 '기쿠지 간'이 문학의 대표적 인물일 수는 없다는 사실쯤은 알고 있었다. 하지만 그런 말을 할 순 없었다.

"그러나 문학 공부를 하고 싶다고 해서 문학 계통의 학교에 꼭 가야 한다는 건 아니니까요."

"그러겠죠. 그렇지만……."

"도코나미 씨는 뭣을 할 작정입니까?"

"전 여학교 교사 노릇이나 하다가…… 그럭저럭 지내는 거죠 뭐."

"그러나 꿈은 있을 것 아닙니까?"

"전쟁이 나고 있는데요 뭐. 아버지 말론 아마 전쟁이 자꾸만 확대될 것이라고 해요."

"전쟁과 도코나미 씨의 꿈이 무슨 관련이 있습니까."

"세상이 깨질 판이니, 저의 꿈도 같이 깨진다는 말입니다."

규는 이러한 야스코의 말에서 어른을 느꼈다.

소년과 소녀는 한나절을 즐겁게 지냈다. 야스코 때문에 공부를 못 한 사실 같은 건 문제도 되지 않았다.

해질 무렵 미조로 가는 배가 닿았다. 야스코를 선창가까지 바래다주며 규는

"혹시 질문할 게 있었던 것 아니오?"

하고 물었다.

야스코는 웃으면서 대답했다.

"학생에겐 그런 것 묻지 않기로 했어요. 모르는 게 있으면 미뤄뒀다가 학교에 가서 묻죠."

"왜 그렇게 하기로 했습니까?"

규는 이렇게 묻지 않을 수 없었다.

"겁이 나서요."

"겁이 나다뇨?"

"학문은 학생처럼 머리 좋은 사람이 해야 하는 거고 우리 같은 사람이 할 것이 아니란 자포자기적 기분이 날 것 같단 말입니다."

규는 그 심리를 알 것 같았고, 야스코가 결코 범상한 여자가 아니며 뚜렷한 신념과 개성을 지닌 사람이라고 느꼈다.

"그럼 인제 다신 안 오시겠네요?"

"일주일쯤 지나서 또 오겠어요. 놀러요. 그러나 그땐 어려운 문제를 물을지도 몰라요."

정확하게 일주일이 지나자 야스코가 왔다. 그런데 그날은 오후부터 폭우가 쏟아지고 폭풍이 부는 바람에 야스코는 미조로 돌아갈 수 없게 되었다.

"아무 데서라도 하룻밤 세우면 되겠죠."

하는 야스코의 말이었지만, 규로선 난처한 문제였다. 생각다 못해 국민학교 교장 집에서 하룻밤 신세를 지면 어떠냐고 말해보았다.

그랬더니 야스코는

"거기 기노미야라는 학생이 있죠?"

하고 물었다.

"그런 사람이 있습니다."

"그 사람은 불량해요."

야스코는 딱 잘라 말했다.

기노미야는 가끔 도코나미 여관에서 자고 가는데, 야스코가 묻는 수학문제 같은 것을 풀어주지도 못하면서

"그런 문제쯤은 혼자 힘으로 해야 해."

하는 식으로 괜히 거만하게 군다는 것이고, 뿐만 아니라 단둘이 있으면 이상한 행동을 하려고 하고 야비한 편지까지 보내 온다는 얘기였다.

"그런 사람이 있는 집엘 어떻게 갑니까. 찾아갔다간 자기가 좋아서 온 것처럼 엉뚱한 착각까지 가질 테니 말입니다. 그러니 걱정할 것 없어요. 하룻밤 얘기나 하며 뜬눈으로 새워도 되잖아요?"

결국 규와 야스코는 문을 열어젖힌 방에 방장을 쳐놓고 같이 공부를 하다가 잡담을 하다가 하며 그날 밤을 지냈다.

과년한 처녀와 한 방에서 그렇게 지내보긴 규로선 처음 있는 일이었다.

처녀와 한 방에 있다는 느낌으로 해서 규는 소년답지 않은 묘한 충동에 이끌리기도 했지만, 그것을 억누르기란 그다지 어렵지 않았다.

비가 쉴 새 없이 세차게 쏟아졌다. 그 소리에 둘은 잠자코 귀를 기울이기도 했다.

"이 섬이 몽땅 떨어져나가 배처럼 대양에 둥둥 뜨면 멋있겠어요."

가끔 야스코는 이런 따위의 엉뚱한 소리를 하기도 했다.

새벽녘에 책상을 사이에 둔 채 규와 야스코는 잠에 빠졌다.

깨어보니 눈부신 아침이 펼쳐져 있었다. 비와 바람이 거짓말처럼 멎어 있었다.

야스코는 그날 저녁 배를 타고 미조로 돌아갔다. 그러나 야스코와 같

이 비 오는 하룻밤을 지낸 기억은 규의 뇌리에 영원히 남았다.

8월 말, 규는 상주를 떠나 미조로 가서, 도코나미 여관에서 하룻밤을 묵고, 부산으로 가는 야스코와 같이 삼천포로 건너갔다. 야스코는 삼천포에서 부산으로 가는 배를 탄다고 했다. 규는 삼천포에서 야스코와 작별하고 무사히 고향으로 돌아왔다. 그가 상주에 있을 때 쓴 일기엔 다음과 같은 구절들이 있다.

○월 ○일
상주의 논들은 대개 개울보다 높은 데 있다. 그러니 그 개울물을 퍼서 올리든지, 논 한구석에 웅덩이를 파서, 거기에 괸 물을 퍼서 농사를 짓는다.
육지 사람들도 가뭄이 계속되면 물을 퍼 올리는 경우가 있지만, 이처럼 전부의 농사를 줄곧 물을 퍼서 짓는다는 건 어림도 없는 일이다. 상주 사람들은 여름 내내 물푸기가 일이다. 그리고 어른·아이 할 것 없이 빈둥빈둥 놀고 있는 사람을 볼 수가 없다. 남해 사람들이 부지런하다는 얘기는 들었지만, 실제로 그들의 생태를 보고 정말 놀랐다.
그러나 모두들 가난했다. 부지런한 만큼 굶어 죽는 사람은 없는 모양이었지만, 세간들이 초라했다. 겨우 세 때의 끼니를 이어가는 것이 고작인 것 같았다. 낮엔 낮대로 김을 매고, 밤엔 밤대로 물을 푸는 중노동을 되풀이하는데도 겨우 먹고살 정도라면 너무나 비참한 삶이 아닌가…….

○월 ○일

우편 배달은 사흘에 한 번씩 오는데, 내가 묵고 있는 주막집에 우편물을 몽땅 풀어놓고 간다.

조그마한 마을로선 꽤 많은 우편물이다. 멀리 외지에 가 있는 아들딸로부터 오는 편지라고 했다. 이곳 사람들은 늙은이나 호주戶主, 그리고 장남을 빼놓곤 철이 들 만하면 대개 외지로 돈 벌기 위해 나간다고 했다. 가끔 죽어서 돌아오는 사람도 있고, 죽었다는 통지만 있고 돌아오지 않는 시체도 있다고 한다.

나는 그 우편물을 통해서 상주엔 강의록을 받아 보며 독학하는 사람이 많다는 사실을 알았다. 강의록은 대개 보통 문관 강의록 아니면 초등 교원 강의록 등이다. 그것으로 공부를 해서 순사 시험이나 교원 시험을 치기도 하는 모양이다. 그렇게 공부를 해서 이 마을에선 다섯 사람의 경찰관과 세 사람의 교원이 났다는 것이다. 힘겨운 농사일 틈을 타 공부를 해서 어느 날 배를 타고 육지로 나간다. 그러고는 순사나 교사가 돼서 돌아온다. 그것이 이 마을 사람들의 꿈인 것 같았다. 실리와 직결된 공부라는 것을 나는 남해에서 배웠다. 나도 내 공부하는 태도를 고쳐야 하지 않을까 하는 생각이 든다.

우편물을 찾으러 온 어떤 청년이 내가 공부하고 있는 평상으로 와서 걸터앉더니,

"무슨 공부를 하느냐?"

하고 물었다.

기하 공부를 한다고 했더니,

"그런 걸 공부해서 어디에 쓰느냐."

하고 또 물어왔다.

나는 그가 나를 조롱하는 것이 아닌가 하여 약간 성이 났는데, 알고 보니 그것이 아니었다. 그가 목적으로 하는 보통 문관 시험이나 재판소 서기 시험, 또는 순사 시험, 교원 시험 과목엔 '기하'라는 것이 없는 것이다. 말하자면 그것을 배우지 않아도 경찰관이 될 수 있고 판사·검사도 될 수 있는데, 뭣 때문에 그런 공부를 하느냐는 소박한 질문이었다.

나는, 입학 시험을 보기 위해선 이런 공부도 필요하다고 말할까 했으나 그만두었다. 중학교도 못 다니는 그에게 고등학교, 대학이란 존재를 가르치는 건 소용없는 노릇이고, 학교에 가지 않아도 출세할 수 있다는 희망에 부풀어 있는 사람에게 내가 학교에만 집착하고 있는 듯한 느낌을 주기 싫어서였다.

그는 또,

"헌법을 아느냐?"

하고 물었다.

모른다고 대답했더니 이상한 표정을 짓고, 헌법이란 대일본 제국의 기본법이라고 설명하곤, 이제 막 봉투를 뜯은 강의록을 내 앞에 펴 보였다.

그 책엔 헌법이란 것도 있고, 민법이란 것도 있고, 형법·행정법 같은 것도 있었다. 그는 책장을 넘겨 보이며, 이런 것을 공부하는 것이 진짜 공부라는 듯한 자랑스러운 표정을 지었다.

그러고 보니 나는 쓸데없는 것만 공부하는 놈처럼 되어버렸다. 아닌 게 아니라, 앞으로 출세도 하고 사회의 일꾼이 될 사람은 바로 그 사람이 아닌가 하는 생각마저 든다.

상주란 시골에서 대일본 제국의 기본법을 공부하고 있는 사람을 발견한 것은 대단한 충격이었다.

○월 ○일

사각모자를 쓴 대학생이 마누라를 동반하고 나타났다. 대학생은 더운 여름인데도 검은 사지 정복을 입고 모자를 단정하게 쓰고 있었다. 키가 작고 몸이 조금 뚱뚱한 편이었다. 그런데 그 마누라는 흰 저고리에 속옷이 비치는 엷고 검은 통치마를 입고 구두를 신었는데, 갸름한 흰 얼굴이 상주 근처에서 보는 여자들과는 전혀 딴판이었다. 남해에도 저런 미인이 있는가 싶을 정도의 미인이기도 했다.

개울을 건너는 곳에서 그들과 마주치고 돌아와 주막집 주인더러 그 얘기를 했더니, 그의 설명이 이랬다. 대학생은 임수영林秀英이라는 그 마을 출신 청년인데, 남해보습학교를 나온 뒤 보통 문관 시험에 합격하자, 이동二東 면장이 그를 사위로 삼아 일본의 대학으로 유학시켰다. 그는 지금 고등 문관 시험을 준비 중이라고 했다.

고등 문관 시험 준비 중이란 사실엔 냉담할 수 있었지만, 그 대학생이 그처럼 아름다운 마누라를 학생의 신분인데도 동반하고 있다는 사실엔 범연할 수 없었다. 나는 그의 그런 감정을 이상하게 느꼈다.

○월 ○일

기노미야가 바닷가 송림에 또 나타났다. 그와 나는 요즘 퍽 친한 사이가 되었다. 솔밭에 벌렁 드러누워 있더니 벌떡 일어나 한다는 소리가 이랬다.

"너 어제 대학생 보았지?"

"보았다."

"돼먹지 않게……. 그 대학이 무슨 대학인지 아나?"

"M대학이드구먼."

"그게 대학이냐? 난 그런 대학이면 죽어도 안 간다."

"어느 대학이건 공부만 하면 될 게 아닌가. 그는 고등 문관 시험 준비 중이라고 하더라."

"그런 델 나와 고등 문관 시험에 합격해봤자 소용없어. 동경제국대학을 나와야지."

"그건 자네들 사정이고, 어느 대학을 나오건 판사나 검사가 되든지 군수쯤 되면 될 게 아닌가?"

"천하의 수재인 자네가 할 소린가, 그게?"

"난 고등 문관 시험과는 관계가 없어."

이렇게 말했지만 나는 속으로, 이러쿵저러쿵 망설일 것이 아니라 고등 문관 시험을 목표로 노력을 집중해봐도 무방할 게 아닌가 하는 생각을 하고 있는 참이었다. 하룻밤만 지내면 녹아 없어질 생각임을 짐작하면서도…….

기노미야는 계속 임수영이란 그 대학생을 비꼬는 얘기를 했다. 나는 그럴수록 임수영을 옹호하는 말로써 대꾸했다. 그러면서도 나는 임수영이 쓰고 있던 사각 모자가 상주란 시골엔 어울리지 않는다고 생각하고, 나는 뒷날 대학생이 되어도 모자를 고향에선 쓰지 않을 것이라고 마음먹었다.

기노미야는 한동안 우두커니 앉아 있더니,

"아무래도 틀렸어."

하고 한숨을 쉬었다.

"뭣이?"

"내년에 또 낙제할 것 같애."

"열심히 공부하면 될 게 아닌가."

"아냐, 안 돼. 자꾸 공포증이 드는걸. 내 골은 비었어. 텅텅 비었어……. 내년에 낙제하면 난 군대에나 가야 해. 그 점에 있어서 너희들은 좋아. 군대에 안 가도 되니까."

기노미야의 말은 뜻밖이었다.

일본 정신을 운운한 놈이 군대에 가기를 싫어하다니……. 나는 빈정대줄까 하다가 그만두었다. 그의 표정이 너무나 비통했기 때문이었다. 기노미야가 중얼거렸다.

"그렇다고 해서 사립대학 같은 덴 죽어도 가기 싫고……."

나는 그 말을 듣고, 기노미야가 아까 그렇게 임수영이란 대학생을 비꼰 심정을 알았다. 임수영을 보자마자, 자기도 급기야는 사립대학 같은 데 낙착되고 말 것이란 강박 관념이 솟아났음이 분명했다.

○월 ○일

도코나미 야스코는 이상한 여자다. 어린애 같기도 하면서 어른 같기도 하다. 가령 이런 말을 한다.

"미덕은 전부 위선 같고 악덕만이 진실 같으니 곤란한 문제다."

그러고는 다음과 같이 풀이를 했다.

"일찍 자고 일찍 일어난다. 위선적인 노력 아니고는 그렇게 할 수가 없다. 늦게 자고 늦게 일어난다. 이게 내 비위에 맞거든. 누군가의 손을 잡아선 안 된다. 그래 그렇게 하긴 하지만 그건 위선이고, 손을 잡고 싶다, 이건 진실이에요."

이때 나는 이렇게 대답해주었다.

"먼젓말은 철학이고 뒤엣말은 어리광이다."

야스코는 모래 위를 걷다 말고 멈칫 섰다. 그리고 물었다.

"당신, 몇 살이죠?"

"열여섯 살. 그런데 왜요?"

"싫어, 싫어!"

야스코는 얼굴을 찌푸리며 소리쳤다.

이런 일도 있었다.

"일본인이 조선인 차별 대우 하는 것 불쾌하죠?"

야스코의 이 물음에 나는 정중하게 대답했다.

"불쾌할 것 없습니다. 우리 조선인도 일본인을 차별 취급 하니까요."

"그것 정말이오?"

"만일 내가 행동을 경솔하게 하면 친구로부터, '넌 왜놈처럼 상스러운 놈이다.'라는 핀잔을 받거든요. 대강 그런 겁니다."

"그 말을 들으니 속이 시원해요. 앞으로도 계속 많이, 철저하게 일본인을 멸시해주세요."

"근거도 없이 남을 멸시하는 건 결국 자기를 멸시하는 것이 되니까 함부로 멸시는 안 해요, 나는."

그러자 야스코는 또 물었다.

"당신, 몇 살이죠?"

"아까 말하지 않았소. 열여섯."

"싫어, 싫어!"

그리고 야스코는 모래밭에 주저앉았다. 원피스 아래로 나타난 무릎 위에 모래알을 손으로 집어 얹었다.

"이렇게 바닷가에 앉아 있으니 이시카와 다쿠보쿠石川啄木의 시가 생각나죠? 동해 바다의 작은 섬, 그 기슭의 하얀 모래밭에서 나는 눈물지으며 게들과 노닌다."

"나는 그 시보다 다쿠보쿠의 이런 시구를 좋아합니다."

"말해보세요."

"언제까지나 넘어지지 않고 돌 수 있는 좋은 팽이를 만들고자 나는 큰 나무를 켠다."

"야심가는 다르구먼요."

"내겐 야심이 없어."

"그럼 뭣이 있죠?"

"진실, 진리."

"몇 살이죠?"

"열여섯."

"싫어, 싫어!"

도코나미 야스코는 참으로 이상한 여자다.

○월 ○일

내일이면 상주를 떠난다. 이제 떠나면 다신 이 어촌에 돌아올 일은 없을 것이다. 그런데 나는 이곳에서 많은 것을 알았다. 상주에서 여수旅愁를 알았다. 바다를 알았다. 상주에서 꿈을 키웠다. 무엇보다도 소중한 것, 나 스스로에 대한 자신을 얻었다. 나는 떳떳한 어른이 될 수 있으리란 그 자신 말이다.

나는 상주에서 바다를 향해 매일처럼 외쳤다. 곧고 청결하고 누구보다 부지런하고 누구보다 활달한 인간이 될 것이라고……. 그리고 우리 민족을 지탱하는 기둥이 되진 못하더라도, 민족의 가슴팍에 박히는 한 개의 못은 될 것이라고…….

나는 그 말 하나하나를 또렷또렷하게 바다에 새겨놓고, 모래밭에 새겨놓고, 송림 속에도 새겨놓았다. 상주는 나의 꿈의, 나의 맹세의 증인이다. 나의 마음의 고향이 될 것이다.

복장이란 중요한 것이다.

학생들이 카키색 정복을 입지 않겠노라고 동맹 휴학까지 할 뻔한 것은, 모두들 명백하게 의식한 것은 아니지만 까닭이 있는 일이었다.

9월 신학기 첫날, 규는 이 사실을 뼈저리게 느꼈다. 양복점에서 찾아다 놓은 카키색 정복을 처음으로 입어보았는데, 도무지 자기가 자기처럼 생각되지 않았다. 그러나 학교에 가려면 그 옷을 입지 않을 수 없어 그냥 그 옷을 입고 방에서 나왔더니, 재빨리 그 모양을 본 하숙집 식모 아이가 킬킬 웃었다.

"꼭 헤이타이 상 같네."

헤이타이 상이란 일본말로 병대兵隊란 말이다. 규는 그 식모 아이에게 얼굴을 들 수 없었다.

구두를 신고 얼굴을 돌린 채 각반이란 걸 찼다. 각반이란 것도 사람을 볼품 없이 만드는 수단의 하나다.

거리로 나왔다. 주저주저한 느낌이 꼭 무슨 죄를 지은 사람 같았다. 지나가는 사람이 자기만 바라보는 것 같아서 고개를 들 수가 없었다. 새 정복을 입은 학생들이 학교를 향해 걷고 있었다. 새 옷인데도 새 옷 맛이 나지 않는 게 또 카키색의 특징이다. 하급생들이 규를 보고 거수 경례를 하는 것도 거북스러웠다.

학교에 한 발 들여놓자 규는 더욱 놀랐다. 교정을 메운 카키색이 학교의 분위기를 전연 딴판으로 만들어놓았다.

급우들이 모여 있는 곳으로 갔다. 모두들 서먹서먹해서 인사를 나눌 수도 없는 그런 기분인 것 같았다.

"굳이 카키색은 안 입겠다고 설치더니 너도 입고야 말았구나."

차용희가 임영태를 보고 말했다.

"천황 폐하를 위해서다 하고 눈 꾹 감고 입었지 뭐."

임영태가 겸연쩍게 웃었다.

"제기랄, 이렇게 입고 보니 모두들 영락없이 왜놈들 졸개 같구나."

정무룡이 익살을 부렸다. 근질근질 가슴의 밑바닥에서 이글거리고 있는 모두의 감정을 멋지게도 한마디로 표현한 말이었다.

"무룡이 너, 말 한 번 잘했다. 꼭 왜놈들의 졸개다."

곽병한이 이렇게 거들고 나서자 모두들 허허 웃었다. 자조적인 웃음이었다.

그런데 보이지 않는 얼굴이 많은 게 규는 마음에 걸렸다. 첫째, 박태영이 보이지 않았다. 김종엽, 이향석, 원두표의 얼굴도 보이지 않았다.

"이향석이 보이지 않는데 웬일고?"

조례 종이 울리자 급장(반장)인 김상태가 말했다. 이향석은 1학년 때부터 줄곧 결석은커녕 지각 한 번 한 일이 없는 학생이었다.

조례가 시작되고 출석을 불렀다. 열 몇 사람이 결석이었다. '미꾸라지'란 별명을 가진 담임 교사 에구치江口가 상을 찌푸리고 한마디 뱉었다.

"학기 초부터 왜 이렇게 결석이 많지?"

그리고 에구치는 힐난하는 눈초리로 규의 학급을 둘러보았다. 그 눈과 태도가 어쩌면 그렇게도 미꾸라지를 닮았는지, '미꾸라지보다도 미꾸라지를 닮은 에구치 교사'란 말은 참으로 잘된 말이었다.

교장의 훈시가 있었다.

"전운이 유럽을 덮고, 바야흐로 역사는 일대 전기에 섰다. 황군의 위용은 대륙에서 당당하다. 이때를 제하여 제군은 시국 인식을 철저히 하고 상上 천황 폐하의 충량한 신민으로서 후일 기하는 바 있도록 각고면려해야만 한다.”

이어 열병식과 분열식이 있었다. 그런데 그건 엉망이었다. 열이 꾸불꾸불하고 보조가 맞지 않았다. 눌러 쓴 전투모 밑에서 수침 명태의 눈이 독사의 기를 뿜어내고, 교관은 고함을 질렀다.

“뭐야, 그 꼴이? 지렁이 기어가는 꼴 아니야? 열을 바르게! 발을 맞춰!”

교관이 고함을 지른다고 효과가 나타날 까닭이 없었다. 드디어 교관은 행사 정지를 명하고 호통쳤다.

“이해가 될 때까지 몇 번이고 되풀이한다. 도대체 너희들의 정신 상태가 돼먹지 않았다. 철저하게 할 테니 각오하라!”

열병식과 분열식이 되풀이되었다. 그럴수록 엉망이 되었다.

“너희들이 걷는 꼴은 창꼬로 패잔병의 꼴이다. 너희들의 눈깔은 썩은 생선의 눈깔이다.”

교관은 욕설이란 욕설은 죄다 퍼부었다. 드디어 교관은 목소리가 쉬고 학생들은 지쳤다.

“내일 아침 또 할 테니 각오하라!”

이 말을 남기고 교관이 해산을 선언한 것은 조례가 시작된 지 세 시간이 지나서였다.

“제기랄, 학교에 댕길 생각이 점점 없어지는데…….”

교사 입구에 모여 각반을 풀 때 누군가가 이렇게 중얼거렸다. 규도 동감이었다. 이런 꼴이 거듭된다면 정말 지긋지긋한 노릇이라고 생각했다.

교실에 들어가서도 모두 가슴이 부글부글 괴고 있었다. 여느 때의 신학기 같으면 이곳저곳에 끼리끼리 모여 앉아 방학 동안의 얘기들을 하면서 왁자지껄 웃음을 터뜨릴 텐데, 그날 교실의 공기는 침울했다. 그 침울함이 견딜 수 없다는 듯이 곽병한이

"모두들 수업료 가지고 왔재?"

하고 소리를 높였다.

"가지고 왔으몬 뭣 할래?"

차용희의 말이었다.

"수업료 내지 말자. 제기랄, 학교란 델 와서 왜놈 졸개 훈련만 할 바에야 수업료를 지랄할라고 낼 것가. 그거 모아가지고 오늘 오후 남강 백사장에 가서 술이나 실컷 묵자."

"찬성이다."

하는 소리가 이곳저곳에서 났다.

그때였다. 주영중이 갑자기 일어서더니 쿵쿵 울리는 소리로 말했다.

"중학생 신분으로 술을 묵다니, 절대로 안 될 말이다. 게다가 수업료를 내지 않겠다니, 학생의 신분에 어긋나는 일이다. 나는 반대한다."

"뭐? 어째? 싫거든 너나 술을 안 마시면 될 꺼 아니가. 수업료는 너 혼자 내면 될 꺼 아니가. 무슨 훈계하는 건가?"

곽병한이 주영중을 보고 이렇게 쏘았다.

"지금이 어떤 땐가. 비상시 아니가. 이런 비상시를 인식하면 그런 말은 못 할 기다. 시국에 대한 인식을 가져야 한단 말이다."

주영중도 지지 않았다.

"인마, 시국을 인식하니까 술이나 묵자쿠는 것 아닌가."

곽병한이 이렇게 말하자 주영중이 쏘았다.

"그럼 너 비국민非國民이다."

곽병한이 드디어 분통을 터뜨렸다.

"이 자식, 비국민이라고! 그럼 넌 충량한 황국 신민이란 말이로구나. 개자식이 미친 개처럼 짖고 있네."

그러자 주영중이 곽병한을 향해 달려들었다. 주영중은 유도가 2단이었다. 곽병한이 단단한 체구를 가지고 있다 해도 주영중과 맞서 싸워 이길 수는 없었다.

주영중이 곽병한의 멱살을 잡으려는 순간, 임영태가 그 사이에 끼어들었다.

"너, 유도깨나 한다고 함부로 덤비는구나. 정 싸우고 싶다면 내가 상대해주마."

임영태는 정식으로 배우는 건 아니지만 자기 집 뜰에 샌드백을 걸어놓고 일과처럼 권투 연습을 하고 있었다. 임영태가 나서자 주영중은 멈칫하는 것 같더니,

"네가 왜 나서노. 네가 뭐, 곽병한이 꼬붕(졸개)쯤 되나? 자, 비켜."

"꼬붕이 뭐꼬?"

임영태는 금세라도 병한에게 덤비려는 영중의 가슴팍을 탁 밀어놓고 말했다.

"넌 이놈아, 가메이龜井 소위의 꼬붕인가?"

"인마, 네겐 관계없는 일 아니가. 저리 비켜!"

영중이 임영태의 손을 뿌리치며 덤볐다. 병한이 불쑥 앞으로 나섰다.

"영태, 비켜. 저놈의 유도가 얼마쯤 되는지 시험해보자."

"안 돼!"

하고 영태는 병한을 막아섰다.

"영중의 상대는 내가 한다. 싸우길 좋아하는 놈은 싸우길 좋아하는 놈이 상대해야지. 그런데 영중아, 병한이가 뭘 잘못했노. 지긋지긋한 꼴을 당하고 술이나 묵자쿠는 말이 그렇게 네 귀에 거슬리드나?"

"네 눈으로 보고 네 귀로 안 들었나. 그 자식이 아까 나를 보고 뭐라 쿠대?"

"야, 이 자식아. 개를 보고 개라구 한 기 뭐 나쁘단 말이고."

태연하게 임영태가 말했다. 주영중이 푸르락말락 게거품을 뿜으며 외쳤다.

"내가 개라몬 느그는 뭐꼬!"

"네 말대로 비국민쯤이라 해두자."

임영태가 비웃듯 말했다.

하마터면 유도와 권투의 대결 시합을 볼 뻔한 국면에까지 이르렀는데 담임 교사 에구치가 들어왔다.

싸움은 흐지부지되고 모두들 자기 책상으로 돌아가 앉았다. 그런데 이 사건은 뒷맛이 썼다. 그것이 계기가 되어 학급 분위기가 항상 불안했다. 그리고 먼 훗날, 이 사건으로 인한 감정으로 죽이고 죽고 하는 참극이 벌어지게 된다. 그만큼 주영중은 무서운 사나이라고 할 수 있었고, 그 나름대로 의지가 강하고 집념이 강한 사나이였다.

십여 명의 결석은 우연한 일이 아니었다. 4학년 1학기까지 개근을 한 이향석과 박석균은 가정 사정으로 학교를 그만두어야 하는 처지에 몰려 있었다. 둘 다 가난하지만 학교에 다닐 수 있었던 것은 친척들의 보조가 있어서였는데 그 보조가 끊어졌다는 것이었다. 학교의 상황이 그 꼴이 아니었다면 급우들끼리 모금을 해서라도 남은 세 학기쯤 감당하지 못할 바 아니었지만, 모두들 학교에 염증을 느끼고 있었던 터라 그들의 퇴학을 예사로 여겼다.

그밖에 다섯 사람은 다른 학교로 전학을 했다. 김종업과 원두표는 카키색 정복까지 입어가면서 학교에 다닐 필요를 느끼지 않는다면서 퇴학원을 냈다.

그러고 보니 한꺼번에 급우가 아홉이나 줄어든 셈이었다. 2조(組:班)에서는 6명의 퇴학자가 나왔다고 했다. 4년 전 백 명이 입학했는데 그동안 30명이 탈락하고 1, 2조 합쳐 70명이 남았다. 떠나는 학우들을 위해 1, 2조 합동으로 송별연을 열기로 했다.

도동(道洞)이란 마을이 바라보이는 남강의 백사장에서 9월 들어 첫 일요일에 송별연이 열렸다. 주영중, 박한수를 비롯한 학생보국회에 속한 십여 명이 참석하지 않은 것이 꺼림칙했지만, 아직 익숙하지 못한 술에 취하게 되자 그런 감정은 사라지고, 떠나고 보내고 하는 친구의 감상만이 남았다.

규의 학급 급장 김상태가 술에 취해 빨갛게 상기된 얼굴을 하고 일어서더니,

"아무래도 연설 말씀을 한마디 해야겠다."

하고 서두를 꺼내고 이런 말을 했다.

"생각하면 기가 막힐 노릇이다. 4년 전 우리들은 지리산의 이 골짝 저 골짝으로부터 하나 빠지지 않은 백 명이 모여들었다. 그런디 그 사이 세 놈이 저 세상으로 갔다. 다섯 명이 병으로 휴학했다. 우리하고 같이 있기가 싫다고 다른 학교로 간 놈도 있고, 그만둔 놈도 있다. 그러다 보니 1, 2조 합해 85명으로 줄어들었는데, 이번에 또 열다섯 명이 떠나게 되어 70명이 남은 셈이다. 그 가운데서 명년 4월이 되면 상급 학교에

가는 놈이 나올 게고 하니, 졸업할 땐 50명도 채 안 될 끼 아닌가 싶으다. 이게 인생 무상이라쿠는 긴가? 이게 회자정리會者定離라쿠는 긴가? 넉넉잡고 한 백 년 지나면 한 놈도 빠지지 않고 무덤 속에 있을 것을 생각하니 허망하고도 허망하고나. 단 백 명이 말이다, 불과 5년 동안을 함께 지탱하지 못한대서야 이게 될 말이가. 나는 떠나는 놈들에게 지독한 욕을 해주고 싶다. 전부 니끼미 뭣할 놈들이다. 이향석과 박석균이 가난해서 학교를 그만둔다는 건 말이 아니다. 꼭 다니고 싶으면 우리들이 힘을 모으면 될 게 아니가. 김종업과 원두표는 정말 죽일 놈들이다. 만석꾼 아이들이니 학교 안 댕겨도 잘살 수 있다는 배짱 아니가. 우리들만이 왜놈들 졸개 같은 옷을 입고 비굴하란 말이가. 다른 학교로 전학하는 놈들도 나쁜 놈들이다. 수침 명태가 보기 싫다고 다른 학교에 가서, 거기선 이놈들 도깨비 교장을 만날 끼다. 다른 학교에 간다고 이 왜놈 졸개 같은 옷 안 입고 견딜 줄 아나? 어림도 없는 일이다. 마지막으로 이놈들께 한마디 한다. 디리디리 오래 살고 지긋지긋하게 잘살다가 백 살쯤 처먹고 죽어 뻐드러져라.”

심한 익살로 엮인 김상태의 말이 어쩌면 그렇게 사람을 울릴 수 있었는지 몰랐다. 보니, 모두들 눈물을 흘리고 있었다.

상태는 울먹거리며 말을 이었다.

"오늘날 왜놈이 득세하고 우리가 그 졸개가 되어 요 모양 요 꼴이지만, 쥐구멍에도 별 들 날이 있지 않겠나. 왜놈의 운명을 왜놈의 문틀로써 빈정대면, 헤이케 모노가타리平家物語에 이런 게 안 있더나. '지원정사祇園精舍의 종 소리, 제행무상諸行無常으로 울린다. 사라쌍수沙羅雙樹의 꽃 빛깔, 생자필멸生者必滅의 이치로다. 거만한 자 오래가지 못할진저, 봄밤의 꿈과 같으니라.'"

상태의 연설이 끝나자 모두들 와락 상태에게 덤벼들어, 상태를 번쩍 들어 서너 번 하늘로 치솟게 했다. 학급 대항 경기에서 승리하거나 학년과 학급에 좋은 일이 있으면 으레 하는 짓이었다.

"학교를 떠나는 건 아무시랑도 않지만, 명급장名級長 밑을 떠나는 게 섭섭하다."

김종업이 뚜벅 말했다.

참으로 김상태는 명급장이라고 할 수 있었다. 학급과 학교 당국 사이에 대립이 있을 땐 언제나 학급에 유리하도록 멋지게 해결하는 수완을 부렸다. 동맹 휴학이나 기타 반란을 일으킬 땐 전술적으로 살짝 비껴선다. 그러고는 마지막 단계에 매듭을 멋지게 짓는다. 그런 까닭으로 학과 성적은 중쯤밖에 안 되는 김상태가 급장 선거에서 번번히 만장일치로 선출되었던 것이다.

그런데 앞당기는 얘기가 되지만 9월 신학기엔 그렇게 되질 않았다. 주영중 일파가 반란을 일으켜 급장 선거를 불가능하게 하고, 급장을 교장이 임명하도록 획책했다. 그 결과 급장 자리를 주영중이 차지하게 되었다.

송별연은 해가 질 무렵까지 계속되었다. 마지막 판에 아리랑이 김상태의 선창으로 터져 나왔다.

"아리아리랑 스리스리랑 아라리가 났네. 아리랑 끙 끙 끙 아라리가 났네. 왜 왔던고, 왜 왔던고, 울고 갈 길을 왜 왔던고. ……비봉산 밑에서 수침 명태가 뛰니 미꾸라지란 놈이 용 행세를 하네. ……아리아리랑 스리스리랑 아라리가 났네. 아리랑 끙 끙 끙 아라리가 났네."

모색暮色이 짙어 흰 모래알이 부옇게 보이는 백사장과 강물을 건너 도동 마을 사람들 귀에까지 그 진도 아리랑의 구슬픈 가락이 들렸다고 한다. 젊음이 부르는 구슬픈 가락……. 규의 젊음은, 구슬픈 가락밖에 노래 부를 수 없는 젊음이었다.

9월도 중순이 지나서 박태영이 핼쑥한 얼굴로 규의 집에 나타났다.
"네 편지는 받았어. 그러나 '오늘 내일 동안에 갈 건데…….' 하고 답장을 안 썼다."

궁금증을 견디지 못해 쓴 규의 편지에 답장을 안 한 변명을 이렇게 하고, 태영은 결석한 이유를 다음과 같이 설명했다.

"너, 물싸움하는 거 봤나? 조그마한 싸움 같은 건 전에도 봤지만, 이번 여름에 나는 기막힌 싸움을 봤다. 처음엔 두 사람 사이의 싸움이었는데 드디어 동네와 동네의 싸움이 되고, 그 싸움에 일가와 친척, 사돈까지 엉겨붙는 바람에 면과 면의 싸움이 되어버렸다. 난 그 싸움을 말리려다가 괭이자루에 호되게 얻어맞아 스무 날 동안 꼼짝도 하지 못했다. 하마터면 죽을 뻔했다."

그리고 태영은 정강이를 걷어 올려 보였다. 정강이 앞쪽에 검푸른 자국이 남아 있었다.

"큰일 날 뻔했구나."

규는 이렇게 말하면서 '박태영이 그런 고생을 하고 있을 때 나는 상주에서 편하게 지내고 있었구나.' 하고 미안한 마음을 가졌다.

싸움의 내력은 이랬다고 한다.

정씨라는 사람이 웅덩이를 파서 그 웅덩이의 물을 퍼 올려 가까스로 2백 평쯤 되는 논바닥을 적실 만큼 해놓았다. 그런데 바로 그 아래에 논을 가지고 있는 조씨란 사람이 밤중에 정씨의 논두렁을 파서 물을 자기 논으로 받아들였다. 이튿날 정씨가 보았다. 자기 논은 말라 있고 조씨

논에 물이 있었다. 살펴보니 논두렁이 파여 있었다. 정씨는 그 논두렁을 메우고 다시 물을 퍼 올렸다. 그러고는 그날 밤 자기의 논두렁에 엎드려 밤샘을 하며 망을 보았다. 어둠이 짙어 정씨를 보지 못한 조씨가 또 정씨의 논두렁을 팠다. 이때 정씨는 번개같이 달려들어 조씨를 후려갈겼다. 그것이 싸움의 시초였다.

새벽녘에 전신이 흙투성이, 피투성이가 되어 기어들어온 조씨를 보고 조씨의 아내와 아들이 정씨 집으로 몰려가서 장독을 깨고 정씨를 후려치는 등 야료를 벌였다. 사실은 정씨도 조씨와의 싸움에서 적잖이 상처를 입어 끙끙 앓고 있었다. 날이 새자 이 소문이 퍼졌다. 정씨 일가들이 건넛마을의 조씨 집을 습격하여, 그나마 앓아 누워 있는 조씨를 구타했다. 조씨 일가가 가만히 있을 순 없었다. 이렇게 해서 싸움의 범위가 커졌다. 박태영은 조씨 집 이웃에서 살았다. 그래서 싸움을 말리려다가 봉변을 당했다.

결국 그 싸움은 경찰이 개입해서 끝장을 냈다. 그러나 정씨 편, 조씨 편 몇 명씩이 지금 경찰서 유치장에 있다고 했다.

"생각하면 슬픈 일 아이가. 손바닥만 한 논을 말리지 않으려고 아귀다툼을 하는 걸 보니, 농부란 참으로 슬프다는 생각이 들더라. 농촌의 상황, 그 비참한 꼴을 생각하면 공부고 뭐고 의미가 없는 것 같애. 어떻게든 농부의 생활을 향상시켜 농촌을 구해야 해."

박태영이 침울하게 말했다.

"지금 자력 갱생 운동을 하고 안 있나."

규는 이렇게 말해보았다. 태영은 그러는 규를 보고 입을 삐죽하게 해 보이고 말했다.

"총독부가 하는 짓은 눈 감고 아옹하기다. 쌀 한 톨이라도 더 빼내갈 작정으로 하는 술책이다. 어떻게 하면 농민을 철저하게 착취할까 하고 연구하는 놈들 아니가. 첫째, 소작 제도부터 없애야 하는 기다. 부재 지주不在地主란 게 없어야 되는 기라. 지주는 땅을 가졌다는 그 특권만으로 농민이 피땀 흘려 지은 곡식을 반 이상이나 차지해버린다. 그게 될 말이가. 아까 말한 정씨나 조씨는 자기 몫으로 벼 한 섬이 될까 말까 한 걸 가지고 그렇게 싸운 기란다."

"그렇다고 해서 지금 당장 어떻게 할 도리는 없는 것 아니가."

"그렇다. 그러니까 우울한 거 아니가."

규는 태영에게 학교 소식을 전했다.

"나는 가정 형편만 허락한다면 당장에라도 학교를 그만두고 싶다."

태영은 이렇게 말하고 방바닥에 벌렁 드러누워,

"하지만 이향석과 박석균은 안됐구나. 그래, 이향석과 박석균은 학교를 그만두고 뭣 할게라쿠대?"

하고 물었다.

"박석균은 만주에라도 가서 취직을 하겠다고 하고, 이향석은 지원병으로나 갈까 하더라."

"지원병? 공연한 소리다. 이향석은 지원병으로 갈 놈이 아니다."

박태영이 혼잣말처럼 중얼거렸다.

학생보국회가 화제에 올랐다. 주영중이 적극적으로 황민화 운동을 시작했다는 소식을 전했다.

"그놈들이 영리한지 모르지. 하여간 주영중이 그놈은 무슨 일이든 일을 낼 놈이다."

"우울한 얘기 그만하고 우리 냉면이나 묵으러 가자."

규는 태영을 일으켜 세웠다.

우울한 일이 잇달아 일어났다.

구사마 선생이 학교를 그만두게 된 것이다. 교사로서의 위신은 생각하지 않고 성격 파산자처럼 언동하는 구사마가 완고하기 짝이 없는 사이토 교장 밑에서 배겨내기가 힘들 것이란 추측은 하고 있었으나, 일이 갑자기 그렇게 되리라곤 아무도 생각하지 못했다.

그 소식이 학급에 전해지자 학급은 초상집처럼 스산하게 되었다. 뭐니 뭐니 해도 학생들은 구사마 선생에게 정이 들었던 것이다.

규의 학급은 3학년이 되면서부터 구사마로부터 영어를 배우게 되었는데, 규의 학급 영어 수준이 뛰어나게 높은 것은 구사마 덕택이라 할 수 있었다.

"'구사마'는 자칫 잘못 발음하면 '기사마'(네놈)란 아주 모욕적인 말이 되어버린다. '나'라는 인간의 됨됨이를 잘 표시한 성姓이라고 할 수 있다. 나는, 종이 한 장쯤의 사이를 두고 비인간이 되어버리는, 말하자면 인간의 접경에 있는 놈이다."

구사마는 규의 학급을 맡았을 때 첫인사를 이렇게 꺼내놓고 이어 이런 말을 했다.

"그런 인간으로부터 영어를 배운다는 사실이 중요하다. 이를테면 내가 필요한 것이 아니고 영어가 필요한 것이다. 너희들은 영어를 배우기 위해선 철저하게 나를 부려먹어야 한다. 나 같은 놈에게 체면 차릴 필요 없이 모르는 건 모른다고 하고 뭐든 물어야 한다. 그 대신 너희들이 공부를 잘 못한 탓으로 나 같은 놈으로부터 모욕을 받는다면 이건 이만저만한 일이 아니다."

구사마의 교육 방법은 철저하게 이해시키고 철저하게 외게 하는 것이었다. 왼 것은 이해하고 있다는 신념으로, 구사마의 시험은 송두리째

지정된 과를 암기시키는 일로 시종했다. 그러면서 '영어를 마스터하는 것은 세계를 마스터할 수 있는 방법을 얻는 거나 마찬가지다.'라고 소년들의 마음을 자극하길 잊지 않았다. 그뿐만 아니라, 학생들의 집이나 하숙을 찾아가서 공부하는 것을 도와주기도 하고, 그 자리에서 자기가 들고 온 책을 읽기도 하다가 예사로 자버리기도 했다.

그러는 동안에 그는 학생들과 정이 들 대로 들었다.

구사마의 마지막 수업이 9월 말 어느 날에 있었다. 구사마의 사정으로 1, 2조가 합동 수업을 하게 되었는데, 퇴학자와 결석자가 많은데도 책상을 치우지 않아 합동 수업을 해도 자리가 궁색하지 않았다.

구사마는 마지막 수업을 위해서 특별한 프린트를 준비해가지고 왔다.

"오늘은 교과서를 그만두고 이것을 가지고 하자. 이것은 알퐁스 도데라는 프랑스의 작가가 쓴 「마지막 수업」이란 단편 소설이다. 오늘 내가 하는 마지막 수업과는 다른 내용의 소설이지만, 마지막 수업이라는 그 기분만은 공통적이다. 이 작품은 원래 프랑스어로 되어 있는데 영어로 번역한 것이다. 너희들의 학력으론 쉬운 문장이다. 별로 모를 것도 없을 것이니 같이 읽어 내려만 가자."

그런데 그 소설의 내용이 감동적이었다. 끝 부분, 작중의 교사가 칠판에 '프랑스 만세.'라고 쓰는 대목에서 규는 와락 눈물을 흘릴 뻔했다.

구사마는 마지막까지 읽곤

"모르는 데 없지?"

하고 교실을 둘러보았다. 모두들 말이 없었다.

"그럴 테지."

구사마는 만족스럽게 웃곤 이어 알자스로렌의 슬픈 이야기를 했다. 그러고는

"세계엔 불행한 나라도 많다."

하고 중얼거리듯 말하곤,

"나도 칠판에 뭣인가 써야겠지만 '대일본 제국 만세.'라고 쓸 수도 없고 '조선 만세.'라고 쓸 수도 없구나."

하며 칠판 쪽으로 돌아섰다. 풍상에 바래져서 감색이 회색으로 되어버린 낡은 상의를 걸친 빈약한 그 뒷모습과 빗질을 하지 않은 뒤통수의 봉발이, 심장이 저리도록 규의 마음속에 새겨졌다. 구사마는 한참 동안 칠판에 이마를 대고 있더니 드디어 분필을 들고 영어로 다음과 같이 썼다.

"태양의 아들들 만세!"

교실은 물을 뿌린 듯 조용했다.

구사마는 다시 학생들 쪽으로 돌아서서 뭐라고 말하려는 듯 몸을 움츠렸으나 말이 되질 않았다. 그는 손수건을 꺼내 눈언저리를 닦고 콧물을 닦더니 아무 소리 없이 교실 문을 열고 밖으로 나가버렸다. 복도를 따라 구사마가 멀어져가는 발소리가 들렸다. 그 소리를 들으면서 규의 학급 전체는 경직된 것처럼 움직이지 않았다.

"스트라이크를 해도 되지 않을 끼고……."

곽병한이 이렇게 말을 꺼낸 것은 구사마가 나간 뒤 3분쯤은 지났을 때였다.

"우리, 전별금이나 모으자."

그땐 급장도 아닌 김상태가 일어서며 말했다.

"전별금을 모으고 송별회를 열 계획이나 세우자."

바로 그날 밤이었다.

여덟 시쯤 되었는데 구사마 선생이 규를 하숙으로 찾아왔다. 마침 박

태영이 와 있는 것을 보고 구사마는

"잘됐다. 난 네 하숙으로도 갈 작정이었다."

하며 태영의 어깨를 두드렸다. 그리고 규를 돌아보곤

"이군, 술이라도 한 병 사오너라. 돈 여기 있다."

하며 1원짜리 지폐를 꺼내놓았다.

"술 살 돈은 제게도 있습니다."

하고 규는 식모 아이를 불러 사오도록 했다.

"왜 그만두시게 되었습니까?"

박태영이 물었다.

"그런 질문을 하다니 자네답지 않다. 뻔한 것 아니냐. 사이토 교장의 교육관으로 보면 나는 교사의 바람맞이에도 설 수 없는 놈이거든."

"그런 뜻으로 말씀하신다면 지금 일본에 통용되고 있는 어떤 교육관에도 맞지 않을걸요."

태영이 이렇게 말하자, 구사마는 바로 그렇다고 수긍했다. 태영이 또 물었다.

"선생님은 왜 그런 태도를 취하시는 겁니까. 저번에도 대강은 들었습니다만, 도무지 이해가 안 되어 묻는 겁니다."

"나는 권위라는 것이 싫어. 그러니 권위를 가지고 가르친다는 그런 태도는 싫단 말이다. 권위 없는 선생, 이를테면 그리스의 디오게네스 같은 교사, 그런 극단적인 예를 나 스스로 체험해보고 싶었던 거지. 권위를 인정하지 않는 자가 권위를 등에 업고 처신할 순 없는 것 아냐? 나는 아무런 권위의 힘도 빌리지 않고, 내가 가지고 있는 영어 실력만 가지고 가르쳐보고 싶었다. 교육이 인격을 가르쳐야 하는 것이라면, 아무리 잘못되어도 저런 꼬락서니가 돼서는 안 되겠다는 표본을 제시함으로써 역설적인 효과를 노려보기로 한 거지. 그런데 나는 성공한 셈이다. 너희들이 아무 말 하지 않아도 나를 좋아한다는 것을 나는 알고 있거든. 공허한 허례적인 존경이 아니라 애정을 받고 있다는 사실을 확인할 수 있거든. 그뿐만 아니라, 중학교 수준으로 봐서 너희들의 영어 실력이 월등하다는 걸 나는 실증할 수 있거든. 그렇다면 나는 성공한 것 아냐? 성격 파산적인 인간이라고 해서 동정을 받게 되고 그 동정이 애정으로 승화될 수 있게 되었으니, 말하자면 가장 교사답지 않게 처신해서 어떤 교사보다도 교육적인 효과를 거두었으니 성공했다고 자부해도 되잖을까?"

구사마의 말은 꼭 사실 그대로였다. 바로 진실이었다. 다음엔 규가 물었다.

"앞으로 어떻게 하실 작정이십니까?"

"가족도 없고 나 혼자니까 구걸을 해서라도 살 수 있지 않겠나. 퇴직금이 있고 하니 앞으로 두어 달은 걱정이 없고……. 두 달이 지나면 하라다 교장을 찾아갈 작정이다. 하라다 교장이 다시 학교를 맡게 되면 같이 갈 께고, 그렇지 않으면 번역 하청이라도 받아서 살아가지."

"하라다 교장 선생님은 선생님을 이해하시는구먼요."

"이해하다마다. 속속들이 내 마음을 꿰뚫어보고 있어. 그뿐만 아니라, 하라다 교장은 개성이 뚜렷한 교사를 모으고, 성격 파산자 같은 교사까지도 필요하다고 인식하고 있는 분이거든. 그로써 즉물적卽物的인 인간교육이 될 수 있다는 신념을 가지신 분이기도 해. 너희들은 짧은 동안이나마 좋은 교장을 가졌었어. 두고두고 그게 너희들의 성장에 거름이 될 끼다."

"그런데 왜 선생님은 결혼을 안 하셨습니까?"

태영이 엉뚱한 질문을 했다.

"그것도 자네답지 않은 질문이다. 나는 아무리 성격 파산자라 해도 나 자신을 잘 알고 있어. 내 주제에 좋은 남편이 될 수 있겠나, 좋은 아버지가 될 수 있겠나? 기껏 역설적인 교사가 될 수 있을 뿐인데……."

규와 태영은 서슴없이 이런 것 저런 것을 물었다. 구사마는 점점 술이 도는 모양으로 혀가 꼬부라지기도 했으나 질문마다 솔직한 대답을 했다. 그러다가 구사마는

"이젠 내가 물어볼 차례다."

하고 규와 태영의 진학 문제를 물었다. 규는 언젠가 구사마 선생이 충고한 대로 고등학교에 가기로 했다고 말했다.

"좋은 생각이다. 그런데 고등학교에 갈 바엔 삼고로 가거라. 경도京都라는 곳은 청춘의 한 시절을 지내볼 만한 곳이다. 대학은 동경으로 하고……."

구사마는 여기서 말을 끊었다가 태영을 향해 말을 이었다.

"자네는 조심해. 사소한 문제가 생겨도 자넨 퇴학 처분을 당할 거다. 잔뜩 벼르고 있거든. 그리고 퇴학을 당하지 않더라도 교장의 소견표가 필요한 학교엔 진학할 생각을 말어. 옛날 같으면야 자네만 한 실력이 있으면 어떤 관립학교라도 들어갈 수 있을 게다. 일고나 삼고도 자네의 실력이면 아무리 조선인 학생의 수를 제한한다 하더라도 무난할 게다. 그러나 요즘은 사정이 달라. 출신 학교 교장의 소견표까지 무시하고, 더욱이 조선인 학생을 실력이 있다는 것만으로 받아줄 수 있는 기골 있는 기풍이 있을 것 같지 않아. 그러나 자넨 학교가 필요없는 수재니까 공부할 수 있는 최소한도의 환경만 마련되면 될 것이니, 기분 잡치지 않게 사립대학으로 가는 게 현명할 게다."

"태영 군의 소견표가 그렇게 나쁘겠습니까?"

"말 말게. 하라다 교장이 계신다면야 문제도 안 되겠지만, 지금의 사정으론 어림도 없어. '사상이 불량한 자, 황국 신민이 될 수 없는 자'란 낙인이 찍혀버렸어. 진실은 불쾌하더라도 알아둘 필요가 있고, 태영의 개성은 그만한 것쯤으로 굽혀들거나 위축되진 않을 줄 알고 하는 말이다. 허나 태영이 꼭 관립학교에 가고 싶으면 꼭 한 가지 방법이 있어. 검정 시험을 보는 거야. 검정 시험에 합격하면 수험 자격이 있거든. 소견표는 없어도 되고……. 허지만 태영 군은 아까도 말했지만 그럴 필요가 없어. 학교 간판을 이용할 생각이 전연 없을 테니까."

가을 밤은 길었다. 규와 태영을 앞에 두고 구사마의 얘기는 끝날 줄을 몰랐다. 얘기하는 도중 구사마는 배가 고프다고 가까이에 있는 냉면집에 냉면을 시켜오게 했다. 한 줌밖에 안 되는 메밀 국수에 볶은 고기를 가늘게 썰어 넣어 배와 생강으로 맛을 여민 육수로 된 이른바 진주냉면이 구사마의 호물好物이었다.

"이 냉면 기가 막혀."

구사마는 한꺼번에 두 그릇을 먹곤,

"진주를 떠나면 영영 이 맛있는 냉면을 못 먹게 될 텐데……."

하고 숙연히 한숨을 지었다.

그날 밤 구사마는 태영과 더불어 규의 하숙방에서 잤다.

학교를 그만두고도 구사마는 두 달 동안 더 진주에 머물렀다. 그동안 태영과 규의 알선으로 구사마는 양서洋書로만 된 2천 권의 장서를 하영근에게 넘겼다. 하영근은 그 대가로 2천 원을 지불했다. 2천 권 가운데 하영근이 소장하고 있는 것도 있었지만, 태영과 규의 체면, 그리고 불우한 교사에 대한 동정 등으로 그렇게 한 것이다.

그 돈 2천 원을 구사마에게 건네주고 돌아오며 박태영이 규를 보고 말했다.

"너, 2천 원이면 어떻게 되는 돈인지 아나. 고스란히 논 20마지기 값이다. 책은 2천 원어치를 사면서 그만한 폭으로 소작인을 돌보지 않는 하영근 씨를 냉혹한 사람이라고 해야 할까, 불우한 교사에게 그만한 동정을 아끼지 않는 하영근 씨를 인정이 후한 사람이라고 보아야 옳을까?"

규는 뭐라고 대답할 수가 없었다.

구사마가 진주를 떠나기 전날 규와 태영에게 한 마지막 말은 이랬다.

"유럽에서 세계 2차대전이 터졌다. 지금 중국 대륙에서 전쟁이 자꾸만 확대되고 있다. 머잖아 미국과 일본이 맞붙을 날이 올지 모른다. 바야흐로 전 세계는 전쟁터가 되고 말 것이다. 그런데 우리는 이 전쟁에서 살아남아야 한다. 전쟁에서 살아남는 자는 승리자이고 죽는 놈은 패배자다. 우리는 결단코 승리자가 되어야겠다. 승리자로서 인생을 시작할 날을 10년쯤 앞으로 기약해야 한다. 10년이 지나면 너희들은 27, 8세의 씩씩한 청년이 된다. 그 청년을 꽃피우기 위해서 너희들은 기어코 이 전쟁에서 살아남아라. 나는 거지가 되어서라도 이 전쟁에서 살아남을 작정이다. 10년 앞을 기약하고 우리 이곳에서 헤어지자."

초겨울 어느 날이었다.

규는 종갓집 형으로부터 급히 오라는 전갈을 받았다. 이때까진 그런 일이 없었다. 종갓집 형은 촌수로 치면 팔촌이고, 연배로 치면 20여 세 위였다. 게다가 부잣집 주인이라 규 따위를 문제 삼아본 일이 있을 것 같지도 않은 어른이었다. 그런 어른이 하인을 시켜서까지 규를 오라고 한다면 상당한 문제로 취급하고 있음이 분명했다. 규는 약간 불안하기도 했다. 팔촌 형이고 부자라는 점만 가지고는 켕길 일이 안 되지만, 규는 아버지가 사업을 하는 과정에 그 형에게 적잖이 신세를 지고 있다는 것을 알고 있었고, 게다가 중학교에 있어서 규의 보증인인 관계로 거북한 느낌으로 항상 그 형을 대했던 것이다.

토요일 오후, 규는 예배당 근처에 있는 종갓집을 찾았다.

대문 앞까지 가니, 닫힌 대문을 바라보는 위치에 늙은이와 중년 남자가 흰 두루마기를 입고 담장에 기대 서 있었다. 누굴까 하고 보았더니, 노인은 화촌 할아버지라고 규가 부르는 먼 일가였고, 중년 남자는 그의 아들이었다.

규는 공손히 인사하고, 왜 집 안으로 안 들어가고 그렇게 계시냐고 물었다. 노인은 인사를 받는 둥 마는 둥 먼 산에 정신을 팔았다. 마음 탓인지 주름살 하나하나에 수심이 새겨져 있었다.

규는 답안을 찾을 양으로 아저씨뻘 되는 쪽을 보았다. 아저씨도 규의 시선을 피하더니,

"규야, 우리 권속은 다 굶어 죽게 되었다."

하고 울먹였다.

규는 그런 상황을 그냥 지나쳐버릴 수가 없었다.

"어떻게 됐단 말입니까?"

하고 다시 물었다.

"말 말게."

아저씨뻘 되는 사람이 손을 저었다.

"우리가 부치고 있던 논을 뗴였다."

할아버지뻘 되는 쪽이 한숨을 섞어 말했다. 논을 떼였다는 것은, 이때까지 소작하고 있던 논을 소작하지 못하게 되었다는 뜻이다. 소작인이 논을 소작하지 못하게 되었다는 건 죽음 선고를 받은 거나 마찬가지다.

"논을 떼였다니, 여기 형님이 논을 뗐단 말입니꺼?"

"그 사람 말고 누가 논을 떼겠니."

아저씨뻘이 말했다.

"50년 내내 지어오던 논인디……."

할아버지뻘이 중얼거렸다.

"그래도 무슨 이유가 있을 것 아닙니꺼?"

규는 딱하다는 심정으로 물었다.

"이유를 알면 네가 우쩔래. 명색이 할배뻘 되는 늙은 놈이 이리 추운 디서 떨고 있어도 문 안으로 들어가지도 못하게 하는디……."

규는 내심으로 그럴 수가 없다고 생각했다. 그래 다시 말했다.

"이유를 알면 제가 말하겠습니다. 논을 떼지 못하도록 탄원해보겠습니다."

물에 빠진 사람이 지푸라기에라도 매달리는 심정이 된 모양이었다. 아저씨뻘이 설명을 했다. 삼 년 전에 먹은 이곡利穀을 갚으라고 성화여서 그 반을 갚고 나니, 소작료를 작년과 금년 반밖에 못 냈다는 것이다. 그랬더니 마름이 나타나서, 금년부터 보리갈이를 하지 말라고 통고했다. 보리갈이를 하지 말하는 것은 소작을 주지 않겠다는 의사 표시다.

"그래 허겁지겁 부자가 새벽부터 걸어와서 탄원을 해도 만나주기는커녕 대문 안에 발도 들여놓지 못하게 하는구만."

할아버지뻘의 말이었다.

규는 의분심에 복받쳤다. 세상에 그럴 수가 있는가 말이다.

"할아버지, 여기 잠깐 계십시오. 제가 한번 나서 보겠습니다."

대문을 밀어보았으나 육중한 대문은 까딱도 하지 않았다. 하인 이름을 불렀다. 아까 규에게 전갈을 가지고 온 하인이 규의 음성을 듣고 대문을 살금 열었다. 열었다기보다 규의 몸집이 겨우 비비고 들어갈 수 있을 만큼 틈을 만들었다.

뜰에 들어선 규는 형이 어디에 있느냐고 물었다. 사랑에 있다는 대답이었다. 그러나 형을 만나기에 앞서 숙모를 만나야 했다. 그것이 오랜만에 종갓집에 온 지손의 예의일 것이라고 생각했기 때문이다.

숙모 방으로 가서 절을 했다. 규가 왔다는 소식을 듣고 여학교에 다니는 진숙이 달려왔다.

"규야 아재, 와 종종 놀러 안 오고 그러노. 그런데 아재 소문 경치 좋더라이. 윤희 언니가 자꾸 아재에 대해 묻는데, 보니 굉장히 호감을 가진 것 같애. 그리고 영근 아저씨도 아재를 굉장히 좋아한다드라. 아재는 미인 마누라에 부잣집 사위……. 호호, 그럼 팔자 대통이재."

규는 어이가 없어 진숙의 수선 떠는 양을 말끄러미 바라보고 있을 수밖에 없었다. 숙모가 나무랐다.

"진숙아, 그거 무슨 소리고……. 우리 규가 뭣이 모자라 윤희 같은 아이와 결혼할 것고. 규는 양반집 장남인다."

"그럼 할머니 친정은 양반이 아니란 말요?"

진숙이 뽀루퉁해지며 말했다.

"양반 집안에도 가닥이 있지."

"그러몬 어머니 친정은 양반이라도 윤희는 양반이 아니란 말인가요!"

"넌 그런 거 몰라도 돼. 어쨌건 쓸데없는 소린 씨부리지 마랑깨."

그러나 진숙은 자기 어머니의 말엔 아랑곳없이,

"흥, 난 윤희 같은 미인이 우리 아재 색시가 되면 좋겠더라. 그렇지, 아재?"

하고 규의 무릎을 흔들었다.

이때, 밖에서 하인의 소리가 있었다.

"규 되련님 사랑으로 나오라쿱니더."

규는 바깥에 있는 화촌 할아버지의 일을 어떻게 꺼낼까 하고 궁리하며 뜰을 건넜다. 그런데 형이 있는 방으로 들어가 절을 끝내기가 바쁘게 엉뚱한 소리가 떨어졌다.

"너 요즘 대단히 건방지게 군다며?"

규는 그저 얼떨떨했다.

"지난 여름엔 유치장 출입을 다 하고……. 이놈아, 네 애비가 얼마나 고생해서 너를 학교에 보내는진 생각도 못 하고 동맹 휴학 앞장을 서갖고 경찰서 출입을 해?"

규는 종갓집 형이 지난 여름의 사건을 두고 그런 꾸지람을 하는 건 있을 수 있는 일이란 생각을 했지만, 항렬로나 연배로나 자기보다 위인 규의 아버지를 '네 애비'란 말로 지칭하는 덴 불쾌감을 느끼지 않을 수 없었다.

"그뿐만 아니다, 이놈아."

하고 형은 문갑 위에 놓인 봉투를 집어 규 앞에 놓으며 거칠게 말했다.

"이놈아, 이건 학교에서 보증인이라고 해서 내게 보낸 기다. 뭐 고등학교로 해서 대학을 가겠다고? 그런 돈이 네 애비헌테 있을 끼라고 생각했나? 푼돈을 촐랑거리고 있응깨 부자가 된 기분인 모양이지. 그게 모두 빚이란 걸 알아야 헌다. 네 애비도 네 의견과 똑같다면, 내게 진 빚을 한 푼 남기지 않고 갚고 해야 할 끼다."

형이 이렇게 말하는 동안 규는, 학교에서 보내 왔다는 편지를 펴보았다. 문면은 이랬다.

'귀하가 보증인으로 되어 있는 본교 4학년 재학 중인 이규가 제3고등학교로 진학할 의사를 학교 당국에 표명했는데, 그 의사가 보호자의 의사와 일치하는지 귀 보증인이 확인하여 학교에 출두하거나 또는 서면으로 통지해주었으면 좋겠다. 진학 문제로 인해 왕왕 가정 내에 풍파가 일기도 하는 사례에 비추어 그런 폐단을 미연에 방지하기 위해 학교 측에서 보호자 또는 보증인과 행동을 일치시키고자 하는 바이오니 적극 협조 있기를 바람.'

규는 형의 고함보다 그 편지의 내용에 아찔했다. 아버지가 허락하지 않으면 진학에 관한 서류를 학교에서 만들어주지 않겠다는 뜻을 암시했기 때문이었다. 규는, 전문학교 정도로 진학할 것은 아버지의 승낙을 받아놓고 있었다. 그러나 고등학교 입학 시험에 합격만 해놓으면, 그 기정 사실로 밀고 나가 아버지를 승복시킬 수 있다고 계산하고 있었던 것이다.

종갓집 형의 독설은 아직도 계속되었다.

"네가 이놈아, 대학 가서 뭣 할래? 뱁새가 황새 뽄을 보면 어떻게 된다는 걸 알지? 그리고 네 복엔 중학교도 과분하다는 걸 알아야 헌다. 학교를 졸업하면 보통학교 선생을 하든지 금융조합 서기를 하든지 해서 집안을 도울 생각은 안 하고 대학엘 가겠다고? 네놈은 자칫하면 네 둘째 큰아버지 꼴이 될 놈이다. 네가 왜 바람이 들었는지 안다. 듣자 하니 하영근 집에 드나드는 모양인데, 그런 놈 뽄 보다간 이놈아, 아무짝에도 못 쓴다. 책만 읽고 있으면 뭣 하노. 학교 다닌다는 놈이 일본 여자를 꾀어 애나 낳고 돌아와선 기생질이나 하고……. 살림이 있응깨 그런 꼴

1939년

로도 지탱하지, 만일 하영근에게 살림이 없어봐. 기껏 공부했다고 해가
지고 재판소 서기 노릇이나마 할 수 있을 낑가. 그만한 돈도 없는 놈이
그런 놈 뿐을 봐서 될 낀가 한번 생각해봐라."
 규는 불쾌감을 견딜 수가 없었다. 자기를 나무랐으면 나무랐지, 하영
근 씨까지 들먹여 인신공격을 할 까닭은 없지 않은가.
 "조꼼 재주가 있다고 해서 으쓱하는 그게 탈이란 말이다. 나는 네 애
비가 너를 중학교에 넣겠다고 할 때부터 반대했다. 가난한 집 아이는
학교에 보낼 것이 아니라 지게를 지도록 해야 허는 기다. 그래야 등 따
시고 배부르지, 괜히 공부를 했다간 눈만 높아져갖고 아무짝에도 못 쓴
다. 네 애비도 너 땜에 골치깨나 앓게 생겼다. 자, 이 편지 네 애비에게
갖다주어 학교에 답을 내라고 해라. 네 애비가 알아서 하겠지."
 형은 여기서 말을 끝맺고 나가라는 시늉을 했다. 규는 아니꼬운 기분
이어서 당장에라도 자리를 박차고 일어서고 싶었으나, 바깥에서 기다
리고 있을 화촌 할아버지 부자를 생각하니 그럴 수가 없었다. 규는 공
손히 고쳐 앉아 화촌 할아버지의 딱한 사정을 살펴달라고 아뢰었다. 벼
락 같은 고함이 터졌다.
 "뭐라고, 이놈! 이놈이 보자 하니 별소릴 다 하는구나. 뭣? 일가의 도
리라고? 인도에 어긋난다고? 조금쯤 먹물이 들어갔다고 그런 건방진
입을 놀려? 이놈, 보아 하니 공산당 아니가. 내 재산 내 마음대로 하는
게 뭐 나쁘단 말인가. 소작료도 제대로 안 내는 소작인을 그냥 둬? 그게
선례가 되어 우리는 굶어 죽게? 참으로 이놈은 대단한 놈이로구나. 벌
써 이놈이 제 둘째 큰아버지를 닮았구나."
 그냥 앉아 있으면 욕설이 언제 끝날지 몰랐다. 규는 말없이 고개를
숙여 절을 하는 시늉을 하고 방에서 물러나, 숙모에게 인사도 하지 않

고 대문을 박차고 나왔다.

"화촌 할아버지, 집으로 돌아가이소. 이 집엔 아마 사람이 살고 있지 않는 것 같습니다. 설마하니 굶어 죽기야 하겠습니까. 돌아가시거든 제 아버지하고 의논해보십시오."

규는 얼른 이렇게 말하고, 상대방의 말을 기다리지 않고 총총히 걸음을 옮겼다.

규는 그날의 일을 종갓집 형으로서의, 약간 지나치긴 했으나 결국은 자기를 위한 충고로 받아들여야 할 것인가, 철두철미한 모욕으로 받아들여야 할 것인가 곰곰이 생각해봤다. 생각할수록 감정이 끓었다. 자기에 대한 모욕일 뿐만 아니라 아버지에 대한 모욕이라고까지 단정하지 않을 수 없었다. 아무래도 이런 일은 아버지에게 알리는 게 낫다는 결론을 얻었다.

규는 곧바로 버스 정류장으로 가서 시골로 가는 버스를 탔다.

아버지는 규의 말을 주의 깊게 들었다. 그런데 아버지의 의견은 너무나 엉뚱했다.

"종갓집 형은 너를 위해서 그런 말을 하는 기다. 네가 그런 말을 듣고 성을 낸다면 네 소견이 좁은 탓이다. 억울하다느니 분하다느니 하는 생각은 일체 버려라. 사람이 되자몬 쓴 약도 묵어야 한다."

아버지의 말에 불복인 규는 물었다.

"아버진 종갓집 형에게 얼마쯤 빚을 지고 있습니까?"

아버진 심각한 얼굴이 되었다.

"한량없는 빚을 지고 있다. 너나 네 아들 대에까지도 갚지 못할 만큼 엄청난 빚이다."

이 말을 듣자 규는 맥이 풀렸다. 어떻게 해서라도 빚을 갚고 종갓집 형과 떳떳하게 맞서보리라는 꿈이 깨어진 것이다. 규의 그러한 마음의 움직임을 알아차렸는지 아버지가 조용히 말했다.

"그러나 걱정할 건 없다. 돈으로 갚아야 할 빚은 모두 갚았다. 아직 조금 남아 있는 빚은 보루로 남겨둔 것이다. 언제나 내가 빚지고 있다는 피차 간의 관계를 그냥 계속하기 위해서다. 갚을라몬 지금 당장에라도 갚을 수 있다. 문제는 그런 데 있는 게 아니고, 내나 우리 집은 7, 8년 전 종갓집 네 형으로부터 빌린 천 원으로 오늘 이 정도라도 살게 된 기다. 그게 없었드라몬 넌 중학교도 댕기지 못했을 기다. 그러니 그 은혜는 대에 대를 이어 꼭 갚아야 한다는 뜻이다."

규는 심정이 복잡했다. 말은 안 했지만 아버지의 고민을 알 수 있었다. 규는 진학 문제를 두고 한바탕 따져볼 생각도 있었지만, 그 문제를 꺼내기가 거북했다. 될 대로 되라는 자포적 기분이 일기도 했다. 정 할 수 없으면 하영근 씨와 의논해보아야겠다고 마음먹었다. 규는 학교에서 보증인 앞으로 온 편지를 내놓고 일어서려고 했다.

"거 좀 앉아라."

하고 아버지는 다시 뭔가를 골똘하게 생각하더니 한참 만에야 입을 열었다.

"큰집에 태가 있고 네 동생들도 있고 해서 여러 가지로 망설였지만, 규, 네가 하고 싶은 대로 해주기로 작정했다. 전문학교에 가고 싶으면 전문학교에 가고, 네가 들먹이는 고등학교로 해서 대학에 가고 싶으면 그렇게 해라. 힘 닿는 데까지 뒷바라질 해주마. 집안 걱정이니 뭐니는 집어치우고 넌 공부나 해라. 이미 소견이 들어 있는 네게 새삼스러운 말은 안 할란다. 단, 한 가지 부탁이 있다. 사람은 혼자선 못 산다. 자기가 잘났다고 해서 잘난 그것만으론 살아갈 수가 없다. 너 하나를 공부시키기 위해서 네 사촌이나 네 동생이 희생될지 모른다. 그런 것을 잊지만 않으면 된다. 그리고 또 부탁이지만, 종갓집 형에 대해서 쓸데없는 오금 같은 걸 지녀선 안 된다. 아까도 말했지만 그 사람은 우리 집안의 은인이다. 은혜를 모르면 사람이 아니다. 화촌 할아버지 일은 내게 맡겨둬라. 우리 집 농사가 버거우니, 그 가운데서 몇 마지기 나눠줄 작정이다."

아버지의 말은 은근하고 자상했다. 규는 진주로 가는 버스를 탈 양으로 신작로를 향해 들길을 걸으면서 눈물을 흘렸다.

아버지도 규가 종갓집 형으로부터 당한 모욕을 모욕이라고 느낀 것이 틀림없었다. 그래 아들이 당한 모욕을 복잡한 심정으로 받아들이고 아들의 마음을 위로하기 위해 백방으로 신경을 쓴 것이라고 느꼈다. 그렇지 않고선 진학 문제가 그렇게 쉽게 해결될 까닭이 없었다. 화촌 할아버지에게 논을 나눠줄 작정이란 말을 그렇게 쉽게 할 까닭이 없었다.

들이 끝난 곳에 개울이 나타났다. 징검다리 언저리에 엷은 얼음이 붙어 있었다. 개울물에 푸른 하늘이 구름을 띄우고 있었다. 규는 징검다리를 건너 포플러 나무에 기대서서 자기네 마을을 돌아보았다. 아버지, 어머니, 그리고 어린 동생들이 있기 때문에 그렇게 정다워 뵈는 마을……. 규는 마음속에서 가만히 뇌어보았다.

"아버지, 내 열심히 공부 잘하겠습니다."

허망한 진실

1939년이 눈 속에서 저물고, 1940년이 눈 속에서 밝았다. 십 년 내 처음 보는 눈이라고 했다.

눈이란 언제 어디서 보아도 신비로운 자연의 경물景物이다. 지상의 오욕에 관한 섭리의 관심 같기도 하고, 허망의 아름다움을 가르치는 교훈 같기도 하다. 그러나 눈은 산과 들과 집과 도시를 파묻어버릴 수는 있어도, 그 속에서 사는 인간의 슬픔과 고통까지 덮어버릴 수는 없다.

규의 마을에서도 그 눈에 덮인 들길을 밟고 몇몇 청년이 징용을 갔다. 구주九州인가 북해도의 탄광인가로 간다고 했는데, 남아 있는 청년들은 그들을 부러운 눈초리로 봤다.

추수를 한 지가 얼마 안 되었는데도 가난한 사람의 쌀 뒤주엔 쌀이 바닥을 드러낸 형편이었다. 시골에 있어선 절대로 희망이 없다는 얘기다. 죽든 살든 몸부림이라도 쳐봐야겠다는 생각이 그들을 구주나 북해도의 탄광으로 쫓은 것이다.

유럽이나 중국 대륙에서 전쟁이 확대 일로로 번지고 있는 모양으로, 규가 사는 산촌에까지도 신문의 큰 활자가 되어 그 소식이 전해지고 있었다.

한 장의 신문을 놓고 마을의 노인들이 제법 시국을 걱정하는 척했지만, 그 노인들이 중국과 유럽의 땅을 알 까닭도 없고, 전쟁의 의미를 알 까닭도 없었다. 그저 동물적인 본능으로 지금 닥쳐오고 있는, 그리고 앞으로 닥칠 위험을 아슴푸레 느끼고 있을 따름이었다.

징용을 가는 청년들에 관해서, 중국과 유럽의 전쟁에 관해서 규는 나름대로 생각을 안 해보는 것은 아니지만, 사실을 말하면 별로 관심이 없었다.

규의 관심은 3월 중순으로 다가온 고등학교 입학 시험에 있었다. 그러니 산촌을 덮은 눈은 규에게 있어선 시험 공부를 잘하도록 감싸주는 자연의 배려와 같은 것이었다.

1월 중순에 3학기가 시작되었다.

이왕 시험 공부를 하는 바에야 결석을 해도 좋았지만, 규는 정상적으로 학교에 나가기로 했다. 결석하지 않아도 무난히 시험에 합격할 수 있다는 자신 같은 것도 있었고, 입학 시험 준비쯤에 기를 쓰는 것 같은 인상을 친구들에게 주기도 싫었다.

3학기가 시작된 지 얼마 안 되어서다. 일본인 교사 둘이 소집 영장을 받고 출정하기로 되었다. 하나는 아다치足立라는 젊은 박물博物 교사였고, 하나는 이히즈카飯塚이라는 중년의 지리 교사였다. 아다치 교사는 결혼한 지 얼마 되지 않았다.

"새색시 두고 전쟁터에 나가야 하다니 기박한 팔자로구만."

"천황 폐하를 위해선데 색시쯤 문제가 되겠나."

"진심을 한번 떠봐라. 기가 막힐 끼다."

신혼인 아다치에 대해 학생들은 이 정도의 관심을 표명했는데, 아다치는 규의 학급과는 아무런 관련이 없었기 때문에 그저 그런 정도였다.

그러나 이히즈카 교사는 달랐다.

규는 1학년 때 그에게서 지리를 배웠고, 4학년 현재엔 지리 통론을 그에게서 배우고 있었다. 그래서 이히즈카가 출정한다는 소식은 규의 학급에는 적잖은 충격이었다.

이히즈카가 마지막 인사를 하기 위해 규의 교실에 나타났다. 조례 시간에 전체적으로 인사를 했으니 새삼스럽게 그럴 필요가 없을 것 같았으나, 규의 교실에 나타난 이히즈카는 그 시간이 마침 자기의 수업 시간이고 그 학급에 각별한 애착이 있어서 왔노라고 말했다.

이히즈카는, 네모진 얼굴만은 의지적으로 생겼지만 전체적으론 허약한 체격이었다. 40에 가까운데도 아들이 없었다. 그 때문에, 아들을 만들지 못할 정도로 약한 몸이 아닌가 하는 얘기들이 돌기도 했었다.

이히즈카가 그 학급에 애착이 있노라고 말한 그만큼 규도 그 선생을 밉지 않게 생각하고 있었다.

그 당시 규는 일본 교사를 두 갈래로 분류하고 있었다. 왜놈 냄새를 강하게 풍기는 교사는 무조건 적대시했고, 그런 냄새를 풍기지 않으려는 교사는 무조건 좋아했다.

이히즈카는 왜놈 냄새를 풍기지 않는 극소수의 교사 가운데 하나였다. 그뿐만 아니라, 지리 통론이란 학과엔 천문학을 다룬 부분이 있었는데, 이히즈카는 그런 부분까지 합쳐 한번 듣기만 하면 깨끗이 이해되어 지식으로 뇌리에 새겨지도록 요령 있게 수업하는 특기를 가지고 있었다.

그러면서 그는 입버릇처럼 말했다.

"천문학을 비롯해서 지리 통론이란 학과는, 이것을 전문으로 할 작정인 학생이 아니면 집에서 예습이나 복습을 할 필요가 없다. 교실에서 들어두면 그만이다. 그 대신, 교실에선 주의 깊게 설명을 들어야 한다."

그는 또 이런 말도 했다.

"천문학을 배우는 이득은 거시적인 마음먹이를 익힐 수 있다는 데 있다. 악착같이 세속의 일에 골몰해 있다가도 무한대의 우주를 생각하고 20억 광년쯤을 관념해내면 세상 만사가 시들해진다. 인생을 살아가는 덴 가끔 세상 만사를 시들하게 생각해야 할 필요도 있는 것이다. 친구끼리 비위가 상했더라도 '아득한 천체 속에서 미립자로 살면서 그만한 일에 신경을 써서 무엇하나.' 싶으면 단번에 화해할 기분이 생겨날 테니 말이다."

그래 학우들끼리 싸움이 있으면 곧잘 '이히즈카식으로 생각하자.'고 나서는 중재자가 있었다. 이히즈카식으로 생각하자는 말은 '세상 만사 시들한데 싸움은 해서 무엇하나.'라고 생각하자는 말이었다.

이히즈카의 영향을 받아 장차 천문학을 전공하겠다는 권동철權東哲 같은 학생이 나타나기도 했다.

이히즈카에 대한 규의 호감은 이러한 언동에만 그 원인이 있는 것이 아니었다. 규는 1학년 때 지리를 배우면서 매번 흥분했다고 할 수 있을 정도로 흥겨운 시간을 가졌다.

이히즈카는 지리 교과서와 지도를 참고 문헌으로 해놓고 시간마다 해외 여행을 한다. 어떤 시간의 여행엔 산업 시찰이란 명목을 단다. 그러고는 전 세계의 주요한 산업 지대를 찾아 나선다. 산업 시찰을 농업 시찰, 공업 시찰, 광업 시찰, 수산업 시찰 등으로 세분할 경우도 있다. 그런 도중 아프리카의 콩고로 가서 다이아몬드 광산을 시찰하기도 한다. 다이아몬드에 관련된 비화가 쏟아져 나올 때도 있다. 런던에 그 사령부가 있다는 얘기, 영국 왕관에 몇 캐럿의 다이아몬드가 달려 있다는 얘기, 다이아몬드에 생사를 건 사람들 얘기……. 이렇게 산업 시찰 여행을, 지도 위를 손가락으로 짚어가며 몇 차례 하고 나면, 전 세계의 산업 구조를 나름대로 마스터할 수 있게 되는 것이다. 또 어떤 시간엔 교육 시찰이란 명목으로 옥스퍼드, 케임브리지, 웁살라, 하이델베르크, 소르본 등의 대학을 찾아보기도 하고, 어떤 시간엔 문화 또는 위인의 유적을 찾아 동서양을 헤매기도 했다. 나폴레옹이 유배당한 세인트헬레나를 찾아, 나폴레옹 당시에도 살아 있었던 거북이를 만나보게 되는 것도 지리 시간에서다. 그런데 그럴 경우, 이용하는 교통편, 경유하는 지점이 매번 다르다. 어느 때는 시베리아 철도를 이용하고, 어느 때는 비행기를 타고, 어느 때는 호화선을 이용하기도 한다. 그리고 학생들이 앉아 있는 곳을 기점으로 도시와 도시 사이의 거리, 걸리는 시간, 거기 소요되는 여비 계산도 소상하게 나온다. 이히즈카의 노트는 그러한 자료로 꽉 차 있었다.

이와 같이 규는 일주일에 두 시간씩 배당된 지리 시간을 1년쯤 지내는 동안 수십 차례의 세계 일주 여행을 하게 되었다. 말하자면 그렇게 흥미 있는 수업 시간이란 달리 없었던 것이다.

이히즈카를 대하는 규의 마음엔 이러한 추억들이 서려 있었다. 그 추억의 주인공이 허약한 몸을 하고 이제 전지를 향해 떠나야 하는 것이다. 학생들의 가슴은 안타까워 눈물 젖어 있었다.

"내가 하라다 교장의 초빙을 받고 이 학교에 온 지 꼬박 10년이 된다. 그땐 내 나이 스물여덟이었다. 스물여덟의 청년이 이제 서른여덟의 헌사람이 되어 전쟁터로 나가게 되었다. 나는 보충병이고, 신체도 보는 바와 같이 이처럼 허약하다. 그런데 이처럼 허약한 나까지 소집해서 전쟁을 치러야 할 정도인 걸 보면 전쟁이 상당히 급박한 모양이다. 내가 나가지 않으면 전쟁이 안 된다고 생각하니 내가 무슨 대단한 사람같이 여겨지기도 하는데, 한편 생각하면 시들한 기분이 되기도 한다. 이러나 저러나 개인이란 지극히 보잘것없는 것이다. 두뇌에 수십억 광년을 관념할 줄 아는 인간이 한 방의 탄환에 분해돼버린다. 인간이란 천체와 비등한 정도로 거창하기도 하고, 곤충처럼 왜소하기 짝이 없는 존재이기도 하다. 나는 너희들의 자중 자애를 절실히 바라는데, 그 자중 자애의 내용은 곤충처럼 오만하고 천체처럼 겸손하라는 것이다. 나는 그 뜻을 풀이하지 않겠다. 곤충처럼 오만하고 천체처럼 겸손하라고 어떤 빈약한 지리 교사가 전쟁터로 떠나면서 말했다는 그 사실만을 기억해주면 고맙겠다."

이히즈카는 수줍은 말투로 이렇게 말하고 칠판에다 세계 지도의 윤곽을 그렸다. 세계 지도의 윤곽을 그리는 것쯤은 이히즈카로선 불과 2, 3분 동안의 작업이다.

지도를 그려놓고 그는 일본에 몇 개의 점, 반도에 몇 개의 점을 그려 넣었다.

그러고는 칠판을 향한 채 말했다.

"이 점을 찍은 곳과 점과 점을 이은 선이 내가 이 세계에 태어나 가보기도 하고 있어보기도 하고 지나보기도 한 곳이다. 나는 일본과 반도 이외에 아무 데도 가본 적이 없다. 그러나 나는 너희들과 더불어 이 교실에서 수없이 여행을 했다. 지구뿐만이 아니라, 태양계의 행성뿐만이 아니라, 은하계의 별, 안드로메다에까지 여행을 했다. 내겐 이 이상으로 소중한 경험이란 없다. 나는 유럽에도 가고 싶고, 아프리카에도 가고 싶고, 라틴 아메리카, 북아메리카에도 가고 싶었지만 그럴 기회가 없었다. 앞으로도 영영 없을 것으로 안다. 대륙 어느 곳으로 가겠지만, 그것이 내게 있어선 최초이고 마지막인 여행이 될 것 같다. 가보고 싶은 동경만

불태우다가 가보지 못한 수많은 곳을 그냥 두고 나의 인생이 끝날지 모른다. 그러니까 너희들에게 부탁한다. 너희들은 고이 자라, 다시 이 지구에 평화가 찾아오거든 먼저, 가고 싶은 곳부터 가보도록 해라. 만일 그곳이 나와 더불어 이 교실에서 여행한 적이 있는 곳이거든, '아아, 여긴 우리가 소년 시절에 이히즈카 선생과 와본 적이 있구나.' 하고 생각해달라. 나는 영혼을 믿고 정신을 믿는 사람이다. 너희들이 어딜 가든 나의 영혼과 정신이 너희들과 함께 다닐는지 모른다. 너희들의 눈빛에 섞여, 너희들의 마음에 섞여 너희들과 같이 있도록 해달라."

조용조용한 이히즈카의 말이 교실 내에 영묘한 환상의 무늬를 엮는 듯했다.

그 적막을 깨고,

"선생님은 사람을 죽일 수 있겠습니까?"

하고 권동철이 물었다.

"총이 사람을 죽이면 죽였지, 사람이 사람을 죽일 수가 있겠나."

핏기가 가신 창백한 얼굴을 하고 이히즈카 선생은 말했다.

그러자 박태영이 말했다.

"어느 책을 읽으니, 무기가 사람을 죽이는 것이 아니라, 사람이 사람을 죽인다는 말이 있던데요."

이히즈카는 놀란 듯한 시선으로 태영을 바라보더니,

"그 말이 맞다. 무기가 사람을 죽이는 건 아니로구나."

하고 자기 자신을 이해시키려는 듯 고개를 끄덕였다.

종이 울렸다. 이히즈카는 꿈속에서 깨어난 사람처럼 교실 안을 두리번거렸다. 그리고 조용히 말했다.

"내가 간 곳을 알릴 테니까 모두들 편지나 해주게. 전지에 있으면 친한 사람들로부터 받는 편지처럼 반가운 것이 없단다."

그리고 3일 후, 이히즈카 선생과 아다치 선생은 얼룩진 눈에 덮인 역에서 기차를 타고 떠났다.

학생들은 목이 터지게 만세를 불렀다. 그러나 그 만세 소리가 무엇을 의미하는지, 고함을 질러 무슨 소용이 있는지 학생들은 알 수가 없었다. 그런 무의미한 만세를 지난해에도 몇 차례고 불렀지만, 그 허망한 의미를 가슴속에서 규가 묻게 된 것은 이히즈카 선생을 전송한 그 시각부터였다.

그런데 일주일도 채 못 되어 규는 그 무의미한 만세를 또 부르게 되었다.

지원병 훈련을 받고 돌아와 있다가 다시 입영하게 된 보통학교 동기생들을 같은 역에서 전송하게 된 것이다. 이광세李光世와 송경규宋京圭였다. 규와 동기 동창이기는 하나, 나이가 규보다 서너 살씩 위인 청년들이었다.

이광세는 가무잡잡한 피부의, 야무지게 생긴 얼굴과 체격의 소유자이고, 송경규는 키만 덩실하게 크고 눈을 껌벅껌벅하는, 어느 모로 보나 병정 노릇을 할 수 있을 것 같지 않은 모양의 청년이다.

광세나 경규는 둘 다 보통학교에 다닐 때 어린 규를 친하게 돌봐준 친구들이었다. 광세는 같은 마을이어서 등교, 하교를 곧잘 같이 했는데, 개울을 건널 때면 간혹 가재를 잡아 규에게 준 적이 있었고, 경규는 운동장에서 씨름을 가르쳐준다면서 규와 제법 잘 어울려 놀았다. 그런 연분이 있었기 때문에 모처럼 규가 역에 나가기도 했다.

고향에서 그들을 전송하러 온 사람들이 많았다. 규도 아는 사람들이어서 얼굴이 마주치는 대로 인사를 했는데, 모두들 당혹한 것 같은 묘한 표정을 하고 있었다. 그것을 규는 자기 나름대로 해석했다. 일본 사람들이 하는 식으로 사뭇 영광스럽다는 듯이 격려를 곁들인 인사를 해야 옳을지, 마음속에서 우러난 대로 슬픔을 달래며 인사를 해야 좋을지, 어리둥절 망설이고 있는 것이라고……. 이광세와 송경규 외에도 다른 지방에서 온 지원병들이 십여 명 있었는데, 그들을 둘러싼 전송객의 경우도 마찬가지인 것처럼 보였다.

그러나저러나 일본 사람도 내심 가길 싫어하는 병정에 지원까지 해서 가려고 하는 그들의 심정을 규는 도저히 이해할 수가 없었다. 병정엘 간다고 해서 가는 사람이 다 죽는 것은 아니겠지만, 어쨌건 죽음 근처로 가는 것이 아닌가.

진심으로 일본 신민이 되겠다는 각오가 서 있는 것일까. 목숨을 바쳐서라도 천황 폐하께 충성을 하겠다는 것일까. 그렇다면 그 충성된 마음이 어떻게 해서 생겨났을까?

틈을 타서 규는 광세와 경규가 있는 곳으로 갔다. 규를 보자 광세는 새하얀 이빨을 드러내 보이며 웃었다. 경규는 부끄러운 듯 눈을 껌벅거리며 소 웃음을 웃었다. 규는 뭐라고 말할 수가 없어 그들의 손을 잡으며 물었다.

"뭐할라고 병정에 갈라쿠내."

경규는 웃고만 있었고 광세가 대답했다.

"소집 영장이 왔응깨 가는 기지 뭐."

"애당초 지원은 뭣 할라고 했느냐 말이다."

규는 고쳐 물었다.

"하도 권해싸서, 귀찮아서 안 했나."

이건 광세의 답이었고,

"집에 있으몬 뭣 할 끼고?"

이건 경규의 대답이었다.

'집에 있으몬 뭣 할 끼고!'

경규의 이 말이 규의 가슴을 치는 듯했다.

이 세상에 자기 집보다 더 좋은 것이 어디에 있단 말인가. 그런데 '집에 있으몬 뭣 할 끼고.'라니…….

시골에서 온 면장, 주재소 주임, 구장 들이 밀어닥쳤다. 그들의 도착과 더불어 정거장 안으로 들어가는 통용문이 열렸다. 모두들 플랫폼으로 몰려들어갔다.

플랫폼에 나서자 지리산 쪽으로부터 몰아치는 듯 북풍이 사정없이 불어왔다.

'축 입영 무운 장구'祝入營武運長久라고 내리쓴 기치 몇 개가 그 바람에 몰려 넘어졌다. 넘어진 것들이 얼른 다시 일으켜 세워지긴 했으나, 규에겐 그 한 토막의 사건이 운명의 상징처럼 비쳤다.

광세와 경규를 비롯한 지원병들이 기차에 올랐다. 누가 선창했는지도 모르게 만세 소리가 이곳저곳에서 터졌다.

상기된 들뜬 듯한 지원병들의 얼굴이 차창에 나타났다. 만세 소리가 한결 더 높아졌다.

그러나 세찬 북풍 속에서 그 만세 소리는 먼지 부스러기처럼 휘날려 갔다. 휘날려 가는 만세 소리 틈에, 땅에 스며들듯이 울음소리가 섞였다. 우리나라의 여자들만이 울 수 있고 소리낼 수 있는 그 독특한 애절함이 담겨진 울음소리가 이곳저곳에서 터져 나와, 때론 엇갈리며 구슬프게 엮여 번졌다.

그때의 기적 소리! 북풍의 세찬 소리도 아낙네들의 울음소리도 그 기적의 적수는 아니었다. 금속성에 괴물의 소리를 섞은 것 같은, 그 고막을 찢는 듯한 기적 소리는 '무슨 일이 있어도, 어떤 일이 있더라도 이 기차를 탄 사람들을 지옥으로 끌고 가고야 말겠다.'는 악마의 의사 표시같이 들렸다.

그 악마의 의사대로 기차는 끌려가고 말았다.

기차가 사라진 뒤의 플랫폼은 북풍이 설치는 황야의 일각처럼 되었는데, 그 위에 퍼져 앉아 땅을 치며 울고 있는 몇몇 노파의 모습이 보였다. 노파들은 이제 막 떠난 지원병들의 어머니나 할머니일 것이다. 어머니와 할머니에게 창자를 끊는 듯한 슬픔을 안겨놓고 굳이 지원병으로 나가야 하는 사정이 무엇일까.

2월 중순 어느 날, 정확하게 말하면 1940년 2월 12일 월요일 아침.

오늘의 조례는 강당에서 한다는 게시가 있었다.

강당에서 조례를 하면 교련을 안 한다는 얘기가 된다. 우선 반가운 일이었으나 동시에 '또 무슨 사건이 있어서 그럴까?' 하는 위구危懼도 없지 않았다.

단 위에 선 수침 명태는

"오늘은 너희들에게 기쁜 소식을 전하겠다."

하고 헛기침을 했다. 그러고는 이어,

"천황 폐하의……."

하고 엄숙하게 말하는 바람에 일동 차렷을 하는 긴장 상태가 되었다.

"천황 폐하의 성은이 망극하와, 황공하옵게도 반도의 신민에게도 명실 공히 일시동인의 혜택을 내리게 되었다. 쉿!"

학생들의 차렷을 쉬어 자세로 고쳤다. 그러나 마음의 긴장은 한결 더

했다. 교장의 말은 계속되었다.

"어제 내려진 이 혜택이야말로, 실로 획기적인 조치라고 할 수 있는 것이며, 반도 신민이면 모두 감읍해야 마땅한 일이다."

학생들은 가슴이 불안으로 물들기 시작했다.

반도의 백성들에게 뭐든 불리한 조처가 내릴 때에는 반드시 이와 같은 서두로 시작한 장광설이 있었던 것이다. 몇 해 전 지원병 제도가 생겼을 때의 일이 회상되었다.

'그런데 이번엔 뭣일까?'

교장은 다시 한번 헛기침을 하고 학생들을 둘러보았다.

"황공하옵게도 천황 폐하께선……."

다시 학생들은 차렷 자세를 취했다. 교장의 말이 이어졌다.

"내선일체內鮮一體, 즉 반도인이나 내지인은 동조동근同祖同根, 동종동문同種同文이란 사실을 확인하셨다. 쉬엇!"

다시 차렷 자세에서 쉬어 자세로 학생들은 돌아갔다. '황공하옵게도'라든가, '천황 폐하'라든가, '황실'이라든가, 그런 등속의 말만 나오면 때와 장소를 가리지 않고 누구나 차려 자세를 하고 '쉬엇'이란 구령이 내려질 때까지 장승처럼 서 있어야 하는 게 규칙이며 관례였다.

"동조동근, 동종동문, 내선일체의 실實을 완벽하게 하기 위해서 우선 형식부터 같이 해야겠다는 성려聖慮가 계셨다."

'성려'라는 말에도 차려 자세를 취해야 하는가 하고 망설이는 학생들의 태도가 보이자, 교장은 손을 저어 그럴 것까진 없다는 시늉을 했다.

"그건 곧 성姓이고 이름이다. 아무리 내선일체를 하려고 해도 성과 이름이 이질적이어서는 보람을 다할 수가 없다. 내지인의 성은 야마다 山田 또는 기노시타木下, 사이토齋藤 등인데, 반도인의 성은 리李이고 긴

金이고 보쿠朴 따위다. 이래가지고는 차별을 하지 않으려 해도 성명 자체가 차별적으로 나타나고 만다. 이래가지고 되겠는가. 성명부터 차위와 차별을 없애자, 천황 폐하께선 이렇게까지 반도의 신민을 위해 결단을 내리신 것이다."

습관대로 차려의 자세를 취하긴 했으나 강당이 술렁대기 시작했다. 정확한 내용은 알 길이 없으나 대강의 요지는 알게 된 것이다. 한마디로 말해 성과 이름을 일본식으로 바꾸라는 얘기였다. 규는 곤란한 문제에 부닥쳤을 때 으레 그러듯이 자기의 옆줄 서너 사람 뒤에 서 있는 박태영을 돌아보았다.

박태영은 무표정한 시선을 규에게 보내왔을 뿐이다. 이곳저곳에서 중얼거리는 소리가 들려왔다.

"정숙해라!"

배속 장교의 고함이 터졌다.

교장의 말이 계속되었다.

"그래 어제 2월 11일을 기해 반도 전역에 창씨 개명령이 내려졌다. 제군은 이 고마운 뜻을 받들어 즉시 창씨 개명토록 하여 황국 신민으로서 과오가 없도록 해야 한다. 제군들의 부친을 이해시켜 하루라도 바삐 창씨 개명을 서둘러 사회 활동에 지장이 없도록 해야 할 것이다. 물론, 그리고 당연히 불복하는 자가 없을 줄 알지만, 만의 하나라도 이번 조치에 불복하는 자, 이 기회에 선동하는 자가 있으면 그자를 비국민으로 지목하여 엄한 처분이 있을 것이다. 다음에 오이시大石 선생의, 내선이 원래부터 동조동근, 동종동문이었다는 설명이 있을 것이니 경청하기 바란다."

교장에 이어 등단한 오이시라는 교사는 '스무 고개를 넘어선 능구렁

허망한 진실

이'란 별명을 가진 한문 교사다. 학생들로부터 철저하게 미움을 받는 교사인데, 사이토 교장이 데리고 온 사람이었다.

오이시는, 백제 시대에 와니王仁가 일본으로 갔다느니, 진구 황후神宮皇后가 신라 정벌을 할 때 피가 섞였다느니, 미마나任那는 사실은 일본이 통치한 땅이라느니, 도무지 알아들을 수조차 없는 얘기를 꺼내가지곤 일본과 반도의 사람이 원래 같은 민족이었다는 사실을 증명하려고 했다.

"제기랄! 집어치우라고 고함을 질러버릴까."

규의 등 뒤에서 곽병한이 나직이 말하는 소리가 들렸다.

"참아라, 참아."

라고 한 사람은 전 급장 김상태였다.

이곳저곳에서 소곤거리는 소리가 나고 장내가 술렁거리는 것을 보아서인지 오이시는 횡설수설을

"이렇게 내선은 동조동근인 것입니다."

하고 끝맺어버렸다.

조례가 끝나자 강당은 벌집을 쑤셔놓은 것같이 되어버렸다.

"뭐라고? 이래서 동조동근이라고?"

하고 누군가는 자지러지게 웃는가 하면, 누군가는

"우리들보고 고치라고 하지 말고 즈그들이나 고치지."

하고 투덜댔다.

"안 되겠다. 지리산으로 들어가 산나물이나 캐먹고 살아야겠다."

정무룡의 말이다.

"그리고 본께 주영중이란 놈, 선견지명이 있었구나. 그치는 벌써부터 사쿠라이 노부오櫻井信夫 아니가."

안영태가 빈정댔다.

교실로 돌아와선 소란이 더욱 심해졌다. 곽병한이 말했다.

"우리나라 욕설에 '그놈, 성을 갈 놈'이란 게 안 있나. 그게 최대의 모욕인데, 일본놈들은 그걸 알고 지랄인가 모르겠다. 만약 그런 욕이 있다는 걸 알고 하는 짓이라면, 우리 조선 사람을 계획적으로 모욕해보자고 의도하고 나선 것이다. 안 그래?"

"조선놈의 깡치가 어느 정도인지 시험해볼라고 그러는지 모르지."

박태영의 말이었다. 태영은 다시 다음과 같이 이었다.

"우리가 본래대로 성을 가지고 있다고 일본놈들이 세금을 못 받아갔나, 감옥에 가두질 못했나, 죽이질 못했나. 즈그 마음대로 다 안 했나. 그런 의미로 보면 우리의 성명을 바꾸라는 이유가 아무 데도 없는 기란 말이다. 단 하나 이유가 있다면 우리를 시험해보자는 속셈뿐이다. 만일 순순하게 응하기만 하면 우리는 쓸개도 없는 놈이 되고 만다. 응하지 않으면 탄압을 해서 응하게 해놓고, 아까 병한이가 들먹인 욕설 그대로 우리 스스로의 자존심을 없애버릴 작정인 기다."

"태영이, 말이 많은데……."

하고 상태가 태영의 곁으로 와서 견제했다. 태영은 조그마한 사고만 일으켜도 퇴학당할 위험이 있다는 것을 모두들 알고 있기 때문에, 되도록이면 그가 위험한 처지에 빠져들지 않도록 대다수의 급우들이 신경을 쓰고 있는 터였다.

이때 규는 주영중의 동향을 보고 있었다.

주영중은 맨 뒷자리에 입을 다물고 앉아 급우들의 동태를 살피고 있는 것 같았다.

"하여간 창씨 개명인가 뭣인가는 결사적으로 반대해야겠다."

허망한 진실 215

곽병한이 이래놓고 칠판으로 가서
'창씨 개명 절대 반대, 곽병한.'
이라고 썼다.
 김상태가 그것을 지워버리려고 하자, 곽병한이 그를 밀어내며 말했다.
 "참말로 정이 떨어졌다. 정무룡의 말따라 지리산에 들어가 화전민 노릇이나 해야겠다. 나는 각오했다. 그렁께 그런 뜻은 나의 의사 표시니까 그대로 놔둬라. 급 주임이라도 보도록. 제에미, 퇴학 이상 시키것나."
 그래도 김상태는 칠판의 글씨를 지우려고 했지만 그럴 짬이 없었다. 지우개를 곽병한이 쥐고 빼앗기지 않으려고 하는데 에구치 급 주임이 들어온 것이다.
 교실은 아연 긴장했다. 그런데 에구치는 의외에도 빙그레 웃음을 띠고 칠판의 낙서를 보더니 곽병한으로부터 지우개를 받아서 그 낙서를 말끔히 지워버렸다. 그리고 그것에 관해선 일언반구의 언급도 없이 다음과 같이 말했다.
 "방금 교직원 회의에서 결정한 사항을 전달한다. 이것은 곧 교장 선생님의 명령이기도 하다. 창씨 개명을 하지 않은 사람에겐 졸업을 해도, 창씨 개명한 것을 졸업 증서에 기록하지 않는 한 졸업 증서를 수여하지 않는다."
 규는 이 말을 듣자
 '3월 5일 졸업식 날짜를 받아놓은 5학년들은 낭패가 났구나.'
하고 생각했다. 그러나 규는 남 걱정을 할 처지가 아니었다.
 "3학년이건 무슨 학년이건 진학, 또는 전학하는 학생에겐 창씨 개명 하지 않는 한, 어떤 증명서도 발급하지 않는다. 취직하는 사람에게도 이에 준한다."

에구치는 종이쪽지에 적힌 내용을 다시 한번 읽었다. 규는 눈앞이 캄캄해지는 느낌이었다.

'하필이면 이때…….'

하는 생각도 들고,

'학마學魔라는 게 있다더니, 내겐 학마가 있는 것이 아닐까.'

하는 생각도 들어, 순순히 진학을 허락해준 아버지의 얼굴을 뇌리에 그렸다. 그러고 보니 곽병한의 낙서를 유순한 웃음으로 대할 수 있었던 에구치의 태도도 이해할 수 있었다.

에구치는 덧붙여,

"이 문제를 가지고 시끄러운 일이 없도록 하길 바란다. 천황 폐하의 어명령에 의해 조선 총독이 내린 법률과 같은 것이니 움직일 수가 없다. 각기 어떤 감정을 가지든 자유지만 명령은 시행되고야 만다."

하고 못을 박았다.

이어 수업이 시작되었으나 규는 이미 자기 정신이 아니었다. 중요한 수업이 아니면 교실 안에서 수업 준비를 하곤 했는데 그럴 정신도 없었다.

수업 시간 사이사이에 끼리끼리 모여 근심스러운 말들을 했지만 결론이 있을 까닭이 없었다. 4학년에서 고등학교로 가기로 작정한 권동철, 유희대가 규의 책상 근처로 와서 같이 의논을 했다. 2월 말까지 원서를 내야 하고, 그러자면 학교로부터 증명서를 받아야 하기 때문이었다. 그런데 각기 사정이 달랐다.

"나는 아버지가 보통학교 교장이 돼놔서, 내가 싫어해도 창씨 개명을 하고 말 끼다."

권동철은 이렇게 말했고,

허망한 진실

"할아버지가 살아 계시는 동안은 어림없을 것 같다. 할아버지는 내가 중학교에 다니는 것까지 싫어하시거든."

유희대는 우울하게 이렇게 말했다. 그런데 유희대야말로 아무런 걱정도 없었다. '유'柳를 '야나기'라고 고쳐 읽으면 되니까 굳이 창씨를 할 필요가 없었던 것이다.

방과 후 하숙으로 돌아오며 박태영이 규를 보고 말했다.

"왜놈 졸개 옷을 입는 것까진 참았지만, 난 절대로 창씨 개명은 안 할 끼다."

"아버지가 하면?"

"의절을 하는 한이 있더라도 안 해."

"그럴 수 있을까? 아버지가 했는데 아들이 안 할 수……."

"정승도 제 하기 싫으면 그만이란데 뭐."

"그럴까."

규는 회의적이었다.

"그러나 규는 달라. 학교에 가기 위해선 창씨를 해야 할 끼다. 어쩌니, 긴 놈에겐 감기란 말이 있지 않더냐."

규는 뭐라고 대답할 수가 없었다. 아버지의 태도는 대강 상상이 되었지만, 큰아버지의 태도는 상상할 수가 없었다. 그보다도 성까지 갈아가며 굳이 상급 학교에 가야 하는가에 대해 스스로 답안을 낼 수가 없었다.

박태영은 또 이런 말을 했다.

"세상이 우습지. 창씨 개명을 하라니까 진심으로 기뻐하는 놈도 있거든."

"학생보국회 아이들 말이가?"

"그뿐 아냐. 그밖에도 내색은 않지만 좋아하는 놈이 많아."
규는 뭐가 뭔지 어리둥절해서 알 수가 없었다.

그렇게 떠들썩했던 공기가 매일처럼 변해갔다. 맨 먼저 주영중이 사쿠라이 노부오라고 출석부의 이름을 고치자, 학생 보국회에 소속한 학생들이 그 본을 따게 되고, 이어 다른 학생들 가운데도 창씨하는 사람이 있어, 2월이 중순으로 접어들자 반수 이상의 학생이 일본식 이름을 갖게 되었다. 학교 전체의 비율도 그런 정도로 진행되고 있는 모양이었다.

어떤 일이 있어도 창씨하지 않겠다는 의사를 지닌 사람은 규의 학급에선 정무룡, 곽병한, 박태영뿐이었고, 기타는 집안에서 하는 대로 추종할 셈으로 대기 태세에 있었다. 그러니 자연 창씨 개명을 두고 맹렬한 시비를 벌일 수 있는 상황이 안 되었다.

신문엔 연일 창씨 개명을 한 명사들 소개가 나타났다. 어느 중추원 참의는 아사히 노보루朝日昇라고 창씨 개명했다는 것이고, 어떤 중추원 참의는 후지야마 다카모리富山隆盛라고 했다.

그런데 가끔 센세이셔널한 기사도 있었다.

신모申某라는 만담가가 에하라 노하라江原野原라고 창씨 개명했다는 보도를 읽고 교실 안에 폭소가 터졌다. 에하라 노하라는 분명히 '에헤라 놓아라'란 민요의 후렴을 딴 것으로, 창씨 개명령 자체를 빈정댄 게 틀림없었기 때문이다. 그런가 하면 김모金某란 문학 평론가는 사케나시 구라세누스케酒無不暮介, 술 없인 못 살겠다는 뜻의 이름을 지어 화제가 되었다.

"그렇게 지을 수 있다면 창씨 개명도 해볼 만한 게 아닌가."
전 급장 김상태는

"그렇다면 아버지의 용서를 받아 야메테 구레라는 이름을 지어버릴까부다."

하곤 칠판에 나가 '失目手具體'라고 커다랗게 썼다. 이두吏讀식으로 쓴 무의미한 것이지만, 야메테 구레라는 일본말은 '집어치워라', '그만둬라'라는 뜻을 가졌기 때문에 모두들 '그것 근사하다.'고 박수를 쳤다. 그러나 김상태는 그 뜻을 이루지 못하고 아버지가 시키는 대로 가네무라 소타이金村相泰라고 할 수밖에 없었다.

그러한 경향을 본떠 진짜로 그렇게 이름을 지은 사람은 노영근과 탁병관이었다. 노영근의 한자는 '盧英根'이었는데 가로 보콘火爐亡이라고 지었고, 탁병관은 한자로 '卓丙琯'이었는데 후타쿠 뵤칸不卓病琯이라고 지었다. 노영근은 '화로에 집어넣으면 뿌리가 망한다.'는 뜻이라고 풀이했고, 탁병관은 '창씨를 하면 탁씨가 탁씨로 되지 않으니 불탁不卓이요, 그러므로 병관이가 병든 관으로 되었다.'고 풀이했다. 급 주임 에구치는 처음에는 이 이름을 접수하지 않았다.

"이런 이름을 가지고 앞으로 어떻게 살아나갈 것이냐. 일시적인 장난으로 평생을 망칠 셈이냐?"

라는 이유로 재고를 요청했는데 끝끝내 듣지 않아 학부형을 불렀지만 두 사람이 모두 과부의 외동 아들이라서 효과가 없었다. 그래 그 이름이 그대로 학적부에 남게 되었다.

그런 가운데서도 충격적인 사건은 반도 문단의 제일인자인 춘원 이광수春園 李光洙가 가야마 미쓰로香山光郞라고 창씨 개명하곤,

"이로써 천황 폐하의 진정한 적자가 되었다."

라고 담화를 발표한 사건이었다.

학생들은 도무지 믿을 수가 없었다. 독립 운동에 앞장섰을 뿐만 아니

라 청년들의 애국 열정을 권장한 글을 쓴 그 인물이 그럴 까닭이 없었던 것이다. 그러나 엄연한 사실을 어떻게 할 수가 없었다.

"이광수 책을 오늘부터 변소에 매달아놓고 휴지로 써야겠다."

언제나 빨리 흥분하는 곽병한이 말했다.

정무룡이 손을 저었다.

"매일 그걸 보구 울화를 어떻게 참게. 한꺼번에 똥 무더기 속에 집어 넣어버려야지."

그런 일이 있고 며칠 후였다. 규는 하영근 씨를 찾았다. 화제가 이광수에 이르렀을 때 하영근 씨의 말은 이랬다.

"이광수란 사람은 본래 그런 사람이다. 그 사람 초기의 글을 읽으면 허영만 있고 알맹이가 없다. 이광수의 애국 사상이란 결국 허영심이 빚은 센티멘털리즘이다. 허장성세와 미사여구의 나열밖에, 단 한 줄도 씨알머리 있는 게 없다. 애국 애족을 고취한다는 뜻으로 쓴 글도 자세히 읽어보면 내용이 공소하다. 문학가의 지조는 치밀한 사상으로 뒷받침되어야 하는데 그런 것이 없다. 소설이라고 쓴 것을 보면 민중의 생태에 대한 진실한 관찰도 없다. 그저 영탄이고, 간지럽게 꾸민 얘기뿐이다. 역사에 대한 인식도 없고, 그러니까 민족의 행로에 관한 성실한 지혜도 교훈도 없다. 관념적이고 추상적인 구호만 있다. 이를테면 어떤 광풍에도 꺾이지 않는 뿌리란 게 없다. 덩치는 꺾여도 꺾인 그 자리에서 다시 새로운 움을 솟아나게 하는 강인한 뿌리가 없다. 그런 게 없다면 문학가도 사상가도 아니다. 요즘엔 불경을 외고 가끔 불경을 풀이하는 글을 쓰던데, 이광수의 불경은 대竹에다 접목한 감나무다. 지혜에 이르기 위해서 불경을 외는 게 아니라, 피할 구멍을 찾기 위해 불경을 왼다. 주위에서 '영웅이다, 천재다.' 하면 영웅인 척, 천재인 척 행세를 하다가도, 주위에서 내버려두면 영웅은커녕 시정市井의 필부匹夫 행세도 못 한다. 그런 인간이 창씨 개명을 했다고 해서 조금도 충격받을 건 없다. 이광수는 본래 변질적 인격이다. 변질적 인격이 변절했다고 해서 새삼스럽게 놀랄 것까진 없지 않은가."

하영근 씨의 말엔 과격한 표현이 있다는 느낌이 있었으나, 이광수가 실제 언동으로 그렇게 나타나고 보니 반론할 근거가 없었다. 어쨌건 섭섭한 일이었다.

규는 화제를 돌릴 겸,

"하 선생님은 창씨 개명을 하지 않을 겁니까?"

하고 물었다.

하영근은 뜰에 피어 있는 창포꽃을 한참 동안 바라보더니 이런 말을 했다.

"미묘한 문제다. 창씨 개명이란 문제가 미묘하다는 게 아니라 사정이 그렇다는 얘긴데, ……내 경우는 창씨 개명을 하는 편이 수월하고 안 하는 편이 어렵다."

규는 그 말을 알아들을 수가 없었다.

"설명을 하면 이런 건데……."

하영근은 자기의 생각을 정돈하려는 듯 신중히 말했다.

"사실 나는 창씨 개명을 하지 않아도 수월하게 견디어나갈 수 있다. 취직을 할 작정도 없고, 벼슬을 해야겠다는 생각도 없다. 그렇다고 굶어 죽을 걱정도 없다. 창씨 개명을 하지 않는다고 설마 징역살이를 시키진 않을 테고……. 어쩌다 경찰이 찾아와서 귀찮게 굴면 용돈이나 후하게 주어 보내면 될 테고……. 게다가 이군 같은 동생이나 아들이 있다면 그들을 위해 마지못해 할 수도 있겠지만, 있는 애라야 윤희란 딸

년 하나뿐이니 걸릴 데가 없어. 그러나 일반 대중은 그럴 수가 없을 거야. 우선 살아가기 위해서라도 비굴한 꼴을 견디어야 할 것 아닌가. 그래서 할 수 없이 창씨 개명을 했는데, 이웃에 나 같은 놈이 창씨 개명을 하지 않고 버티고 있으면 괜히 미안할 것 아닌가. 끝내는 나를 미워하게 될 거란 말이다. 창피해서라도 대중과 더불어 행동하는 게 오히려 수월하다. 스스로의 자존심을 지키려고 대중으로부터 고립돼서 미움을 사는 것보단……."

규는 하영근의 말을 이해할 것 같았다.

동시에 이광수에 생각이 미쳤다.

'이광수야말로, 할 수 없이 창씨 개명을 하고야 말 대중의 마음의 부담을 덜어주기 위해서 스스로 희생을 각오하고 나선 것이 아닐까.'

규는 솔직하게 이런 뜻을 말해보았다. 하영근은 규를 한참 동안 바라보더니,

"이군은 참으로 좋은 성품을 가졌어. 남의 일을 자기 일처럼 관점을 바꾸어 생각해보는 것은 좋은 일이다. 그런 성품이란 그다지 흔하지 않지. ……그러나 이광수를 그렇게 해석할 순 없어. 그 사람은 어떤 경우이건, 어떤 편에 의하건, 영웅이 되고 싶어하고 '굿 보이'가 되고 싶어하는 사람이다. 대중을 위해 스스로 악명을 쓴다? 어림도 없지. 그런 사람이 그따위 글을 쓰겠어?"

하고 흥분을 감추지 않았다.

"그럼 하 선생님은 창씨를 하실 작정이시네요."

"글쎄……. 그러나 나는 하지 않을 거다. 아니, 하지 못할 거다. 나는 대중의 적의는 견딜 수 있어도 창피만은 견딜 수가 없다."

"그럼 전 어떻게 해야 좋겠습니까?"

허망한 진실 223

"이군은 상급 학교에 가야 하니까 필요에 의해서라도 해야지."

"상급 학교가 그렇게 대단한 겁니까?"

"그거야 자네 마음에 달렸지."

하영근은 허허 소리를 내어 웃었다. 그러다가 그 웃음이 지나쳤다고 생각했는지 부드럽게 물었다.

"자네 집안에선 어떻게 한다더냐?"

"종회宗會를 열어 결정한다는 얘깁니다."

"종회라! 그럴듯한 방법이지. 우리 집안에서도 그런 말이 나오긴 했지. 그러나 나는 거절해버렸다. 각자가 책임지고 하라고……. 하는 경우, 의견을 모아 같은 창씨를 하는 건 좋지만, 하느냐 안 하느냐를 종회에서 결정할 필요는 없다고 했지."

규는 하영근의 그런 태도를 싸늘한 이기주의라고 보았다.

하영근은 다시 규의 진학 문제를 걱정하고, 만부득이하니 창씨를 하라고 권했다.

"밤이 열리려면 밤나무가 자라야 한다. 어쨌건 열매는 맺도록 해야 할 게 아닌가. 산다는 건 일종의 타협이다. 이군은 스스로를 키우기 위해서 타협을 해야 할 끼다. 이군의 급우들이 하는 대로, 이군이 필요를 느끼는 대로 별로 신경 쓸 것 없이 창씨를 해라. 그런데 태영 군은 어떻게 한다더냐."

규는 태영과 몇몇 친구들의 태도를 설명했다.

하영근은 가만히 귀를 기울이고 있을 뿐, 그 문제에 관해선 일절 언급하지 않았다.

입학 시험을 위해 서류를 제출해야 할 날이 박두했다. 규는 안절부절

못할 기분이었다. 규의 본심은 성을 바꾸는 따위의 행동이 그지없이 비굴하다고 느끼고 치사하기 짝이 없다는 생각을 가지고 있었으나, 그 문제 때문에 진학을 포기해야 한다는 일이 안타까웠다.

권동철은 곤도權藤라는 성으로 제2고등학교에 원서를 제출했고, 유희대는 야나기柳란 성으로 시즈오카靜岡 고등학교에 서류를 제출했다. 마감이 일주일 앞으로 닥쳤다. 그러나 규는 종회에서 결정하겠다는 창씨 문제를 자기를 위해 미리 어떻게 해달라는 말은 죽어도 하기 싫었다. 적당히 만들어 신고해도 학교에서 들어주기로 돼 있었으나, 아버지나 큰아버지에게 의논하지 않고 마음대로 할 수는 없었다. 그만큼 규는 마음이 답답하고 초조했다.

그러한 나날이었는데 갑자기 사건이 발생했다. 규보다 한 학년 아래인 3학년 1조에 있는 민영세閔英世란 학생이 유서 한 통을 남겨놓고 자살했다. 유서는 간단했다.

'나라를 잃고 게다가 성까지 잃고 나는 살아갈 수가 없다. 일본인에게만 야마토 다마시大和魂가 있는 게 아니다. 조선인에게도 조선혼朝鮮魂이 있다.'

그런데 그 사건이 보다 큰 파문을 던진 것은 민영세의 아버지가 경시(警視: 총경)라는 고급 경찰관이기 때문이었다.

민영세는 말이 없는 소년이었다고 한다. 친구도 없이 언제나 교실 한구석에 창백한 얼굴로 죄인처럼 앉아 있었다. 말은 안 했지만 아버지의 직업에 대해 항상 죄의식을 가지고 있었던 모양이라고 했다. 물론 그것은 추측이지만, 친구도 없이 고독한 학창 생활을 보내며 마음 한구석에 아버지가 동포에게 저지른 죄를 보상해야 한다는 마음을 가꾸고 있지 않았는가 했다. 게다가 민영세의 친어머니는 이혼을 당한 채 혼자 살다가 작년에 돌아가셨다는 얘기였다.

창씨 개명 문제가 나오자 민 경시는 재빨리 창씨를 했는데 영세는 끝내 학교에 신고하지 않았다. 그런 통지가 학교로부터 민 경시에게 전달된 날 밤, 민 경시는 자동차를 타고 영세의 하숙에 찾아와서 타일렀다. 그러나 영세는 듣지 않고 되레 아버지에게 대들었다. 흥분한 아버지는 사벨을 빼어 아들을 죽인다고 위협하고 무자비한 매질을 했다. 그런데 하숙집 주인의 중재로 소동은 끝났다.

"너는 내 아들이 아니다."

이 말을 남겨놓고 민 경시는 떠났다.

민영세가 죽은 것은 다음 날 새벽이었다. 이 사건은 신문에도 나지 않았다. 교내에서도 그 얘기가 돌지 않도록 조심한 모양이었지만, 며칠이 안 가 모두들 알게 되었다.

학생장學生葬으로 하자는 동의가 일부에서 일어났으나 통할 까닭이 없었고, 학생 대표가 민영세의 하숙을 찾았을 때는 벌써 시체를 치워버린 후였다.

완고하기 짝이 없는 수침 명태 사이토도 이 일이 있고부턴 창씨 개명을 하라는 압력을 일시 완화하지 않을 수 없었다. 규는 그런 틈바구니를 이용한 건 아니지만 그런 사정이었기 때문에 창씨를 하지 않은 채 무난히 입학 지원 서류를 만들 수 있었다.

민영세의 죽음은 5학년 졸업반에도 적잖은 혜택을 주었다. 창씨를 하지 않으면 졸업장을 주지 않겠다던 학교 당국이, 창씨를 강요하지 않고 순순히 졸업 증서를 주어버린 것이다.

3월 5일이 졸업식날이었다.

그런데 그 졸업식이 무사히 끝나지 않았다. 사이토 교장의 특별한 주선으로 졸업생들에게 천조대신의 신위가 들어 있는 가미다나(神柵: 나무로 만든 작은 제단)를 기념품으로 주었다. 신도神道를 숭상하는 교장의 갸륵한 뜻이라고 할 수 있었다.

졸업생들은 식을 끝내고 교문을 나서기가 바쁘게 그 가미다나를 부수고 찢고 발로 밟아 문대고 해서, 중학교 교문에서 2백 미터쯤 떨어져 있는 여학교 기숙사 담 너머로 던져 넣었다.

이는 실로 대사건이 아닐 수 없었다. 일본 황실의 조종인 천조대신의 신위를 짓밟는 행위는 바로 대역 행위가 된다. 이 보고가 들어가자 경찰은 즉각 행동을 개시해서 졸업생들을 색출, 체포했다.

졸업을 취소한다는 말이 돌았다. 모두 형무소에 보낼 것이란 풍문도 떠돌았다. 좁은 시내가 이 사건으로 인해 발칵 뒤집힌 느낌이 들었다.

이런 소란을 뒤로하고 규는 이튿날, 박태영을 비롯한 몇몇 친구들의 전송을 받고 일본 경도를 향해 떠났다.

처음으로 탄 관부연락선關釜連絡船, 처음으로 보는 일본의 경치! 규는 일본의 아름다운 산과 들, 그리고 마을을 보고 가슴이 뭉클할 만큼 놀랐다.

규가 나고 자라고 살고 한 고향과는 차창에서 본 경치만으로도 너무나 달랐다. 반도를 떠나보고 반도의 슬픔을 뼈저리게 느꼈다. 규는 한편 이런 아름다운 환경에서 공부하게 된 자신의 행복에 흥분하기도 했으나, 또 한편 학문이고 뭐고 다 집어치우고 돌아가 고향의 가난한 농민 사이에 섞여 살다가 마을의 노인들처럼 늙어 죽어선 메마른 산허리에 묻히는 것이 분수에 맞는 일이 아닐까 하는 감상에 젖었다.

저녁때쯤 경도역에 도착했다.

연락을 받았는지, 삼고에 와 있는 강헌용이란 선배가 마중 나와 있었다.

그는 반갑게 규의 손을 잡으며 '잘 오셨다.'고 인사하곤 규의 등 뒤쪽을 두리번거렸다. 규는 그 의도를 알았다. 이번 졸업생 가운데 윤근필尹根弼이란 학생이 규와 같이 삼고의 입학 시험을 치게 되어 있었던 것이다. 규는 간단히 졸업식날 일어난 사건 얘기를 했다.

"그럼 윤군은 못 오겠네?"

하고 강헌용은 어두운 표정을 지었다.

강헌용은 4학년을 수료하고 고등학교에 왔기 때문에 윤근필하곤 동기생이었다.

'하도야'라는 백화점 음식점에 가서 간단히 요기를 했다. 그리고 택시를 타고 고등학교 근처로 가서 여관을 잡았다.

"내 하숙으로 가도 좋지만 약간 머니까, 입학 시험을 치는 동안엔 여기 있기로 합시다."

강헌용이 말했다.

경도 요시다吉田에 있는 삼고는 교사校舍가 고색창연하고, 그 주변의 숲도 좋았다.

학문 냄새와 청춘 냄새가 그 고색창연한 교사와 지나치게 조용한 분위기 속에서 대조적이면서도 기묘한 조화를 이루고 있다는 느낌이, 꼭 이 학교엘 다녀야겠다는 정열을 북돋우었다. 이에 곁들여 강헌용이 삼고라는 학교가 얼마나 훌륭한 학교인가를 누누이 설명함으로써 규의 갈망을 더욱 조장했다.

수험표를 받는 순간, 윤근필이 야구로 말하면 '슬라이드인'하는 격으로 달려왔다. 규는 윤근필을 보자 한꺼번에 용기를 되찾았다. 거의 절대적인 자신이 생겼다.

규와 윤근필은 학과 시험을 무난히 통과했다.

하루를 두고 구두 시험을 치러 갔는데, 며칠 전 교정을 메우듯 했던 수험생이 5분의 1 정도로 줄어 있어, 그때 비로소 규는 불안을 느꼈다. 전부 수재만 남았을 텐데, 이 수재 가운데서 반수를 이겨 남아야 하니, 그 불안은 당연하기도 했다. 조선인 학생을 차별하는 건 이 구두 시험이 아닌가 하는 두려움도 있었다.

구두 시험은 생각한 것보다는 간단했다. 규를 맡은 시험관은 서른이 될까 말까 한, 도수가 높은 안경을 쓴 불그스레한 얼굴의 선생이었는데, 규가 앞에 앉자 책상 위의 서류를 뒤적이면서 한동안 말없이 규와 서류를 대조해보았다.

첫말이

"넌 반도인이로구나?"

하는 것이었다. 묻는 것이 아니라 혼잣말이었다. 그래 대답을 않고 가만히 있으니 그 시험관은

"반도에선 지금 일본식으로 성명을 고치는 게 유행이라는데 넌 고치지 않았구나?"

하고 물었다. 규는 선뜻 시험관의 속셈을 알아차릴 수 없었다. 그러나 그 말투가 결코 힐난하는 것이 아님을 본능적으로 느낄 수 있었다. 그런 탓도 있어서,

"좀더 생각해보고 고치려고 아직 고치지 않았습니다."

하고 정직하게 대답했다.

"그런데 시골 중학교를 다닌 학생이 프랑스어를 제1외국어로 한다는 건 드문 일인데 무슨 이유라도 있는가?"

이것이 다음 질문이었다.

"영어는 앞으로 혼자서도 할 수 있을 만큼 되었으니 새로운 외국어를 하고 싶어서 그랬습니다."

"그렇다면 독일어도 있잖은가?"

"독일어보다는 프랑스어가 저의 성격에 맞을 것이란 어느 선배의 충고가 있었습니다. 그리고 차차 독일어도 할 작정입니다."

"상당히 욕심이 많군. 됐어."

구두 시험은 이것으로 끝났다.

약간은 불안이 없지 않았으나 규는 합격을 확신했다. 결과는 확신대로 되었다. 윤근필도 합격했다. 완고한 수침 명태도 중학교의 권위는 일류 상급 학교에 진학하는 학생을 많이 내는 데 달려 있다는 상식을 무시할 수 없었다. 그래 수험생만 골라 석방했다는 것인데, 윤근필의 경우는 교장의 영단이 교장 자신을 위해서도 윤근필을 위해서도 성공한 셈이 된 것이다.

입학한 후에 안 일이지만, 규의 구두 시험을 맡은 시험관은 유명한 구와바라 다케오桑原武夫 선생이었다.

1학년은 원칙적으로 기숙사 생활을 하게 되어 있었다.

그런데 규는 경도 시내를 누비는 전차를 타는 재미도 있어, 린자이대학臨濟大學 근처의 하나조노초花園町에 하숙을 정했다.

규는 열일곱 살의 청년, 벚꽃잎 사이에 '三' 자를 넣은 휘장을 달고 백선白線 석 줄을 두른 모자를 쓴 고등 학생이 되었다. 반도인이건 조선인이건, 규는 하숙하고 있는 하나조노초의 총아가 되었다.

목욕탕에 가면 목욕탕 주인이 반겼다. 단팥죽 집에 가면 그 집 아가씨가 가장 귀한 손님으로 대접했다. 억센 중학생들도 겸손하게 길을 피했다. 여학생들도 거의, 지나가는 규를 곁눈질까지 하며 보려고 했다. 규의 앞에는 학문을 한다는 탄탄한 길만이 추상抽象되어 있었다.

하나조노초는 글자 그대로 규의 화원이었다.

그 화원에 6월이 지난 어느 날 두툼한 봉투가 하나 날아들어왔다. 박태영이 보낸 편지였다.

"규여! 너만이 행복할 수 있겠느냐 하는 기분과 너만이라도 행복해야 한다는 엇갈린 기분을 가까스로 하나의 기분으로 통일해서 이 편지를 쓴다. 우선 보고부터 한다. 곽병한과 정무룡과 나는 드디어 퇴학 처분을 받았다. 이유는 여러 가지가 있지만 따지고 들면 단 하나다. 창씨개명을 안 했다는 것. 그런데 그 이유 가지곤 안 되니까 사방을 들쑤셔 상처를 만들고, 그 상처를 중병으로 진단, 전염의 우려가 있다는 판결문을 달아 '나가십시오.' 이렇게 된 거다. 우리 셋은 이미 각오한 바가 있어 태연자약하지만, 아버지들은 참으로 기가 막히는 모양이더라. 곽병한은 아버지들의 당황하는 모습을 보고 오리 새끼를 까놓은 암탉을 닮았다고 익살을 부렸지만, 아버지들의 생각은 그런 정도가 아닌 것 같다. 그러한 부정父情을 생각하면 고등 문관 시험이나 봐갖고 판사가 되어보고 싶지만, 창씨 개명도 안 한 놈들에게 어림이나 있는 말인가. 하영근 씨의 말을 빌리면 대성할 사람은 딴 방향으로 갈 수 없게 미리 방향을 막아버린다는데, 나나 곽병한, 정무룡은 그 말에서 위로를 찾을 수밖에 없다. 요는 인생을 어떻게 살아야 하는가에 문제가 있는 것 아닌가. 곽병한과 정무룡은 일본의 사립중학으로 전학이나 하라고 아버지들이 권하는 모양이지만, 일본이나 만주의 광산에 가서 노동자가 된단다. 나는 아직 그런 각오까진 서 있지 않다. 아무튼 공부를 해야겠는데, 하영근 씨가 학비를 대주겠다고 하지만 거절하고 우선 전검專檢을 치러 중학교 졸업 자격을 만들어놓을 작정이다. 이왕이면 규가 있는 경도에서 시행하는 시험을 칠 작정이니, 그때 찾아가기로 하지.……우리의 명급장 김상태는 참으로 이상한 놈이다. 자기 걱정은 않고 항상 남 걱정만 한단 말이다. 미국 같은 민주주의 국가가 되면 대통령이 될 작자다. 그런데 본인은 요즘 천직을 깨달은 모양이다. 변호사가 되겠단다. 곽병한, 정무룡, 그리고 나는 아무래도 문제아가 돼놔서 자기와 같은 변호사를 필요로 할 것이라는 게 그가 변호사직을 택하려고 하는 구실이다. 우리가 퇴학당할 무렵, 그 학급은 완전히 일본식으로 되었다. 김, 이, 정, 임이란 성은 자취를 감추어버리고, 가네야마, 에가와, 아리, 기노시타, 리노이에, ……이런 판이다. 그런 답답한 공기 속에서 가로보촌, 후타쿠보칸 등이 겨우 일진의 청풍 노릇을 하는 정도다. 사쿠라이 노부오는 육군사관학교로 가겠다나? 가려면 가라지. ……부탁은, 이왕 창씨하지 않고 들어간 학교니 창씨하지 말 것, 일본 학생이 즐겨 신는다는 굽 높은 게다(나막신)를 신지 말 것. 영원히 우리들의 벗이 되기 위해서, 너처럼 행복한 놈은 그쯤의 부담감은 가져야 하지 않겠나. 인생은 길다. 그러니 할 일도 많다. 규여! 몸과 마음이 함께 건강하라.”

　규는 편지를 읽고 눈을 감았다. 엊그제 아버지로부터 온 편지를 생각했다. 거기엔 종회에서 창씨를 에가와江川로 할 것을 결정하고 호적부에 그렇게 등재했으니 알아두란 글이 있었던 것이다.

　묘심사妙心寺의 경내에서 매미가 우는 계절이 되었다.
　묘심사는 선종禪宗의 본산이다. 참선을 위주로 하는 절이기 때문인지 개방된 법당도 없고, 어떤 때는 승려의 모습을 전연 볼 수 없는 날도 있다. 아름드리 거목의 숲이 깔아놓은 짙은 그늘 속에서 육중한 침묵을 지키며 절 전체가 참선하고 있는 것 같은 분위기를 풍긴다. 그 장중한 침묵을 누비며 매미들이 목청껏 울어젖히는데도 그 매미 소리가 절의 정적을 깨뜨리지 않는 것은 이상하다. 매미 소리도 묘심사에선 필경 염불과 도경의 소리로 된다. 묘심사란 그런 곳이다.

규는, 하숙에서 가까운 이유도 있었지만 이 묘심사에서 시간을 보내는 것을 즐겼다. 불교에 각별한 흥미를 느낀 것은 아니다. 도심의 고요가 그저 좋았다.

거기 있으면 언제든 마음의 평정을 얻을 수 있었다. 그런 까닭으로 규는 학교에서 하숙으로 돌아오기가 바쁘게 적당한 책을 한 권 뽑아 들고 묘심사를 찾았다. 묘심사엔 규가 정해놓은 자리가 있었다. 정문으로 들어가 왼쪽 숲 사이로 깊숙이 들어가면 연못이 있다. 그 못가 느티나무에 기대앉는 것이다.

연못에선 몇 마리의 거북이가 묵연한 동작으로 놀고 있었다. 어느 때는 그 갑옷의 빛깔과 조금도 다름없는 못가의 바위 위에 웅크린 채 있는 경우도 있었다.

규는 책을 읽다 말고 간혹 거북이가 노는 모습을 무심코 바라보곤 했다. 거북이는 그 오랜 침묵을 지키기 위해서 그처럼 두꺼운 갑옷으로 무장하고 있는지 몰랐다. 바늘 끝으로 상처를 낼 수 있는 엷은 피부를 지니고도 많은 동물이 살아가고 있다고 생각할 때, 거북이의 갑옷은 아무래도 과잉 무장처럼 느껴지기도 한다. 그 과잉 무장이 아까워서 신은 거북이에게 천 년의 수명을 주었는지도 모른다. 하여간에 천 년을 산다는 거북이에게 천 년을 산다는 그 의미 외에 또 다른 의미가 있는 걸까.

장수한다는 그 점만으로도 거북인 사람의 대접을 받고 있다. 어부들도 거북일 잡으려고 하지 않는다. 혹시 잡을 때가 있어도 그건 죽이기 위해서가 아니고 기르기 위해서다. 살생하길 좋아하는 인간에게서 살생의 의사를 잊게 한다는 것도 대단한 일이다. 거북인 대단한 동물이다.

'모래알 한 개가 저기 있지 않고 여기 있는 사유의 설명이 가능하며, 그로써 전 우주의 섭리를 해명할 수 있다.'고 쓴 피히테의 문장을 규는 읽은 적이 있다.

그 필법을 빌리면 거북이의 갑옷을 통해 일체 생물의 비밀을 밝힐 수 있을 것이 아닌가. 생명이란 철저하게 고독하다는 교훈이 거북이의 형상이 되어 지금 눈앞에 있는 것이라고 느끼고 스스로의 고독을 되씹어볼 때도 있었다.

"조용히 너의 손을 바라보아라. 너는 네가 진실로 고독하다는 걸 알 수 있을 것이다."

어느 책에서 읽은 이런 구절을 되뇌어보기도 했다. 그러나 규는 자기의 손을 바라볼 필요없이 고독했다.

친구가 없어서 고독한 것도 아니고, 책이 없어서 고독한 것도 아니고, 고향이 그리워서 고독한 것도 아니다. 소년으로부터 청년으로 옮아가는 그 시기, 얼굴을 붉히지 않고는 자기의 마음을 들여다볼 수 없는 시기에 누구나 느끼는 그런 고독일 따름이었다.

"인간은 본질적으로 고독한 존재다. 그러면서 인간은 아리스토텔레스가 사회적 동물이라고 말했듯, 사회 내 존재다. 이건 분명히 딜레마다. 이 딜레마를 어떻게 해결해나가느냐에 인격 형성의 방향과 내용이 결정된다. 그렇기 때문에 우리는 사상에 대한 올바른 인식을 가져야 하고, 그 올바른 인식을 터전으로 해서 실천을 도출해야 한다. 철학이란 결국 그러기 위한 사고의 체조이며, 지혜에 이르는 이법理法의 탐구 작업이다. 육체의 건강을 위해서 체조가 필요하듯 정신의 건강을 위해선 정신의 체조가 필요하다."

　각존覺存이란 말을 도입한 철학자 구키 슈조九鬼周造의 제자라는 Y교수는 철학 시간에 이런 말을 했다. 이 말을 들을 때는 근사하다고 생각했는데, 묘심사의 경내에서 매미 소리를 듣고 거북이를 보며 생각해보니 규의 가슴엔 공허한 메아리만 남았다.

　철학의 역사는 수천 년이다. 철학의 종류도 갖가지다. 수천 년 동안 사고의 체조가 계속되었다는 얘기이고, 수천 년 동안 지혜의 탐구가 이루어졌다는 말이다.

　그런데 그 결과는 몇몇 사람에게 천재의 칭호, 대학자라는 간판을 달아주었을 뿐이다. 수천 년 계속해온 사고의 체조와 지혜의 탐구가 역사와 인생에 무슨 보람을 더했단 말인가. 지혜는 언제나 강자에게만 봉사해오지 않았는가.

　이런 생각과 더불어 규는 연전 하영근의 서재에서 본 3·1운동 당시의 처참한 기록 사진을 염두에 두고 있었다. 그런 무자비한 소행이 지금도 공공연하게 행해지고 있고 앞으로도 그럴 것이라고 치면, 사고의 체조나 지혜의 탐구는 어느 개인의 자기 우월을 위한 수단 이상의 것은 되지 못하는 게 아닌가.

　중국 대륙에선 날을 쫓아 전쟁이 확대되어간다고 한다. 유럽도 전화 속에 휩쓸렸다는 소식이다. 규는 마음에도 없이 전쟁터로 끌려 나간 친구들과 창씨를 하지 않았다고 해서 학교에서 쫓겨난 친구들을 생각했다. 모든 일들이 수수께끼투성이다. 규는 자기의 사고 능력을 넘는 문제를 앞에 놓고 진정 고독했다.

　묘심사에서 찾을 수 있었던 마음의 평정이 묘심사에서 깨뜨려지는 일이 생겼다.

　언제부터인가 규와 거의 같은 시간에 묘심사에 나타나는 여학생이 있었다. 여학교 상급반으로 보이는 그 여학생은 매일처럼 묘심사에 나타나서, 규와는 4, 5미터쯤 떨어진 곳의 나무 밑에 옆 얼굴을 규 쪽으로 하고 책을 읽었다. 처음엔 우연한 일치라고 보았는데, 그런 일이 거듭됨에 따라 규는 무관심할 수가 없어 마음의 평정을 잃었다.

　그 시간에 여학생이 나타나지 않으면 무척 기다렸다가, 늦게라도 나타나면 가슴이 뛰곤 했다. 그런 심리 과정이 몇 번이고 반복되었다.

　드디어 규는 이상할 만큼 그 여학생에게 마음이 끌리는 자기 자신을 발견했다.

　교실에서 강의를 듣다가도 그 여학생 생각만 나면 넋을 잃었다. 그리고 그 여학생에 대한 관심은 그런 정도로 끝나는 것이 아니었다. 하윤희를 생각하는 때도 있었다. 남해 상주에서 알게 된, 지금은 동경여고사東京女高師에 다니는 도코나미 야스코를 생각할 때도 있었다. 그런데 그런 생각들은 순수한 그리움이 아니고, 추잡한 욕망의 불꽃에 클로즈업되는 그리움이었다. 그뿐만 아니라, 규는 갑자기 여자를 의식하게 되고 남성으로서의 자기를 억누르지 못하는 고통마저 느끼게 되었다. 그러니 규는 묘심사에 나타나는 그 여학생을 통해 여성 전체에게 남성으로서의 욕망을 느끼게 되었다고 할 수 있었다. 다시 말하면 그 여학생을 매일 눈앞에서 볼 수 있으니까 유독 그 여학생에게 강한 욕망을 느낀다는 얘기가 될 수도 있었다.

　그런 망상이 심해지면 아무리 공부에 열중하려고 해도 무망한 노릇이 되었다. 눈을 감고 이를 악물고 견뎌야만 했다.

　톨스토이의 『성욕론』性慾論을 읽고 자기를 극복해보려고 애쓰기도 했으나, '성욕은 악'이라고 누누이 설명한 구절이 되레 욕망을 자극 선동해서 질겁을 할 노릇이었다. 규는 그런 책을 읽으면서 묘심사에 나타나는 그 여학생을 능욕하는 장면을 상상하는 자기 자신에게 놀라기도 하고 심한 혐오감을 가지기도 했다.

어느 날의 일이다. 규가 언제나와 같이 나무 밑에 앉아 책을 읽고 있으려니까, 조금 뒤에 나타난 그 여학생이 자기 자리로 가지 않고 곧바로 규가 있는 곳으로 걸어왔다. 손에 조그마한 보자기가 들려 있었다. 규는 책을 읽는 척 시선을 아래로 하고 있었지만, 여학생의 접근을 전 신경으로 느끼고 있었다.

여학생은 곧바로 앞으로 오더니 발을 멈췄다. 하얀 운동화 위로 스타킹을 신지 않은 토실토실한 정강이가 감색 스커트 쪽으로 뻗어 있었다. 규는 얼굴을 들었다.

"이거 받으세요."

여학생은 경도말 특유의 억양과 굴곡이 있는 음성으로 말하고 보자기를 내밀었다.

"그게 뭡니까?"

하면서도 규는 손을 내밀지 못했다.

"가시와모찌예요."

가시와모찌柏餠란 우리나라 송편과 비슷한 떡이다.

규는 보자기를 받지 않을 수 없었다. 그런데 받긴 받았으나 어떻게 해야 좋을지 알 수가 없었다. 보자기를 받아 들고만 있는 규를 보자, 여학생은 안타깝다는 듯이 규의 곁에 쪼그리고 앉더니 그 보자기를 도로 받아서 끌렀다. 백지로 싼 뭉치가 나왔다. 백지를 폈다. 그 속에 다섯 개의 가시와모찌가 있었다.

"잡수세요. 시골에서 할머니가 만들어 보낸 겁니다."

하고 보자기만을 개어 들고 여학생은 건너편 자기 자리로 가버렸다. 그러고는 전과 같이 옆 얼굴을 이쪽으로 한 자세로 앉아 책을 펴 들었다.

규는 가시와모찌 한 개를 입속에 넣어보았다. 맨들맨들한 부드러운 촉감과 더불어 팥을 이겨 만든 팥소의 구수한 단맛이 입안에 꽉 차게 번졌다. 그렇게 맛있는 음식을 먹어보긴 규로선 근래에 처음이었다. 그보다, 그 여학생이 보여준 호의가 황홀할 지경으로 감미로웠다.

그 감미로움에 취했기 때문인지 규는 그 종이 꾸러미를 들고 일어나서 여학생이 앉아 있는 곳으로 갔다. 규가 앞에 서자, 여학생은 눈부신 듯 규를 쳐다봤다. 평범한 얼굴인데도 흰 피부빛과 눈부신 듯 가느다랗게 뜬 눈이 귀여운 인상이었다.

"혼자서 먹긴 아까워서요."

규는 수줍게 말했다.

"전 집에서 많이 먹었어요."

여학생은 그러면서 규가 앉을자리를 마련하는 양으로 비켜 앉았다.

"자, 같이 먹읍시다."

규는 앉아서 종이 꾸러미를 폈다.

"전 많이 먹었다니까요."

"아닙니다. 같이 먹읍시다."

"그럼 한 개만 들게요."

여학생은 한 개를 집어 들었다.

"아닙니다. 네 개가 있으니까 우리 둘씩 먹읍시다."

"안 돼요, 그러면."

"그래도 난 세 개를 먹는 셈이 되거든요."

"전 집에서 먹었다니까요."

먹는 도중 말이 없었다. 매미 소리가 한창이었다. 규는 두 개째를 마저 먹고 나서 부지중 이런 말을 했다.

"우리 한국 속담에 '둘이서 먹다가 하나가 죽어도 모르겠다.'는 말이 있죠. 그 말은 꼭 이런 경우를 두고 한 말이 아닌가 싶습니다."

"어머나, 그럼 학생은 한국인?"

"물론 한국인이죠."

여학생은 적잖이 놀란 표정이더니, 그 놀람이 지나쳤다고 생각했는지

"삼고에도 한국인 학생이 있습니까?"

하는 질문으로 바꿨다.

"있고말고요."

"몇 명이나 되죠?"

"7, 8명 됩니다."

"그래요."

하고 길게 감탄하는 품이, 삼고에 한국 학생이 있다는 사실을 안 것이 그 여학생으로선 큰 발견이었던 모양이다.

"삼고라는 학교는 굉장히 훌륭한 학교라죠?"

"굉장할 것도 없죠."

"아네요. 모두들 그렇게 말하던데요. 뛰어난 수재가 아니면 들어갈 수 없는 학교라고……. 일고 다음가는 굉장한 학교라던데요."

"굉장할 건 없지만, 일고보단 나은 학교죠."

일고 다음간다는 말에 약간 뱰이 틀려서 규는 이렇게 말했다. 아닌 게 아니라 삼고 학생들은 자기네 학교가 일고만 못하다고는 아무도 생

각하지 않았다. 사실 그렇기도 했다.

그러니 일고 다음이란 사회의 통념에 모두들 맹렬히 반발하는 것이었다.

"일고 다음이란 말이 그렇게 싫으세요?"

여학생은 규의 심정을 이해한 모양이었다.

"번호라는 건 우열과는 관계가 없는 겁니다. 일번지가 이번지나 삼번지보다 낫다는 법이 없지 않습니까?"

"그건 그렇군요. 아무튼 저도 남자라면 삼고에 들어갈 생각을 했을 텐데……. 그러나 남자라도 전 삼고에 들어갈 수 없었을 거예요. 워낙 머리가 나쁘니까요."

"머리가 나빠요?"

"뇌도 나쁘고 수髓도 나쁜가 봐요."

"나쁘다는 걸 알 정도니까 그렇게 나쁘지는 않은 것 같은데……. 그런데 지금 다니는 학교는?"

"부립제일고녀府立第一高女"

"부립제일이면 여자 중등학교치곤 입학 시험이 꽤 어려운 데 아뇨? 어떻게 머리가 나쁜 사람이……."

"그러니까 이상해요. 시험을 엉망으로 쳤는데 합격했으니까요. 아무래도 시력이 굉장히 나쁜 선생이 채점을 했나보지요. 답안지의 성적을 바꿔 기록하지 않았는가도 싶구요."

"겸손이시겠지."

"아녜요. 우리 어머니의 의견도 그래요. 어떻게 저런 멍충이가 제일에 들어갔을까 하고 간혹 나무라시거든요. 세쓰코는 아무래도 남의 성적을 도둑질한 것 같다구."

"얘기가 재미는 있습니다만 진실과는 먼 것 같은데요. 헌데 이름을 세쓰코라고 하십니까?"

"기노시타 세쓰코木下節子예요."

"난 이규라고 합니다."

"이씨 조선이란 그 이씨예요?"

"그렇습니다."

"그럼 왕족?"

"천만에요. 이씨는 이씨라도 왕족의 이씨와는 근본이 다릅니다. 한국에 가면 바닷가 모래알처럼 많은 게 이씨랍니다."

"지나(支那: 중국) 사람의 성과 마찬가지네요."

"그렇습니다. 인종적으로 중국과 가까울 겁니다, 한국인은."

"한국이란 곳에 한번 가보고 싶어."

세쓰코는 멀리 시선을 보내며 말했다.

"가보나 마납니다."

"왜요?"

"한국에 가도 매양 눈에 띄는 것은 일본 사람일 테니까요."

"그렇게 일본인이 많나요?"

"일본 사람은 양지를 전부 차지하고 살지요. 한국 사람은 음지에서 살고……."

세쓰코는 규가 한 말의 뜻을 알아들었는지 어쨌는지 모를 애매한 웃음을 띠었다.

화제는 규의 학교 소식으로 돌아갔다.

저녁때가 되어서야 둘은 일어섰다.

정문을 나란히 빠져나오며 세쓰코는 규의 하숙을 물었다.

규는 대강 위치를 가르쳐주고 세쓰코와 헤어졌다. 왠지 허전한 느낌이었다.

이튿날 세쓰코는 미리 그 장소에 와 있었다. 규와 세쓰코는 가볍게 인사를 주고받았다.

규는 자기 자리로 가서 앉았다. 책을 펴 들었으나 활자에 정신이 집중되지 않았다. 연못 쪽을 보았지만 그날따라 거북이 눈에 띄지 않았다.

세쓰코도 같은 기분인지 주위를 살펴보고 일어서더니 규의 자리로 건너왔다.

규는 세쓰코가 들고 있는 책을 보았다. '세쓰코도 이와나미 문화인岩波文化人이로구나.' 싶어 속으로 웃었다.

이와나미 문화인이란 당시 지식층에 유포된 말이었다. 이와나미 출판사岩波出版社에서 발행하는 문고文庫는, 동양의 고전은 물론 서구의 명작들도 다량으로 번역 소개하고 있었다. 원어로 읽을 줄 모르는 사람들은 대개 이 문고를 통해서 서구 문화에 접촉하고 있다고 해도 과언이 아니었다.

말하자면 대부분의 독서인들은 이와나미 문고를 읽고 서구 문화를 논했다. 원어로 읽을 수 있는 사람들은 그런 현상을 비꼬아서 '이와나미 문화인'이란 말을 만들어냈다. 그러니 이 말에 약간의 멸시적 기분이 섞여 있었다.

따지고 보면 아무리 유능한 지식인이라도 서구의 언어를 골고루 마스터할 수는 없었을 것이니 모두가 이와나미 문화인의 테두리를 벗어날 수 없었지만, 외국어를 모르는 사람에 대한 냉소적인 기분을 타고 이 말은 널리 유포되어 있었다. 고등학교 학생의 노력은 단적으로 말해 이와나미 문화인의 테두리를 벗어나려는 데 있었다. 그래서 배울 의사가 없는 외국어로 된 작품은 서슴없이 번역된 것을 읽었지만, 자기가 전공하는 언어 분야의 책은 되도록이면 번역물을 읽지 않으려는 경향이 있었다. 그런 까닭으로 『빙도氷島의 어부』는 서점에서 흔히 본 책이었지만 규는 손을 대지 않고 있었다.

규는 세쓰코로부터 그 책을 받아 들고 건성으로 책장을 넘기면서 물었다.

"소설 좋아해요?"

"소설밖에 읽을 게 또 있겠어요?"

규는 책장을 넘기다가 끝에 있는 해설에서 시선을 멈췄다. 역자인 요시에 고쇼吉江喬松가 쓴 그 해설에 의아한 구석이 있었다.

"피에르 로티, 본명은 쥘리앙 비오드Julian Viaud……."

라고 되어 있는데, 규의 짧은 프랑스어 지식으로도 Viaud의 d는 발음하지 않고 그냥 '비오' 하고 읽어야 하는 것이다.

규는 대단한 견식을 피력이나 하듯 그 대목을 설명하고,

"대가인 요시에 선생이 이런 실수를 하다니……."

하고 뽐내보였다.

"그럴 리가 있겠어요? 요시에 고쇼 선생은 프랑스 문학에 있어선 일본에서 손꼽는 분인데요."

세쓰코는 규의 말이 의심스러운 모양이었다.

"아닙니다. 대가라고 해서 실수가 없는 건 아닙니다. 더욱이 명치 시대의 학자들은 외국어를 독해하는 데 주력하고 발음 같은 덴 별로 신경을 쓰지 않았던 모양입니다. 이를테면 영어로 'come here'란 것을 '코메 헤레'라고 읽고, 'knife'를 '쿠니페'라고 읽었다니 말입니다."

규가 이렇게 말하자 세쓰코는 깔깔 웃었다.

"코메 헤레, 코메 헤레, 참으로 재미있군요."

"그렇게 읽어도 이해는 정확했다니 대단하지 않습니까. 그런데 이 소설, 재미있어요?"

규는 화제를 돌렸다.

"슬픈 얘기예요. 할아버지가 빠져 죽은 바다에 아버지가 빠져 죽고, 그 바다에 또 손자가 빠져 죽고……. 살기 위해 죽으러 간다는 것처럼 슬픈 이야기가 또 있을까요?"

세쓰코는 진정 슬픈 표정을 지었다.

"할아버지가 나가 죽은 전쟁터에 아버지가 나가 죽고, 그 전쟁터에 또 손자가 나가고……. 지금 그런 시기 아닙니까. 그 소설보다 지금의 현실이 더 슬픈 것 같은데요."

"그래요. 참말로 그래요."

세쓰코는 울먹거렸다.

"그렇다고 해서 울기까지 합니까."

규는 빈정대는 투로 말했다.

"제 아버지가 전쟁터에 나가셨어요. 몸이 약하시거든요. 그런데두……."

"지금 어디 계신답니까."

"북지北支에 계시답니다."

한동안 말이 끊겼다.

매미 소리가 귓가에 울려 퍼졌다.

"죽이고 죽고 하는 전쟁을 왜들 하는 걸까요."

세쓰코가 중얼거리듯 말했다.

"글쎄요."

규가 알고 싶은 것도 바로 그 문제였다. 전쟁을 왜 해야 하나. 모두들 살려고 발버둥 치는데, 죽고 죽이고 하는 비극이 왜 있어야 하는가.

"전쟁을 하면 이득을 보는 사람들이 있는 모양이죠? 그런 사람들이 전쟁을 일으키는 것이 아닐까요."

규는 『죽음의 상인』이라는 책을 보고 느낀 것을 말했으나, 그 책 속의 죽음의 상인과 일본 군부의 관계를 요령 있게 설명할 수 없었다.

"전쟁이 언제쯤 끝날까요?"

세쓰코가 물었다.

"글쎄요."

"또 '글쎄요'예요?"

"전쟁은 지금부터 시작인 것 같애요. 그러니 끝날 날을 어떻게 알겠소."

"하여간 슬픈 일이죠?"

"뭣이 말입니까."

"죽이고 죽고 하는 게요."

"산다는 게 실상은 죽어간다는 거니, 새삼스럽게 슬플 까닭도 없지요."

규는 자기 자신이 지금 엉뚱한 소리를 지껄이고 있구나 하면서도 이렇게 말해버렸다.

"어머나, 죽는 게 슬프지 않아요?"

"죽는 게 문제가 아니고 어떻게 죽느냐, 그동안에 어떻게 사느냐가 문제가 아니겠습니까."

"대단히 철학적이시군요."

"철학이 아니라 상식이죠."

또 한동안 말이 끊어졌다. 그러다가 문득 생각난 것처럼 세쓰코가 물었다.

"참, 고등학교에선 철학을 가르친다지요? 철학이란 뭡니까?"

"나도 모릅니다."

"배우신 대로 말씀해보세요."

"아직 1학년 한 학기도 채우지 못했는데 배웠으면 얼마나 배웠겠소. 게다가 고등학교에서 배우는 철학이래야 초보의 초보인걸요."

규는 슬그머니 자기의 유식함을 과시하고 싶은 유혹을 느꼈다.

"탈레스란 사람이 인류 최초로 알려진 철학자랍니다. 3천 년 전쯤의 사람이죠. 그 탈레스가 천체의 원리를 알아내려고 하늘을 보고 걷다가 땅에 파인 구덩이에 빠졌답니다. 그걸 보고 물 길러 가던 밀레토스의 아가씨가 깔깔 웃었답니다. 천리를 연구한다는 사람이 바로 발 밑에 있는 함정을 알아차릴 수 없었으니 웃기는 얘기죠."

"그 교훈은?"

"인류 최초의 철학자가 무식한 아가씨로부터 조소를 받았다는 것……."

"그것뿐?"

"소박한 생활인으로서 보면 철학자란 자기 앞일도 처리하지 못하면서 우원迂遠한 일을 생각하는 바보 같은 존재란 뜻도 있을 것 같군요."

"약삭빠르게 눈앞에 있는 일만 챙기는 사람보다 그런 어수룩한 사람이 좋잖을까요?"

세쓰코의 말은 뜻밖이었다. 규는 그런 기분으로 물끄러미 세쓰코를 바라보았다.

"전 어수룩한 사람을 좋아해요."

세쓰코는 이렇게 다시 한번 되풀이했다.

화제는 다시 소설 얘기로 돌아갔다. 세쓰코는 상당히 많은 소설을 읽고 있었다. 소설에 관한 한, 규는 세쓰코의 말에 보조를 맞출 수가 없었다.

규와 세쓰코가 묘심사에서 오후의 한나절을 같이 지내는 날이 며칠인가 계속되었다. 규는 그런 시간이 이상한 압박감을 느끼는 시간이기도 하고, 한편 흐뭇한 시간이기도 했다.

그러한 어느 날이었다.

세쓰코가

"우리 집에 놀러 오시지 않겠어요?"

하고 말을 꺼냈다.

"집에요?"

규는 망설였다.

"아버진 전쟁에 나가시고, 어머니는 꽃꽂이 선생이라서 매일처럼 집을 비워요. 그러니 집엔 식모 할머니와 나밖에 없어요. 내일 오후 놀러 안 오실래요? 토요일이기도 하니까요."

그래도 규는 주저했다. 규는 하숙집 외엔 아직 한 번도 일본 사람의 집을 방문한 적이 없었다.

"어머닌 내일 꽃꽂이 정기 집회가 있어서 밤늦게라야 돌아오실 거예요. 신경을 써야 할 사람이 아무도 없으니 꼭 오세요."

규는 간곡한 부탁을 거절할 수가 없었다. 오후 세 시쯤에 방문하겠노라고 약속을 했다.

기노시타 세쓰코의 집은 묘심사 담장을 동쪽으로 끼고 10미터쯤 들어간 골목 안에 있었다. 그 골목에 들어서면 일체의 음향이 가셔져버린다. 전차 소리는 물론 자동차 소리도, 아이들 소리도 들리지 않았다. 묘심사의 매미 소리가 가냘프게 울려올 뿐이다. 골목의 집들은 초여름인데도 격자창을 야무지게 닫고 인기척을 내지 않았다. 무인無人의 골목이란 느낌마저 있었다.

세쓰코의 집은 등藤 덩굴이 얽힌 검은 판자 울에 둘러싸인 나지막한 지붕의 집이었다.

규는 '기노시타'라는 문패가 달린 사립문 밖에서 '계십니까?' 하고 나지막하게 말해보았다. 그런데 그 나지막하게 낸 소리가 의외에도 요란하게 울려 퍼지는 바람에 규는 기겁을 했다.

기다렸다는 듯 현관문을 여는 소리가 나더니, 이어 사립문이 열렸다. 하얀 바탕에 자양화를 수놓은 일본옷을 입은 세쓰코는, 여학생 정복을 입고 있을 때는 느껴보지 못한 성숙한 여성을 느끼게 했다. 둥글고 하얀 얼굴이 탐스러운 흰 꽃송이처럼 웃고 있었다.

"자, 들어오세요."

세쓰코는 공손히 머리를 숙였다.

사립문으로부터 현관까지의 서너 평 될까 말까 한 뜰에 여름 꽃들이 만발해 있었다.

규는 세쓰코의 방으로 들어갔다.

꽤 큰 서가에 책이 가득 차 있고, 바로 그 서가에 이어 형형색색의 인형을 진열한 단이 있었다.

"인형을 좋아하시는군요."

규는 인사말을 이렇게 대신했다.

"인형은 성격이 뚜렷해요. 경력도 뚜렷하구요. 인형은 인형끼리 사회생활을 해요. 이거 보세요. 이건 우시와카마루牛若丸이고, 이건 벤케이

辯慶예요. 이렇게 인형들이 모여 슬픈 전설을 생활하고 평안조平安朝의 드라마를 엮기도 한답니다."

인형 얘기를 할 때의 세쓰코는 아름다웠다. 청순한 소녀와 성숙한 여자가 번갈아 나타나서 묘한 분위기를 엮었다.

"편하게 앉으세요. 그렇게 어려워하실 것 없어요."

하고 밖으로 나가더니, 세쓰코는 토마토와 딸기가 담긴 쟁반과 사이다를 들고 들어왔다. 그러고는 여전히 무릎을 꿇고 있는 규를 보자 웃으며 말했다.

"편히 앉으시라니까요. 지금 집엔 아무도 없습니다. 식모 할머니도 일 보러 외출했어요. 밤이 돼야 돌아와요."

규는 갑자기 주위의 공기가 무거워짐을 느꼈다. 숨이 가빴다. 무릎을 풀고 편하게 앉기는 했으나 가슴이 두근거리기 시작했다. 갈증을 느끼기까지 했다. 사이다를 마셨으나 그 갈증은 풀리지 않았다.

"딸기 어때요?"

세쓰코의 권유에 포크로 딸기를 찍으려 하는데 왠지 포크 끝이 떨렸다. 세쓰코는 규에게 고향 이야기를 들려달라고 했다. 규는 일순 고향 풍경을 염두에 떠올려봤지만 화제가 될 만한 얘깃거리를 찾아낼 수 없었다. 그래

"그저 평범한 산이고 들이고 마을이죠, 뭐. 얘깃거리가 없습니다."

하고 어물어물했다.

"학교에선 프랑스어를 하신다죠?"

세쓰코는 무료함을 메울 양으로 말했다.

"네."

"프랑스어를 하셔서 뭣을 하실 작정입니까?"

"글쎄요."

규는 머리를 긁었다. 사실 규는 막연히 프랑스 문화에 동경을 느끼고, 학문하는 수단으로서의 일본말로부터 빨리 해방되었으면 하는 것 외에 별다른 생각을 가지지 못하고 있었다.

"글쎄요가 답이 되나요?"

"글쎄요."

"또 '글쎄요.' 예요?"

"버릇인가 보죠."

"프랑스어는 어렵다죠?"

"별루……."

"수재시니까 어려움을 모르겠죠. 그런데 프랑스어는 외교어라고 하던데, 장차 외교관이라도 되실 작정이세요?"

"외교관!"

규는 자기도 모르게 중얼거렸다. 일본인에게 그런 직업도 있었구나 하는 감회였다.

그러나 규에겐 그런 말들이 모두 건성이었다. 온몸이 뒤틀리는 것 같고, 갈증이 아까보다 더욱 심해졌다. 그뿐만 아니라, 갑자기 화장실에 가고 싶어졌다. 그러나 화장실이란 말을 들먹이기가 거북했다.

세쓰코가, 손을 대지 않은 토마토를 한 조각 집어 규 가까이에 놓는데, 그 동작과 더불어 속발束髮로 땋은 세쓰코의 머리칼이 규의 앞가슴에 닿을락 말락 했다. 규는 와락 세쓰코의 어깨를 안아보고 싶은 충동에 몸을 멈칫했다. 그 이상 도무지 견딜 수가 없어, 규는 벌떡 일어서서 두리번거렸다.

"왜 그러죠?"

세쓰코의 눈이 웃고 있었다.

규는 우물쭈물하며 역시 두리번거렸다.

"화장실을 찾는 거죠?"

"네, 그렇습니다."

"그 미닫이를 열고 바른쪽으로 가시면 됩니다."

규는 소변을 마치고도 우두커니 그 자리에 한동안 서 있었다. 아무리 생각해도 추잡한 꼬락서니였다. 순진한 처녀의 호의를 동물적인 욕망으로 번역한다는 건 있을 수 없는 일이라는 가책이 비수처럼 가슴을 찔렀다.

화장실에서 돌아오는 길로 규는 선 채로

"이만 실례하겠습니다."

하고 인사했다.

"왜요? 어디가 불편하세요?"

세쓰코는 황급히 일어섰다.

"아닙니다. 갑자기 할 일이 생각나서……."

하고 규는 현관 쪽으로 걸어갔다.

"모처럼 토요일에 좋은 얘기를 들으려고 했는데……."

세쓰코는 안타까운 표정으로 바싹 규의 곁에 붙어 섰다. 규는 가슴이 다시 두근거리기 시작했다.

골목길을 빠져나와서야 규는 겨우 숨을 수월하게 쉴 수 있었다.

그러고부터 규는 묘심사에 가기를 꺼려했다. 무의식중에 그리로 가는 발을 억지로 돌려 거리의 다방으로 가서 우두커니 앉아 있다가 하숙방에 틀어박혀 우울한 시간을 보냈다. 그 무렵 규는 일기에 다음과 같이 기록했다.

허망한 진실 251

'화원의 계절은 지났다. 나는 이 하나조노초를 떠나야 한다. 하나조노초는 내게 있어선 이미 화원이 아니고 망상의 지옥으로 변해버렸다. 망상! 이 짓궂은 동물적 망상을 극복하지 않곤 나라는 존재는 불가능할 것이다. 학문도 진리도 이 흉악한 망상을 그냥 두고는 결단코 열매를 맺지 못한다.'

이렇게 기록하는 순간에도 규는 세쓰코의 나체를 상상하고 흥분했다.

일주일쯤 지났을까, 학교에서 돌아온 규는 우편국의 소인이 없는 한 통의 편지를 받았다. 분홍빛 겉봉엔 규의 이름만 있고, 발송인의 이름은 없었다. 규는 육감으로 그것이 세쓰코로부터 온 편지일 거라고 느꼈다.

책상 앞에 앉아 봉투를 뜯었다.

다음과 같은 간단한 글이었다.

'이규 씨가 그렇게 소심한 사람인 줄은 미처 몰랐습니다. 저는, 이규 씨가 원한다면 모든 것을 다 드릴 각오를 하고 있었습니다. 머잖아 전 세계가 산산이 부서지려는데 아까운 것이 있을 리 있겠습니까. 사랑과는 또 다른 감정입니다. 만일 저를 원하거든 다음 토요일에 한번 제 집을 찾아주세요. 전 인제 묘심사엔 가지 않을 테니, 제겐 구애 없이 당신의 친구 거북이를 찾아주세요. 쓸쓸합니다. 슬픕니다. 학교에 나가기도 싫어졌습니다……'

1940년 6월 22일
일요일이었다.

규는 그날 오후의 한나절을 대판성大阪城에서 지냈다. 기노시타 세쓰코의 끈덕진 권유를 물리치지 못했던 것이다.

경도에서 휴일을 즐기려면 비예산比叡山이나 람산嵐山에 오르든지 비파호琵琶湖로 가는 것이 상식이다. 더구나 여름이 무르익어가는 6월 하순의 더위에 대판으로 놀러 간다는 건 상식에 어긋난 일이었다.

"상식적으로 누구나 가는 덴 아는 사람을 만날 위험이 있거든요."

세쓰코의 말엔 일리가 있었다.

경도와 대판은, 게이한京阪을 이용하건 신케이한新京阪을 이용하건 전차로 한 시간밖에 걸리지 않는 거리인데도 극히 대조적인 면모를 가지고 있다.

경도는 숲속에서 꿈꾸고 있는 듯한 도시다. 어떤 시인은 꿈과 그늘의 도시라고 했다. 꿈처럼 아름답고 그늘처럼 고요하다는 뜻으로 풀이할 수 있는 말이다. 그러나 그 속에서 살고 있을 적엔 그런 실감을 느낄 수가 없다. 꿈처럼 아름다운 거리도 번거로운 인간관계로써 지탱되어 있고, 그늘처럼 고요하다고 해도 살아가기 위해 만들어내는 소음을 피할 도리가 없다.

그러니까 그 속에 앉아선 꿈과 그늘을 실감할 수가 없다.

그런데 일단 경도를 떠나 대판으로 가서 거리의 잡음 속에 섞여 경도를 생각하면 '꿈과 그늘'의 의미가 선명하게 떠오른다.

경도가 꿈과 그늘로 엮어진 풍경화라면, 대판은 망망한 지붕의 파도다. 풍경만이 아니라 사람의 표정도 달라 보인다. 행동도 물론 다르다. 경도에선 사람들이 느릿느릿 걷는다. 대판에선 무엇엔가 쫓기는 사람처럼 모두들 걷는다.

말도 그렇다. 똑같은 관서關西말이라서 굴곡이 심한 것까진 비슷하지만, 경도말은 굴곡의 마디마디가 부드러운 곡선을 그리며 이어지는데, 대판말은 굴곡의 마디가 깨어진 유리 조각 끝처럼 거칠다. 똑같은 말을 경도 사람이 하면 사랑을 속삭이는 것 같고, 대판 사람이 하면 시

허망한 진실 253

비를 걸어오는 것 같다.

"경도와 대판은 전연 딴판이군요."

규는 이렇게 감상을 말해보았다.

"다른가 보죠. 이런 얘기가 있어요. 경도의 전차에선 차장과 손님이 얘기를 나누다가 그 얘기가 끝나기 전에 정류소에 닿았을 땐, 차장이 정류소에 내려서 손님을 상대로 결론이 날 때까지 전차를 세워둔 채 얘기를 계속해요. 그런데 대판의 전차는 손님이 내리려고 한 발쯤 내려놓았을 때 떠나버린다는 겁니다."

세쓰코의 말이었다.

"그럼 사람이 다치지 않을까요?"

규가 웃으며 물었다.

"대판 사람은 그만큼 날쌔다는 얘기겠죠."

산문적이고 권태로운 거리를 둘러보니까 이런 쑥스러운 얘기밖에 나오질 않는다.

더위는 심해져만 갔다. 골목 하나를 지날 적마다 빙수 가게를 찾아 들어야 했다.

"빙수를 마시러 대판에 오다, 이런 꼴입니다."

규가 한마디 했다.

"미안해요. 이럴 줄은 몰랐어요."

대판에 오길 주장한 세쓰코가 꺼질 듯한 음성으로 말했다.

"미안하긴……. 이러나저러나 대판이란 도시엔 한 번쯤은 와봐야 할 일인데요."

말은 이렇게 했으나 규의 마음은 약간 토라져 있었다.

세쓰코의 속셈으론, 대판에 오면 규와 단둘이 지낼 수 있는 시간과 장소를 쉽게 얻을 수 있으리라 생각한 모양인데, 아직 미성년인 학생의 신분으로 여관에 들어갈 수도 없어, 할 수 없이 거리를 빙빙 돌다가 빙수 가게에나 들르고 하는 쑥스러운 노릇을 되풀이할 수밖에 없었던 것이다.

"대판성에나 올라볼까요?"

도톤보리理頓掘 구석진 식당에서 점심을 먹고 그 길로 경도로 돌아갈까 어쩔까 의논하던 끝에 세쓰코가 말했다.

"그렇게 합시다."

이렇게 규는 간단히 응했다.

대판성―.

개수한 지 10년밖에 안 된다는 대판성의 천수각天守閣은 복합된 삼각형의 형태로 중천에 솟아, 그 백색의 벽면이 여름의 햇빛을 눈부시게 반사하고 있었다.

우러러 한동안 넋을 잃을 만한 신기로운 조형이었다. 동서남북 어느 방향에서 보아도 대중소의 순서로 세 개의 삼각형이 쌓여 올라가는데, 맨 위 삼각형의 정점이 첨탑이 되어 있다. 석축 위로 다섯 층계, 층마다 총안銃眼 또는 감시창으로 보이는 장방형의 구멍이 뚫려 있다.

'성이란 무엇일까.'

옛날엔 분명히 공수攻守의 의미가 있고 시위의 의미도 있어서, 생활의 실제와 결부되어 있었다. 그런데 실제의 의미는 사라지고 유물의 뜻만 남았다. 어느 한 시기엔 생명과 맞바꾸어야 할 정도로 중요했던 것이 얼마 동안의 세월을 지나고 나니 단순한 구경거리로 변하고 만다.

'역사란 그런 것이 아닐까.'

규는 대판성을 보고 역사를 실감했다. 그러나 그 이상 사고思考를 확대시킬 수는 없었다.

천수각 꼭대기에서 시선을 옮겨 성문 앞에 세워놓은 게시판을 읽기 시작했다. 그 게시판엔 대판성의 유래가 적혀 있었다.

1532년 본원사本願寺의 승려 증여證如라는 자가 처음으로 성을 쌓았다고 한다. 당시의 규모는 10리 사방.

그 뒤 직전신장(織田信長: 오다 노부나가)의 수중으로 들어가고, 이어 풍신수길(豊臣秀吉: 도요토미 히데요시)의 소유가 되었다. 1585년 풍신수길은 전국에서 수만의 인부를 동원해서 대대적으로 증축했다. 그때의 규모는 총면적이 백만 평을 넘었다.

그 뒤 성은 덕천가강(德川家康: 도쿠가와 이에야스)의 손으로 넘어갔는데, 벼락을 맞고 타버린 것을 1931년 복원했다. 석축의 높이 14미터, 그 위에 쌓여진 천수각의 높이는 42미터, 내부를 치면 9층…….

내부에 정상까지 올라갈 수 있는 엘리베이터 장치가 되어 있었지만, 전시戰時라는 명목으로 일반인의 승강을 금하고 있었다.

"당신은 덕천가강이 좋아, 풍신수길이 좋아?"

나란히 서서 게시판을 읽고 있던 세쓰코가 갑자기 물었다. 갑작스럽긴 했지만 그 질문은 일면 역사를 배우는 도중 학생들 사이에 쉴 새 없이 벌어지는 시빗거리인 것이다.

규는 대답을 하지 않고,

"세쓰코 씨는?"

하고 되물었다.

"난 덕천가강."

세쓰코는 서슴없이 말했다. 뜻밖이었다. 규는 여태껏 풍신수길보다 덕천가강을 좋아하는 사람은 만난 적이 없었기 때문이다. 규 자신도 풍신수길이 조선을 침략하는 짓을 했지만 덕천가강보다는 풍신수길을 좋아하는 편이었다. 그래

"참말?"

하고 다시 물었다.

"참말이잖고……."

끝 음절과 함께 세쓰코는 야무지게 입을 다물었다.

"이상하구만."

규는 중얼거렸다.

"풍신수길이 조선 정벌을 했지 않아?"

세쓰코의 이 말에 규는 그 진의를 알았다. 규는 웃으며 말했다.

"내가 조선 사람이라고 해서 공연히 둘러댈 필요는 없어요. 3백 년 전의 일을 가지고 감정을 가질 만큼 나는 순진하지도 않고 민감하지도 않으니까."

"그런 뜻만이 아니에요. 난 앞을 못 보는 그런 사람은 싫어. 지나치게 결벽증이 있는 사람도 싫어. 너구리니 흉물이니 능글능글하다느니 징그럽다느니 해도 덕천가강 같은 사람이 좋아. 국사 가운데서 가장 일본인답지 않은 사람이 덕천가강이거든. 가장 일본인답지 않은 사람이 3백 년 동안 지배하는 터전을 만들었거든. 현재도 그렇고 앞으로도 그럴 거야. 일본에서 성공하는 사람은 절대로 일본인답지 않은 사람일 거니까 두고 봐요."

규는 이런 말을 하는 세쓰코를 물끄러미 바라보았다. 여학생답지 않은 말일 뿐 아니라, 그야말로 일본 여성답지 않은 말이기 때문이었다.

"왜 그렇게 나를 보죠? 내 말이 엉뚱하나요?"

"아냐, 하두 신기한 말이 돼서 놀란 거요. 그런데 일본인답다는 건 어떤 점을 두고 하는 말이지?"

규는 게시판 뒤쪽에 있는 벤치에 걸터앉으며 물었다. 세쓰코도 나란히 앉았다. 그리고 한다는 말이 이랬다.

"꼭 설명을 해야 하나요? 그저 '일본인' 하면 떠오르는 상념이 있지 않아요? 천황 폐하라고 하면 맥을 못 추고, 정직한 것이 제일의 미덕이고, 대를 쪼개듯 명쾌하고, 상사의 명령에 절대 복종하고, 성급하여 모욕을 받으면 자살하고……. 거짓말 잘하고 능글능글한 사람들이 밟고 서기 알맞은 성질들 아뇨? 그것을 미끼로 악인이 살찌는 좋은 재료들 아뇨? 나는 어떤 일이 있어도, 미덕만 가지고 남의 미끼가 되는 사람보다 남을 미끼로 하고 이용하는 악인을 좋아할 작정이에요."

규는 그저 놀랄 수밖에 없었다.

"그런 사상을 어디서 배웠소?"

하고 묻는 게 고작이었다.

"스탕달한테서 배웠죠. 발자크에게서도 배우고요."

규는 말문이 막혔다. 그는 고등학교 학생인데다가 프랑스어를 배우고 있다지만 스탕달이나 발자크의 작품을 단 하나도 읽은 적이 없었다. 그뿐만 아니라, 세쓰코의 그런 당돌한 말을 가부 어느 쪽으로라도 비판할 수 있는 견식이 없었다.

그러나 그런 사실을 솔직하게 털어놓는다는 건 규의 자존심이 허락하지 않았다. 천하의 고등학교 학생이 중학교 여학생만도 못하다고 해서야 될 말이 아니었다. 규는 그 화제를 피하기로 하고, 성城에 관해서 아까 생각한 상념의 한 조각을 말해보았다. 그러자

"성은 역사다……. 근사한 말이네요."

하며 세쓰코는 생각하는 빛이 되더니,

"그러나 성을 만드는 노력은 역사겠지만, 타서 없어진 성을 성 자체의 목적은 없어졌는데 복원한다는 건 역사도 아니고 문화도 아녜요. 난 그런 짓을 경멸한답니다."

하고 사뭇 경멸하는 투로 말했다.

"복원 작업을 경멸하다니, 그럼 역사의 유물을 경멸한단 말인가?"

"복원이 어떻게 유물이 되죠? 유물은 폐허예요. 폐허가 남아야 하는 거예요. 풍신수길과 덕천가강이 사투한 흔적, 그게 남아야 역사의 유물이 되는 거예요. 그 폐허에 새로운 집이 들어서도 좋고, 그냥 보존해도 좋고……. 역사의 과정에서 없어진 것을 억지로 만들어내는 건 역사의 역행이에요. 아무리 잘되어도 그런 건 불결해요."

"감상의 뜻도 있고 교육의 뜻도 있을 텐데, ……복원엔."

"감상하고 교육하려면 박물관 한구석에 그 지도와 함께 모형을 만들어놓으면 되지요. 흙과 돌과 나무로 만들어졌던 성을, 철근을 섞은 콘크리트로 복원해보았자 감상의 대상도 교육의 대상도 되지 않는단 말씀입니다. 몇 사람의 복고 취미를 위해 거액의 국고금을 낭비해도 무방하다는 사고방식은 이해가 안 되는데요."

세쓰코의 이론은 나름대로 정연했다.

"경제 문제까지 튀어나왔구먼."

규는 쓴웃음을 웃을 수밖에 없었다.

"내가 지나치게 건방지다, 그 말씀이네요."

하고, 세쓰코는 규가 말할 여유도 주지 않았다.

"난 건방지고 경박하고 시끄럽고 비뚤어진 여자가 될 작정입니다. 말하자면 최악의 여자가 되고 싶은데, 주위가 그런 여자로 만들어주지 않네요."

"엄청난 말씀을 하십니다그려."

"하여간 난 엄청난 여자가 되고 싶어요. 콜론타이 같은 여자 아니면 류바 같은 여자가 되고 싶어."

콜론타이도 류바도 규는 몰랐다. 규는 자존심을 무릅쓰고 그들이 누구냐고 물었다.

"콜론타이를 모르세요? 류바도 모르세요?"

하고 세쓰코는 깔깔 웃었다. 성 근처에서 서성거리고 있던 구경꾼들이 그 웃음소리를 듣고 모두 돌아보았다. '아차' 하는 표정으로 세쓰코는 머리를 숙였다. 입이야 어떻게 놀리건 수줍은 처녀임엔 틀림이 없었다. 규는 빈정대는 투로 나직이 말했다.

"엄청난 여자가 될 수 있는 소질이 충분히 있습니다. 수줍고 엄청난 ……. 그건 그렇고, 콜론타이는 누굽니까? 류바는 누굽니까?"

"몰라요."

세쓰코는 토라진 얼굴이 되었다. 그 토라진 세쓰코의 얼굴에서 시선을 앞쪽으로 돌렸을 때 규는, 저쪽에서 걸어오는 조선인 노파 두 사람을 보았다.

순 한복, 한복 가운데도 재래식이라고 할 수 있는, 풀을 빳빳하게 먹여 치마가 풍선처럼 부풀어 있는 삼베옷을 입고 두 노파가 학생풍의 청년에 이끌려 팔자걸음으로 느릿느릿 다가오고 있었다. 규는 왠지 당황하면서도 자신을 지켜보는 또 하나의 자신이 그러한 자신을 힐난했다.

'이곳에서 동족인 할머니를 만나는 것이 어째서 그처럼 너를 당황하게 하느냐? 그게 무슨 까닭이냐?'

규는 구두 끝으로 시선을 떨어뜨렸다.

규의 시선은 2, 3미터 앞을 지나가고 있는 노파들의 고무신을 따라 움직였다. 검은 빛깔이 먼지를 써서 누렇게 보이는 고무신! 규는 가슴이 뭉클해짐을 느꼈다. 고향에서 흔하게 보았을 땐 아무런 뜻도 없이 길바닥의 돌멩이처럼 자연스러웠는데, 대판성에서 일본인들 틈에 섞인 고무신은 왜 그렇게 초라하고 그로테스크하고 슬프기도 한지 알 수가 없었다.

"어무니, 임진왜란 알지요? 그 임진왜란을 일으킨 놈이 이 성을 만들었답니다. 그런디 그게……."

두 노파를 안내하는 청년이 주위 사람들도 아랑곳없이 한국말로 활달하게 설명하고 있었다. 그 말의 사투리는 분명 규의 고향 사투리와 같았다. 그 때문인지 그 학생의 음성이 귀에 익기도 했다. 규는 고개를 들어 그 학생을 보았다. 정복과 모자로 보아 대판고등학교 학생이었다.

'대고大高엔 한국 학생이 들어가기가 무척 힘들다던데…….'

규는 이런 것을 언뜻 생각하며 그 학생의 거동을 계속 지켜보았다. 학생은 어머니를 모시고 다니는 게 기뻐서 어쩔 줄 모르는 그런 거동이고 말투였다.

"어무니, 이모님, 이거 보십시오. 저 꼭대기 집은 몇 년 전에 새로 만들어 붙인 기지만, 요 축대는 4백 년 전 것 그대로랍니다. 돌 한 개가 장골 서너 사람이 들어 겨우 들릴 정도로 무거운 기랍니다."

노파들은 학생이 가리키는 석축을 보다가 학생의 입을 보다가 하고 있었는데, 그저 멍청한 표정이었다.

규는 그 노파들이 낯이 익다는 것을 느꼈다. 어디서 꼭 본 사람들 같았다. 그러고 보니 학생도 어디선가 본 기억이 났다.

보았다고 하면 고향에서였을 것이다. 규는 자세히 그들을 관찰한 결과, 그 학생이 규와 보통학교 동창생인 고완석高完石을 닮았다는 것을 발견했다.

'그 고완석이 대고 학생?'

믿어지지 않았다. 집안이 하도 가난해서 상급 학교에 갈 엄두도 내지 못한 고완석이었다. 규는 고완석이 일본 어디서 직공살이를 하고 있다는 소식을 몇 년 전에 들은 적이 있었다. 그러니 그 학생이 고완석일 수도 있고 아닐 수도 있었다. 그런데 노파들마저 본 적이 있어 뵈는 텐 가만히 있을 수가 없었다. 규는 벤치에서 일어섰다. 세쓰코가 따라 일어서려는 걸 만류했다.

"아는 사람 같애. 내 인사하고 올게."

규가 그들이 있는 곳으로 다가서자, 돌아본 대고 학생이 먼저 고함을 질렀다.

"아, 이거 너 규 아니가."

"완석이 아니가."

두 학생은 서로 어깨를 안으며 반겼다. 주변에 있던 구경꾼들이, 두 고등학생이 서로 어깨를 안고 한국말을 지껄여대는 광경을 기이하다는 눈으로 보았다.

"어무니다."

그러고는 고완석이

"어무니, 진사 댁 집안의 규 아닙니꺼."

하고 규를 자기 어머니에게 소개했다.

규의 고향에선, 규를 규의 종갓집인 진사 댁 집안으로 기억하고 그렇게 취급했다.

규는 공손히 절을 했다.

"아이구, 그렇고나. 진사 댁 집안의 청수 어른 아들이재."

완석의 어머니는 규를 눈부시게 보며,

"아부지 많이 닮았고나."

하고 규의 손을 잡았다.

"운제 대판에 오셨습니꺼?"

자연히 튀어나오는 고향 사투리로 규가 물었다.

"그저께 안 왔나. 완석이가 자꾸 청하는 바람에, 여비까지 부쳐 주고 해서 말이다. 혼자는 심심할 끼라고 즈그 이모까지……."

규는 완석의 이모에게도 인사를 했다. 그러면서 순간 규는, 완석이 학생 신분으로 어떻게 어머니와 이모를 초청할 수 있었을까 생각해봤다.

"자 그럼, 우리 같이 내려가서 저녁이나 먹자."

고완석의 말이다.

규는 일행이 있다고 거절할까도 했으나 모처럼 만난 고원석과 얘기를 하고 싶었다. 어떻게 고완석이 대판고등학교의 학생이 될 수 있었을까 하는 호기심도 강하게 타올랐다.

직공살이를 한다고 들은 고완석이 대고 학생의 신분으로 나타났다는 건, 그 사실만으로도 기적이 아닐 수 없었다. 대판고등학교라면, 인구 6백만이 넘는 대판이란 도시에서 제일가는 학교가 아닌가. 규는 그 내력을 당장 알고 싶었다.

규는 세쓰코 곁으로 돌아와,

"저 할머니들은 고향에서 온 사람들이고, 저 학생은 국민학교 동기생이오. 그러니 먼저 경도로 돌아가도록 하시오."

하고 사정을 설명했다.

"그렇게 해요."

허망한 진실 263

세쓰코는 담담히 응했다. 그리고 다음과 같이 이었다.

"정각 아홉 시에 우에로쿠上六 정거장에서 기다릴 테니까, 그 시간쯤에 나올 수 있으면 같이 갈 수 있을 거예요."

고완석은 국민학교에 다닐 때 벌써 특수한 아이였다.

아버지는 완석이 세 살 때 죽었다고 했다. 어머니는 재산이래야 소작서 마지기를 물려받았을 뿐이었다. 단 두 형제였는데, 완석의 형은 아홉 살 되던 해부터 남의 집 머슴살이를 시작했다. 그런 상황이고 보니, 완석은 국민학교에 다닐 처지도 못 되었다. 그런데 워낙 총명한 아이가 돼서, 형이 어떤 일이 있어도 동생을 국민학교에 보내겠다고 기를 썼다.

규는 고완석이 월사금(月謝金: 다달이 내는 수업료)을 못 낸 탓으로 가끔 기합을 받은 광경을 기억하고 있었다. 그러니 학용품도 제대로 갖추지 못했고, 교과서는 항상 헌것을 물려받았다. 그러나 완석은 그러한 가난을 조금도 고통스럽게 여기지 않는 모양이었다. 누더기옷을 입고 있어도 언제나 활달했고, 남의 책을 들여다보며 수업을 받으면서도 비굴한 데가 없었다.

규는 다음과 같은 장면을 아직도 기억하고 있었다.

어느 날이었다. 선생이 고완석을 불러 세웠다.

"너, 월사금이 석 달이나 밀렸는데 어떻게 할 셈이냐?"

"예."

하고 고완석은 힘차게 대답했다.

"오는 장날이 일요일입니다. 제가 이때까지 해놓은 나무가 석 짐 있습니다. 그 나무 석 짐을 팔면 월사금이 될 것입니다. 그러니까 월요일엔 다만 한 달치라도 월사금을 가지고 오겠습니다."

"이놈아, 장까지 30리가 넘는데 나무 석 짐을 네가 어떻게 지고 갈 거냐?"

"걱정 없습니다. 지게를 세 개 빌려가지고 차례로 지고 가면 됩니다. 말하자면 30리 길을 90리 걸을 요량 하면 됩니다."

열 살 안팎의 소년이 무거운 나뭇짐을 세 개의 지게에 싣고 그걸 번갈아 지고 90리 길을 걷겠다는 것이었다. 그런 말을 추호의 구김살도 없이 해치우는 바람에 선생도 놀란 눈치였다.

"너 꼭 그럴 작정이냐?"

선생님의 말이 부드러워졌다.

"예."

순간, 교실 안에 숙연한 기분이 감돌았다. 뭐라고 형용할 수 없는 일종의 감동이었다.

"수업이 끝나거든 교무실로 나를 찾아오도록……."

선생님은 이렇게 말하고 수업을 시작했으나, 숙연한 기분은 그 수업이 끝날 때까지 계속되었다.

고완석의 일화는 이것으로 끝나지 않는다.

눈이 내려 산과 들을 덮은 겨울날이었다. 산등성이 둘을 넘어야 학교에 올 수 있는 마을에서 사는 고완석은 송두리째 한 시간을 지각했다. 당시의 담임 선생은 정학조란 분이었는데, 아이들의 품행을 단속하는 데 꽤나 엄한 선생이었다. 조금의 잘못이 있어도 매질을 예사로 했다. 그러니 한 시간이나 지각한 고완석은 정 선생의 노여움을 피할 수 없었다.

둘째 시간이 막 시작되려는데 교실 문이 드르렁 열렸다. 고완석이 추위에 질린 새파란 얼굴을 하고 나타났다. 그런데도 눈방울은 똘방똘방,

조금도 지친 표정이 없었다.

정 선생은 교실에 들어선 고완석을 노려보더니,

"한 시간이나 지각을 하다니, 이놈, 눈이 왔다는 건 변명이 안 된다. 눈이 네게만 온 게 아니니까."

하고 호통을 쳤다.

그런데 고완석의 대답은 당당했다.

"하두 눈길이 미끄러워서, 한 발 앞으로 내디디면 두 발 뒤로 미끄러졌습니다. 그래서……."

"이놈아, 한 발 앞으로 내디며 두 발 뒤로 미끄러지면 학교에 올 수 없었을 것 아닌가."

"예, 그렇습니다. 그래 할 수 없이 집을 향해 걸었습니다. 그랬더니 겨우 학교에 올 수 있었습니다."

엄격한 정 선생도 웃음을 터뜨리지 않을 수 없었다. 교실 안에 왁자지껄한 웃음이 번졌다.

"집을 향해 걸었다? 됐어, 자리에 가 앉아라."

정 선생의 말이 떨어지자, 고완석은 개선장군처럼 자기 자리를 찾아 앉았다.

6학년에 들어 정식 수업이 끝난 후 상급 학교 진학생을 위한 보충수업이 시작되었다. 학급 전원 50여 명 가운데서 10명 내외가 남게 되었는데, 고완석은 언제나 청소까지 거들고 나서 보충수업을 받는 아이들이 자리를 잡고 앉을 무렵에야

"느그, 공부 잘해라. 난 산에 나무하러 간다."

라는 말을 남겨놓고 떠났다.

국민학교를 졸업할 무렵이었다. 담임 선생님이 학생 하나하나를 불

러 세워 졸업 후의 지망을 물었다.

"중학교에 갈 깁니다."

"농업학교에 갈 깁니다."

"집에서 농사일을 도울 깁니다."

"읍내에 있는 삼촌 가게에서 일할 깁니더."

하고 각기 말하는데, 고완석은

"나는 일본으로 갈 깁니더."

라고 했다.

"일본 가서 무엇을 할 거냐?"

선생님이 물었다.

"일본 가서 공부도 하고 돈도 벌고 할 깁니더."

"자신 있나?"

"있습니더."

"됐다. 고군 같으면 어떤 일을 해도 성공할 것이다. 그 자신을 잊지 말아라."

선생님의 말씀은 은근했다.

"고맙습니더."

고완석은 꾸벅하고 앉았다.

5년 전, 산촌의 국민학교 교실에서 있었던 그 장면이 선히 규의 뇌리를 스쳐갔다.

"그동안 너 많이 변했구나."

이카이노라는, 동포들이 많이 사는 거리의 한국 식당 한구석에 자리를 잡자 고완석이 이렇게 말을 꺼냈다.

"많이 변한 건 너다. ······그런데 너, 학교를 졸업하자 곧 일본에 왔었냐?"

하고 규가 물었다.

"졸업하고 한 달쯤 됐을까, 형님이 사경私耕 받은 나락을 팔아가지고 돈 20원을 주더라. 그걸 갖고, 이웃 사람으로서 대판에 와 있는 사람의 주소 한 장 들고 건너왔다."

"쯔깨는 걸 혼자 보낼라쿠니까 우찌나 걱정이 되든지······."

완석의 어머니는 그때의 감정이 되살아나는지 눈을 끔쩍끔쩍했다.

"완석이야 그때도 벌써 어른 같앴는디 뭐."

이모라는 노파도 한마디 거들었다.

고완석은 열세 살 된 나이로 단신, 자기의 말을 빌리면 '괴나리봇짐 하나 짊어지고 고무신을 신고' 대판으로 왔다. 대판 우메다역梅田驛에서 내려 역 앞 파출소를 찾아 자기의 목적지인 모리구치守口로 가는 길을 물었다.

파출소 순사가 친절하게도, 타야 할 전차와 지리를 그림까지 그려 가르쳐주었다.

모리구치란 곳으로 가서 주소의 주인을 찾았다. 그런데 그 사람은 그곳에 없었다. 석 달인가 전에 이사를 했다는 것이고, 어디로 이사를 했는지는 모른다는 얘기였다.

"해가 이미 저물고 있었지. 돈은 차비를 내고도 10원쯤 남아 있었지만, 그 돈을 쓸 생각은 전연 없었다. 할 수 없이 모리구치 정거장으로 나가 그곳 벤치에서 하룻밤을 잤다. 배가 고팠지만 밥을 사먹을 용기가 나지 않았다. 변소에 가서 수도꼭지를 틀어놓고 실컷 물을 마셨지."

정거장에서 하룻밤을 샌 고완석은 자기 힘으로 일자리를 구해야겠다고 마음먹었다.

모리구치에서 대판 쪽을 향해 걸어가며 이곳저곳을 살피는데, 간혹 '견습 공원見習工員 필요함'이란 나무패나 종이쪽지가 붙어 있었다. 완석은 서슴없이 그곳을 찾아들었다. 그리고 주인을 만나면,

"야간 중학교에만 보내주면 일을 열심히 하겠습니다."

하고 자기소개를 했다.

한국인이란 점과 야간 중학에 보내달라는 조건이 마땅치 않았던지 대개 대답은

"우리 집엔 그런 사람 필요없다."

라는 것이었다.

이렇게 7, 8군데에서 거절을 당하고 나니 풀이 꺾였다. 배도 고팠다. 고구마나 감자가 눈에 띄면 한 개쯤 사먹고 싶었는데, 식당은 눈에 띄어도 그런 가게는 없었다. 일자리를 찾을 때까진 먹지 않을 각오를 세웠다.

모리구치 거리에서 빠져나와 대판 시가 시작되는 들머리에서 배도 고프고 다리도 아파 전신주에 몸을 기댄 채 한숨 돌리고 있는데, 바로 가까이에서 기계 돌아가는 소리가 났다. 분명히 무슨 공장 같은데, 조금 크기는 해도 밖에서 보면 일반 주택과 조금도 다름이 없었다. 완석은 그 집 둘레를 한 바퀴 돌았다. 현관 같은 것이 나타났다. 현관엔 스기모토杉本란 문패가 달려 있고, 현관에서 4, 5미터 떨어진 곳에 검은 페인트칠을 한 육중한 문이 닫힌 채 있었는데, 그 문엔 스기모토杉本 제작소란 큼직한 간판이 걸려 있었다. 그런데 그 문을 자세히 보니, 문 왼쪽에 작은 샛문 같은 것이 있었다. 완석은 자기도 모르게 그 샛문을 밀었

다. 수월하게 열렸다. 조그마한 안뜰이 있고, 안뜰에 이어 공장이 있는데, 열린 문으로 공장 내부가 보였다. 공장 안에선 몇 대의 기계가 힘차게 돌고, 십여 명의 직공들이 바쁘게 움직이고 있었다.

완석은 주저주저하면서도 공장으로 들어가 주인을 찾았다. 마흔이 넘어 뵈는 노동자 한 사람이 말은 하지 않고 손으로 바른쪽을 가리켰다. 완석은 주인이 바른쪽에 있다는 뜻으로 이해했다. 공장에서 나와 그 노동자가 가리킨 쪽으로 갔더니, 사무실처럼 만든 방 안에서 대머리 사나이가 주산을 튕기고 있었다. 입구를 찾았으나 없어서 완석은 유리창을 두드렸다. 대머리 사나이가 얼굴을 들더니 안경을 벗었다.

'누구냐?'

하는 표정이었다.

"일자리를 구하러 왔습니다."

하고 완석이 말했으나, 유리창 너머로 소리가 들리지 않는지 사나이는 손을 내저었다.

'가라.'

라는 뜻의 시늉이었다.

그러나 완석은 지칠 대로 지치고 게다가 한기까지 느껴 발길을 돌려 놓을 수가 없었다. 이제 막 쓰러질 듯한 현기증마저 느꼈다.

대머리 사나이는 무엇을 생각했던지 돌아오라는 시늉을 했다. 완석은 가까스로 몸을 움직여 그 방향으로 돌았다. 사무실로 들어가는 입구가 있었다.

문을 열고 들어섰다. 좁은 사무실에 난로가 활활 타고 있었다. 그 훈훈한 공기에 완석은 우선 살 것만 같았다.

"누구냐? 어디서 왔느냐?"

대머리 사나이는 뜻밖에 친절한 말투로 완석에게 의자를 권했다.

"고완석이라 합니다. 조선에서 일자리를 구하러 왔습니다."

대머리 사나이는

"일자리? 우리 공장엔 지금 필요없는데……."

하다가 완석을 물끄러미 들여다보더니

"일자리고 뭐고, 너 어디 아픈 것 아니냐?"

하고 완석의 이마를 짚었다.

"대단한 열인데……. 이걸 어떡하나."

대머리 사나이는 초라한 완석의 몰골이 안타까운 듯 안절부절못했다.

"괜찮습니다. 어제부터 아무것도 먹지 않아 그렇습니다."

완석은 그래도 늠름하게 말했다.

"어제부터 아무것도 먹지 않았다니, 너 돈이 없는 게로구나."

"돈은 있습니다."

"돈이 있는데 왜 뭣을 사먹지 않았니?"

"일자리를 구해놓고 먹으려 했습니다."

"어처구니없는 놈이구나. 뭣을 먹어야 일자리를 구하지, 굶어 죽고 나면 일자리가 생긴들 뭣 하나."

하고 대머리 사나이는 안쪽을 향해 소리를 질렀다. 하녀인 듯한 여자가 나타났다.

"빨리 국물이라도 뎁혀서 이 소년에게 식사를 줘라."

사나이는 이렇게 이르고 완석이더러 하녀를 따라가라고 했다.

식사를 하고 나니 속이 이상했다. 온몸이 나른하기도 했다. 식은땀이 흘렀다.

아까의 사내가 들어오더니

"조금 누워 있거라."

하곤 하녀더러 침구를 깔아주라고 일렀다.

몇 시간을 잤는지 눈을 떠보니 천장의 전등이 켜져 있었다. 일어나 앉아

'지금부터 어떻게 해야 하나?'

하고 망설이는데 미닫이를 열고 하녀가

"정신 차렸거든 건넌방으로 오랍니다."

하는 전갈을 했다.

대머리 사나이는

"나는 스기모토다. 이 사람은 내 마누라다. 의논한 결과 너를 집에 두기로 했다."

하며 측은하다는 듯 완석을 보았다. 스기모토나 그 마누라는 마흔 안팎으로 보였다. 마누라가 물었다.

"몇 살이지?"

"열세 살입니다."

"고향은?"

"조선 경상남도입니다."

"부모님은 계시나?"

"어머니만 계십니다."

"형제는?"

"형이 하나 있습니다."

"형은 뭣을 하나?"

"고향에서 머슴살이하고 있습니다."

"학교는 다녔나?"

"한 달 전에 국민학교를 졸업했습니다."

"일본엔 어떻게 왔니?"

"아는 사람을 찾아왔는데 어디론가 이사를 해서 찾지 못했습니다."

스기모토의 마누라는 정답게 이런 것을 묻곤 덧붙였다.

"네가 이 집에서 할 일이래야 청소 정도다. 딴 데 갈 곳도 없는 모양이니 당분간 우리 집에 있도록 해라. 그러고 나서 여기 있고 싶으면 공장 일을 배우도록 하고, 다른 생각이 나면 그때 나가도 좋다. 어린것이 가엾기도 하구나."

"야간 중학에만 보내주면 어떤 일이라도 힘껏 하겠습니다."

완석은 자기도 모르게 눈물이 글썽해져 있었다.

"야간 중학에 못 보내주겠다면 어떻게 할 테냐?"

스기모토가 장난스럽게 말했다.

완석은 이렇게 친절한 집을 떠나서는 안 된다고 생각하면서도,

"달리 또 일자리를 구해야겠습니다."

하고 단호하게 말했다.

"아주 각오가 단단하구나. 그럼 그 문제는 천천히 생각해보자."

스기모토는 이렇게 말하고 목욕을 하라면서 하녀에게 목욕탕으로 완석을 안내하도록 일렀다.

그로써 완석은 스기모토의 식구가 되었다. 부지런할 뿐 아니라 영리한 완석은 자기가 할 일의 요령을 재빨리 파악했다. 일거수일투족이 스기모토 내외의 마음에 들었다. 열흘쯤 후에 완석은 가까이에 있는 야간 중학에 입학할 수 있었다.

1년이 지났다. 완석의 성적은 학교에서 일등이었다. 스기모토는 자기의 아들처럼 완석을 사랑하고, 완석을 자랑으로 여겼다.

"네가 대고에만 들어가면 너를 대학까지 보내주지."

스기모토의 입버릇이 되었다.

그때부터 완석은 대판고등학교라는 존재를 의식하게 되었다. 대판에서 사는 사람들은 대판고등학교를 신격화하고 있다는 사실을 알았다. 완석은 어떤 일이 있어도 대고에 들어가겠다고 각오를 다졌다.

그러면서도 완석은 공장 일을 등한히 하지 않았다.

완석이 중학교 3학년에 진급하고 얼마 안 된 어느 날, 스기모토는 얼근히 술에 취해

"고군이 대고에 중학 4학년 수료만으로 입학하기만 하면 큰 잔치를 벌여 동네 사람들에게 뽐낼 텐데……."

하고 말했다. 그래

"야간 중학은 4년 수료론 고등학교 수험 자격이 없는데요."

하고 완석이 말했더니, 스기모토는

"그럼 주간으로 전학시켜줄 테니 한번 해볼래?"

하고 다짐을 해왔다.

"한번 해보죠."

완석은 약속했다.

4학년 말, 완석은 보기 좋게 대고에 입학했다. 스기모토의 기쁨은 이루 형언할 수 없을 정도였다.

대고 입학식이 있는 날, 스기모토는 완석에게 자기의 양자가 될 수 없느냐고 제안해왔다. 완석은 어머니와 형님만 거절하지 않는다면 좋다고 말했다. 스기모토는 완석이 승낙만 한다면 어머니와 형님을 위해서 현금 1만 원을 내놓겠다는 말까지 했다.

그런 경위로 해서 고완석은 스기모토의 양자가 되었다.

그러나 징병이니 뭐니 하는 문제가 있어서 정식 입적은 대학을 졸업한 후에 하기로 했다.

고완석은 긴 얘기를 끝내고 애매한 웃음을 띠었다. 규는 얼떨떨한 기분이었다.
"그래서 어머니가 오셨나?"
규가 물었다.
"스기모토 씨가 조선에까지 가서 어머니를 뵙고 예를 하겠다기에, 그러지 말고 대판으로 청하자고 내가 말했지. 혼자 오시기가 안됐으니까 이모님까지 모시기로 하고……."
"자식 팔아먹으러 온 것 같아서 마음이 언짢다."
완석이 어머니가 한마디 했다.
"팔아먹다니, 그게 무슨 소립니까. 호적이 어떻게 되건 난 어머니의 아들이고, 어머니를 보고 싶으면 언제라도 가볼 수 있을 긴디……. 그런 말은 마이소."
"덕택에 애 형이 부자가 됐으니 두루두루 안 좋소."
완석이 이모가 거들었다.
고완석의 정복엔 S란 기장이 붙어 있었다. S는 이과理科라는 표시다.
"이과에 다니는 모양인데, 뭣을 전공할 작정이고?"
규가 물었다.
"대고의 이과는 삼고만은 못할지 모르나 꽤 좋다는 평이 있어. 스기모토의 희망이지, 이과를 선택한 건. 그리고 나는 어릴 때 토머스 에디슨 같은 사람이 되고 싶었어. 온갖 걸 다 발명해내는 사람이 되고 싶었단 말이다. 그러나 아직 전공은 정하지 않았지. 물리학을 할까, 기계학을 할까 망설이고 있는 중이다.”

우에로쿠의 정류소 근처에서 헤어지며 규와 완석은 서로 주소를 교환했다.
그때 규가 나직이 물었다.
“너, 일본 사람 양자가 된 데 대해서 특별한 감정이 없나……?”
고완석은 잠깐 생각하는 표정으로 잠자코 있더니 한숨을 내쉬고 말했다.
“가난한 사람에게 무슨 염치가 있겠나. 공부는커녕 거지 신세를 면하지 못할 처지에 민족의식이 있겠나. 내가 이과를 택한 것도 따지고 보면 그런 생각에서다. 민족도 국가도 염치도 도의도 필요없이 할 수 있는 공부……. 나는 당분간 나 이외의 일은 생각하기가 싫구나.”
규는 완석과 인사하고 헤어졌다.

기노시타 세쓰코는 우에로쿠 정류소의 구석진 벤치에 얌전히 앉아 있었다. 규를 보자 기다림에 지친 표정도 없이 상냥한 웃음을 띠고 달려왔다.
10분마다 떠나는 전차여서 곧 전차를 탈 수 있었다.
“아까 그 대고 학생이 당신의 동기생이오?”
자리를 잡아 앉기가 바쁘게 세쓰코가 말했다.
규는 고완석에 관한 얘기를 간추려 들려주지 않을 수 없었다.
얘기를 듣고 나서 세쓰코는
“휴!”
한숨을 쉬곤

"인생이란 갖가지로군요."
하고 속삭이듯 말했다.
'그렇다. 인생이란 갖가지다.'
규는 이런 생각을 해보며, 그러나 한복 차림의 어머니와 이모를 아무런 거리낌 없이 대판의 거리로 데리고 다니는 고완석의 활달한 태도는 훌륭하다고 느꼈다. 그만큼
'가난한 사람에게 무슨 염치가 있겠나.'
라고 한 고완석의 탄식이 뼈에 사무치는 것 같았다.
이런 감상에 젖어 있는데 세쓰코가 규의 귀에 입을 대고 소곤거렸다.
"리상, 우리 나라奈良로 안 갈래?"
"나라?"
"응, 나라! 이대로 헤어지긴 싫어. 싫어!"
세쓰코의 가쁜 숨소리가 규의 귓전을 간지럽게 했다. 규는 얼굴이 화끈 달아오르는 것 같았다.
"내일 학교는 어떻게 하고?"
규는 어물어물했다.
"학교? 학교가 그렇게 중요한가요?"
세쓰코는 토라진 표정으로 차창 밖을 지나가는 전등의 바다를 보고 있었다. 그 옆얼굴은 단정하고 청순하다고 할 수 있었다. 그렇게 단정하고 청순한 얼굴을 지닌 이 소녀의 내부에서 세계를 태워버려도 시원찮을 맹렬한 불꽃이 튀고 있다는 것은 참으로 이상한 일이 아닌가……. 거의 동시에 규는 하복부로부터 통증과 같은 욕망이 타오르고 있음을 또한 느꼈다. 갈증이 났다.
"세계가 모조리 부서져버리려고 하는데 학교요? 삼고요? 나는 그런

속물이 제일 싫어."

세쓰코는 자세를 바로 한 채 규에게만 들리도록 중얼거렸다.

"규칙을 들먹이는 사람도 마찬가지예요. '그건 그렇게 할 수 없습니다. 규칙이니까요.' 규칙이 뭐야. 죽어 무덤에까지 규칙을 가지고 가지, 흥."

규는 비수처럼 세쓰코의 말을 가슴팍에 느끼며 손님이 한산한 찻간을 다행으로 여겼다.

"나라로 가려면, 어디선가 내려 전차를 바꿔 타야 하지 않을까?"

규는 어물어물 말했다.

전차는 급한 속도로 달리고 있었다. 세쓰코는 눈을 감고 뭔가를 골똘히 생각하는 모양이었다.

전차가 시조오바시西條大橋의 종점에 도착했다. 시간은 30분 전 11시.

거기서 시전市電을 타야 하는데, 세쓰코는 말도 하지 않고 어떤 골목 안으로 걸어 들어갔다.

"어디로 가는 거요?"

규가 물었다.

"어딜 가긴······. 닥치는 대로 가는 거죠."

세쓰코의 대답은 퉁명스러웠다.

무엇을 찾는지 세쓰코는 이 골목 저 골목을 헤맸다. 규는 그 뒤를 따르지 않을 수 없었다. 세쓰코로서도 이렇다 할 목적이 없는 것 같았다.

가로등이 드문드문 있는 어둠침침한 골목으로 접어들었다.

"여기가 어디지?"

"누가 알아요?"

그 골목을 한참 동안 걸어가는데 5미터쯤 전방에 '여인숙'이라는 글자를 쓴 등롱燈籠이 나타났다.

"저기 가서 방이 있는지 없는지 알아봐요."

규는 숨이 가쁠 만큼 흥분을 느끼면서 한편 겁을 먹었다.

'세쓰코는 학교 정복이 아닌 평복을 입었으니까 괜찮겠지만 난…….'
하고 망설이는데,

"모자와 상의를 벗어요."

세쓰코는 명령조로 말했다.

모자와 상의를 세쓰코에게 맡겨놓고 규는 여관 안으로 들어섰다. 방이 있다는 얘기였다. 그러나

"혼자이십니까?"

하는 물음엔 진땀을 뺐다.

"둘인데요."

말이 떨렸다.

그런 경우에 능숙한 것 같은 여관의 하녀는 만사를 알아차렸다는 뜻을 표시하는 애매한 웃음을 띠고 말했다.

"손님을 모시고 오세요."

너무나 허망한 노릇이었다.

순식간에 그처럼 갈증을 일으켰던 욕망이 불 꺼진 모닥불의 재처럼 가슴 밑바닥에 남았다.

"됐어, 됐어. 이로써 됐어."

세쓰코는 말을 이렇게 하면서도 그 너무나도 허망한 결과가 후회처럼 가슴에 밀려드는지 이불을 뒤집어썼다. 흐느끼는 소리가 들렸다. 그 흐느낌을 애써 억누르려는 애달픔이 규의 가슴을 무겁게 했다.

그러나 한편 규는 욕망의 주박呪縛에서 해방된 것 같은 일종의 자유를 실감했다. 다신 망상에 사로잡히는 일이 없을 것 같았다. 활달하게 학문을 하고 구김살 없이 행동도 할 것 같았다. 뭔지 모르게 육체와 정신을 억누르던 그 욕정의 정체를 알았다는 것은 잃은 동정童貞의 값 이상일지 몰랐다.

새벽녘에 규는 또 세쓰코의 육체를 구했다. 물인지 불인지 분간 못했던 어젯밤의 동작과는 달리, 두뇌 한구석에 밝은 이성의 불을 켜고 자기 행동을 관찰해가며 의식儀式을 행하듯 긴 시간을 끌어 행사를 끝냈다.

행사 도중에도 말이 없었고, 끝내고도 말이 없었다. 규는 다시 잠에 빠져들듯 황홀한 피로를 느꼈다.

"잠들었어?"

세쓰코의 조용한 소리가 건너왔다.

"아아니."

"우리, 일을 저질렀지?"

"응."

규는 눈을 떴다. 동이 트는 듯 창의 종이 빛깔이 부옇게 어둠 속에 떠올랐다.

"후회는 없어."

세쓰코가 나직이 중얼거렸다.

"나두."

규도 진정을 말했다.

"사랑의 맹세도 없이……. 그래도 좋아."

스스로를 타이르는 것 같은 세쓰코의 말이었다.

'그렇다. 사랑의 맹세도 없었구나.'
규는 마음속으로 생각했다.
"『육체의 악마』란 소설 읽은 적 있어?"
세쓰코의 묻는 말이다.
"아아니."
"레이몽 라디게의 『육체의 악마』 한번 읽어봐요. 책 빌려줄게."
"차차 읽지 뭐. 말을 배워가지구."
"아냐, 그것만은 번역으로라도 빨리 읽어봐요."
"뭔데?"
"난 그걸 읽고부턴 견딜 수 없었어요. 그 일을 알지 못하곤 살아갈 수 없다는 생각마저 들었어. 결혼을 해야만 그걸 알 수 있다면, 난 형편없는 결혼이라도 빨리 해야겠다고까지 생각했지."
"그래서 나를 미끼로 했나?"
규가 화를 내고 한 말은 아니다.
"나 스스로 미끼가 됐으니 그만 아뇨?"
"그것도 그래."
어느덧 방 안이 밝아져 있었다.
"저쪽으로 돌아누워요."
"왜?"
"옷을 입어야겠어요. 어느 책을 보니까, 여자는 옷을 벗을 때는 알몸을 남자에게 보여도 좋지만, 옷을 입으려는 찰나에는 보여선 안 된다고 했어요."
"세쓰코는 지식이 풍부하구면."
"그래요. 쓸데없는 지식만 가득 차 있어요."

규는 벽 쪽으로 돌아누웠다.

옷을 한 가지씩 챙겨 입는 소리를 듣는 것은 이상한 기분이었다. 새로운 욕정을 유발하기까지 하는 소리였다.

"인제 됐어요."

세쓰코의 소리를 듣고 규도 일어나 앉았다.

아침 식사는 거리의 식당에서 하기로 했다.

"이른 아침에 둘이서 식당에 가면 이상하다고 모두들 생각하지 않을까?"

규가 이렇게 말해보았더니 세쓰코는

"이상하게 생각하면 생각하라지."

하고 태연했다.

그러나 그 여관이 있는 골목에서 빠져나와야 했다.

가와라마치河原町의 전찻길까지 나와, 아침 일찍부터 영업을 하는 식당을 찾아들었다.

식탁에 마주 앉아 주문을 했다. 그때 '핑' 하고 라디오 소리가 울렸다. 이어,

"일곱 시 뉴스를 말씀드리겠습니다."

하는 소리가 들려왔다.

"런던 특전, 프랑스가 독일에 무조건 항복을 했습니다. 현지 시각으로 6월 22일 1시, 프랑스 정부의 수반 페탕 원수는 독일의 히틀러 총통이 지켜보는 앞에서 항복 문서에 조인을 했습니다. 장소는 콩피에뉴 숲에 보관되어 있는 열차 안이었습니다. 이 콩피에뉴 열차는 1차대전 때, 프랑스가 독일로부터 항복을 받은 유서를 지닌 곳이기도 합니다. 히틀러 총통은 20여 년 전의 설욕을 꼭 그 자리에서 하고 싶었던 것입니다.

이로써 프랑스는 전열에서 이탈하고, 독일은 최후의 결정적 승리를 향해 치닫게 되었습니다. 우리 정부의 정식 발표는 없었습니다만, 독일의 승리에 만족하고 있다는 관변 측의 소식입니다. 다시 되풀이하겠습니다…….”

식당 안에서 환성이 일었다.

“히틀러 잘했다. 역시 그는 영웅이로구나.”

노동자풍인 초로의 사나이가 큰 소리로 떠들어댔다.

“동양에선 일본, 서양에선 독일 만센데.”

이렇게 맞장구를 치는 사람도 있었다.

“프랑스는 형편없구나. 전쟁이 시작되자마자 항복을 하다니……. 문약한 나라는 할 수 없어.”

하는 소리도 있고,

“그 마지노선이니 뭐니 하는 걸 만들었다더니만, 그건 어떻게 된 거야.”

하고 투덜대는 소리도 있었다.

규는 평정한 마음으로 젓가락질을 하며 밥을 씹고 있었지만,

'하필이면 오늘이란 날 아침, 가와라마치의 식당에서 프랑스 항복 소식을 들을 줄이야…….'

하는 감회를 지워버릴 수가 없었다.

세쓰코와 여관방에서 불장난을 하고 있을 때 유럽에선 그런 큰 사건이 벌어지고 있었던 것이다.

규는 밥을 먹다 말고 젓가락을 놓았다.

'왜 그러지?'

하고 세쓰코가 눈짓으로 물었다.

허망한 진실 283

"빨리 학교에 가봐야겠어."

"오늘은 하루 쉰다고 하지 않았소."

"아냐."

규는 일어섰다.

세쓰코는 셈을 치르고 규의 뒤를 따랐다.

전차를 기다리는 동안 세쓰코가 물었다.

"프랑스의 항복이 그렇게 충격이우?"

"충격은 또 뭐야. 난 아무런 충격도 받지 않았어."

규는 억지로 웃음을 띠었다.

"얼굴에 그렇게 씌어 있는데 뭐."

"내가 프랑스어를 배우고 있으니 프랑스의 항복에 충격을 느꼈을 거라고 짐작하는 모양인데 그런 거 없어."

그런데 그렇게 말하면서도 규는 이 사건이 자기에게 충격이 아닐 수 없다는 생각을 마음속에서 되뇌기 시작했다.

"내가 충격을 느꼈는데 당신이 그렇지 않다니 그건 이상해요."

마음 탓인지 세쓰코의 안색이 파리했다.

전차를 타곤 말이 없었다.

엔마치圓町 정류소에서 내려 규와 세쓰코는 같은 방향으로 가야 하는데도 길을 따로따로 택하기로 했다.

"내일 편지할게요."

세쓰코는 살큼 규의 손을 잡아보곤 골목 안으로 사라졌다.

혼자 하숙으로 돌아오며 규는 꿈을 꾸는 기분이었다.

대판, 대판성, 이카이노, 고완석, 고완석의 얘기, 그 어머니와 이모, 붉은 등롱이 달린 여관, 호젓한 여관방, 세쓰코의 하얀 육체, 가와라마치의 식당, 프랑스의 항복, ……황망하고 숨이 가쁜 24시간이었다.

그러나 규는

'나는 지금 프랑스의 항복을 생각해야 한다.'

하며 정신을 집중시키려고 애썼다.

"어딜 갔다 인제 오죠?"

하숙집 안주인이 근심스럽게 물었다.

"안색이 좋지 않은데, 어디 몸이 편찮아요?"

라고도 했다.

규는 애매한 웃음을 띠고 방으로 들어가 시간표를 챙겼다.

첫 시간이 윤리학, 둘째 시간은 I 교수의 프랑스어, 셋째 시간은 K 교수의 프랑스어…….

'I 교수는 뭐라고 할까.'

'K 교수는 뭐라고 할까.'

시계를 보았다. 8시 30분. 지각을 하지 않기 위해선 서둘러야 했다.

윤리학 강의는 문과, 이과의 합동 수업이다. 1학년 전원이 한군데 모인다.

그날 아침 규는 가까스로 수업 시작 벨이 울리기 직전에 자기 자리를 찾아 앉을 수 있었다.

교수가 나타나지 않았는데도 백 명이 모인 교실은 조용하다. 나지막한 소리가 가끔 들려올 뿐, 학생들은 모두 책을 펴놓고 조용히 앉아 있다. 이것이 중학생들의 교실일 것 같으면 벌집을 쑤셔놓은 것처럼 시끄러울 것이다. 불과 몇 달 전에 중학생이었던 소년들이 고등학교 학생이 되었다는 그 사실만으로 이처럼 점잖게 된 것이다. 규도 프랑스어 동사 변화표를 펴놓고 짧은 시간을 이용하기로 했다.

벨이 울리고 2, 3분 지나서 교수가 들어왔다. 일동은 앉은 채로 인사를 하는 듯 마는 듯하고 교수의 말을 기다렸다. 여느 때는 근엄한 태도를 보다 근엄하게 꾸미기 위해 도가 강한 안경 속에서 냉혹하게 눈방울을 굴리던 H 교수가 그날 아침엔 만면에 웃음을 띠고 교실 안을 두리번거리며 발성 직전의 포즈를 취했다.

H 교수는 삼고 출신으로서 동경제대를 거쳐 독일 쾰른 대학에 유학한 경력을 가진 35, 6세 되는 철학도다. 예외 없이 수재라는 평판이 높고 전도 있는 소장 학자라고 했지만 학생들 사이에선 그다지 인기가 있는 편이 아니었다.

"여러분도 아침 뉴스를 들었겠지?"

H 교수는 자못 함축 있는 말을 지금부터 할 것이란 제스처로 이렇게 서두를 시작했다. 교실 안엔 아무런 반응도 없었다. H 교수는 말을 이었다.

"우리는 지금 빛나는 세계사의 순간에 있다. 독일이 프랑스를 제압했다. 위대한 독일 정신이 퇴폐한 프랑스를 무찌른 것이다. 당연한 귀결이다. 동시에 영광스러운 정신의 승리이기도 하다."

그러자

"선생님."

하고 어느 학생이 목청을 돋우었다.

"히틀러가 독일 정신을 대표한다고 봅니까?"

규는 그 학생이 누구인가 하고 소리나는 쪽으로 시선을 돌렸으나, 몇 줄로 겹친 학생들 때문에 분간할 수가 없었다.

"대표한다고 본다."

"그렇다면 이마누엘 칸트와 독일 정신의 관계는 어떻게 됩니까?"

"칸트의 사상도 독일 정신의 일부라고 할 수 있지."

"그럼, 칸트의 사상과 히틀러의 사상이 같다는 말입니까?"

학생의 말엔 분연한 노여움이 있었다.

"누가 같다고 했나?"

H 교수도 불쾌한 투로 말했다.

"히틀러가 독일 정신을 대표한다면, 그리고 칸트의 사상이 독일 정신의 일부를 차지한다면, 칸트와 히틀러가 같다는 결론이 안 됩니까?"

학생의 말은 날카로웠다.

"그 따위 말은 논리학의 초보 법칙에도 어긋나는 말이다."

H 교수는 사뭇 경멸할 대상도 되지 않는다는 투로 이렇게 말하곤,

"게르만 민족의 특성을 진리에의 헌신, 정의에의 용기, 사악을 물리치는 데 있어서의 과단이라고 이해할 때, 히틀러는 그러한 민족의 특성, 곧 독일 정신을 대표한다는 말이다. 개개의 철학자와 사상가들의 관계 문제는 이차적인 문제다."

하고 억압적인 태도를 취했다.

"히틀러가 침략 전쟁을 시작한 것이 진리에의 헌신, 정의에의 용기란 말입니까?"

이번엔 다른 학생이 물었다.

"그렇다."

H 교수는 언하에 답했다.

"그리고 히틀러는 침략 전쟁을 하고 있는 것이 아니라 정의의 자위自衛 전쟁을 하고 있다는 것을 이해해야 한다. 전쟁의 원인은 영국, 프랑스, 미국 등이 독일의 자립을 위협하는 행동을 계속한 데 있지, 평지에 풍파를 일으킨 것은 아니다. 말하자면 잘못은 프랑스나 영국에 있지,

허망한 진실

독일에 있는 건 아니다. 너희들은 집에 돌아가거든 역사책을 펴놓고 베르사유 조약이 얼마나 가혹하고 부당한 내용이었던가를 읽어봐야 한다. 영국과 프랑스는 독일의 식민지를 잘라먹었을 뿐만 아니라, 독일 영토 자체마저 분할하는 만행을 저질렀다. 히틀러는 이러한 불합리에 단연 항거한 것이다. 침략자는 영국과 프랑스다. 독일은 그 침략에 항거했을 뿐이다. 그러니까 정의의 전쟁이라고 하지 않으면 안 된다."

"선생님, 질문이 있습니다."

또 어떤 학생이 이렇게 나섰다.

한창 신나게 하고 있던 연설이 꺾여서인지, H 교수는 노골적으로 불쾌한 얼굴을 했다.

"베르사유 조약이 가혹했다지만 그건 독일이 1차대전을 일으켰기 때문이 아닙니까? 그들이 불러들인 화가 아닙니까?"

그 학생은 흥분하지 않고 조용한 음성으로, 그러나 또록또록 말했.

"1차대전 때도 상황은 비슷했어. 발칸을 둘러싸고 영불의 압력이 심했단 말야."

H 교수는 무식한 상대하긴 말하기조차 싫다는 투로 이었다.

"너희들, 남의 말을 비판하려면 똑똑히 알고 난 후에 해."

"요는 히틀러가 옳다는 말씀인데요, 그건 그렇다 치고, 퇴폐한 프랑스란 말씀은 뭡니까? 유럽 문화의 정화精華라고 할 수 있는 프랑스를 그렇게 간단한 말로 처리할 수 있습니까?"

이렇게 말한 학생은 규와 같이 문과 병류文科丙類에 있는 미조구치溝口란 학생이었다.

"프랑스의 퇴폐는 이미 통설이 되어 있어. 그 문란한 도의는 전 세계의 빈축거리가 되어 있단 말야."

그 정도로 가만있을 미조구치가 아니었다. 미조구치는 흥분에 겨웠는지 자리에서 벌떡 일어나 외쳤다.

"베르그송의 프랑스이며, 푸앵카레의 프랑스이며, 폴 발레리의 프랑스이며, 파스퇴르의 프랑스이기도 합니다. 히틀러 유겐트처럼 행진을 해야 건전한 도의이고, 자유스럽게 문화를 즐기는 생활은 퇴폐이고 문란한 도의가 되는 겁니까? 그리고 학문하는 태도는 통설에 현혹되지 말아야 하는 태도를 말하는 게 아닙니까. 케케묵은 상식인이 피상적인 생활의 표면을 보고 손쉽게 찍은 낙인을 통설인 양 퍼뜨릴 때, 학자는 진실을 캐내어 통설의 어리석음을 정정하는 게 옳은 일 아닙니까? 그것이 학자의 양심이란 것 아닙니까?"

"프랑스 문화의 진실이 바로 퇴폐란 말이다. 폴 발레리나 파스퇴르는 일종의 예외 현상일 뿐이야. 그 증거가 바로 오늘 아침 우리가 들은 프랑스의 패배란 말이다."

H 교수도 상기된 얼굴로 말했다.

"전쟁에 이기기만 하면 그것이 곧 정당하다는 뜻이구먼요. 저는 그런 사상을 경멸합니다."

미조구치는 부르르 걸상을 터드렁거리며 앉았다. H 교수는 가만있지 않았다.

"경멸하다니, 그게 무슨 소리지?"

H 교수는 탁 가라앉은 투로 말했다.

"전쟁에 이기기만 하면 정당하게 된다는 그 사상을 경멸한단 말입니다."

미조구치는 거침없이 말했다.

H 교수는 자기 자신을 수습 못할 정도로 흥분했다. 지껄여대는 장광

설은 이미 논리를 갖추지 못했다. 교실 이곳저곳에서 야유 섞인 웃음이 터졌다.

"……두고 보라. 유럽은 히틀러의 이념으로써 통일되고 만다. 건강한 독일 정신이 전 유럽의 이념으로 될 때, 세계는 한층 앙양된 생명감을 얻게 될 거다. 사악한 사상은 히틀러의 웅혼한 지도 정신으로써만이 청소할 수가 있을 것이다. 프랑스도 히틀러의 지도 아래 문화의 참된 면목을 찾고 갱생하게 될 것이다. 윤리는 히틀러 정신의 수혈을 받아야만 다시 활력을 찾을 수 있을 것이다."

"퀼른 대학에서 좋은 것을 배워가지고 왔구나."

강의가 시작되자 제일 먼저 질문의 화살을 던진 학생이 고함을 질렀다. 폭소가 터지고, 발을 구르는 소리가 요란했다.

새파랗게 질린 H 교수가 외쳤다.

"……독일은 우리의 동맹국이다. 그러니 히틀러를 비난하는 자는 우리의 국책을 비난하는 자다. 이 일은 똑똑히 규명해야겠다."

이 말은 누가 들어도 H 교수의 실수였다. '탕' 하고 책상을 치는 소리가 들리더니 툭툭한 목소리가 맨 뒷줄에서 들려왔다.

"H 교수님, 말을 분명히 하시오. 이 교실에서 히틀러를 비난하는 말을 한 사람이 있었소? 설사 히틀러를 비난했다고 합시다. 그런데 그게 어떻게 국책을 비난하는 자로 됩니까. 우리는 천황 폐하를 모시고 있는 백성이요, 히틀러는 총통의 자리에서 독일을 지배하는 자요. 말하자면 히틀러는 독일의 황실을 무시하는 자요. 그런데 그자의 사상과 우리의 국책 관념을 어떻게 같다고 합니까? 그자를 비난하면 국책을 비난하는 거라는 결론이 어떻게 나옵니까? 그리고 또 H 교수님은 이 일을 똑똑히 규명해야 한다고 했는데, 그걸 학문적으로 규명하자는 말씀입니까,

특고 경찰적特高警察的으로 규명하자는 말씀입니까?"

조리가 정연하고 기백 있는 발언을 한 사람은 머리를 텁수룩하게 기른 나이가 꽤 들어 보이는 학생이었다.

H 교수는 응수를 하지 못할 만큼 당황하고 있었다. 그 당황하는 틈을 그 학생이 찔렀다.

"독일의 승리를, 설사 그것이 맹방의 승리라고 하더라도, 교실 안에서는 학문적으로 냉정하게 다루어야 할 줄 압니다. 히틀러의 승리를 곧 독일 정신의 승리라고 하는 데도 나는 반대합니다. 그 승리가 일시적인 승리로 끝날 것인지 영구적인 승리로 이어질 것인지도 검토해볼 만한 일이라고 생각하고, 동시에 독일의 이번 승리가 세계의 역사에 어떤 의미를 가질 것인지, 그것이 우리나라에 미치는 영향이 어떤 것인지도 따져보아야 할 줄 압니다. 나는 오늘 아침, 라디오를 통해 들뜬 아나운서의 말소리를 듣고 약간 불쾌했습니다. 독일의 승리가 곧 인류의 승리, 우리 일본의 승리와 직결되는 양 떠들어대는 어조 자체가 싫었습니다. 적어도 교실 안에는 그런 투의 센티멘털리즘은 없어야 된다고 믿습니다. H 교수님의 태도가 아침의 그 아나운서의 태도와 조금도 다를 바가 없다는 것이 섭섭합니다. 나는 독일의 승리를 싫어하는 것은 아닙니다. 그 승리의 의미를 학문적으로 진지하게 다루어보아야 한다는 뜻입니다. 독일의 승리를 냉정하게 생각해보아야 한다는 뜻에서 아까 학생들의 질문이 있었던 것으로 압니다. 그게 히틀러를 비난하는 겁니까? 그게 국책을 비난하는 겁니까? 규명을 하자고 했는데, 우리가 규명하고 싶은 것은 철학도로서 자처하고 가장 중요한 학문을 담당하고 있는 H 교수님이 무슨 까닭으로 히틀러로 하여금 독일 정신을 대변시키고 프랑스를 퇴폐한 나라로 치는 논리의 비약을 했느냐, 그 이유가, 그 속셈이 어디에 있느냐 하는 것입니다."

"알았다. 알았으니까 그만둬."

하고 H 교수는 부들부들 떨며 말했다.

"너희들은 내 말을 끝까지 듣지 않고 처음부터 방해만 해왔다. 그러니까 논리를 전개할 수가 없었다. 질문을 하려면 내 얘기가 끝난 뒤에 했어야 하는 것이다. 너희들은 고의로 내 강의를 방해할 목적으로 서둘렀다. 그런 비열한 태도가 학문하는 사람의 태도인가?"

"그건 틀리다."

"본말전도다."

"적반하장이다."

하고 교실 안이 다시 소란하게 되었다

"강의 시작부터 우리에게 불쾌한 감정을 주지 않았습니까, H 교수님."

이번엔 다른 학생이 서서 말했다.

"빛나는 세계사의 순간이 뭡니까? 히틀러의 야만이 문화의 수도 파리를 유린한 시각이 빛나는 세계사의 순간입니까? 나치의 폭력 앞에 프랑스가 항복했다고 해서 영광스러운 정신의 승리입니까? 그런 식으로 강의를 시작했으니 우리에게도 의문이 생긴 겁니다. 우리가 이해하고 있는 독일 정신은 칸트의 정신, 괴테의 정신, 베토벤의 정신인데, 어찌 그런 정신을 히틀러가 대표할 수 있단 말입니까? H 교수님께서 이 소란을 만든 겁니다. 그래놓고 누굴 책망하는 겁니까?"

"나는 너희들을 오해했다. 너희들을 과대 평가하고 있었다. 너희들의 지식은 줄잡아도 내 의견을, 내 말을 이해하고 내게 공감할 수 있을 정도로 성장해 있으리라고 믿었다. 그래 나는 나의 감상을 솔직하게 털어놓은 것이다. 그것이 내 잘못이었다."

"허허."
하는 야유의 웃음이 다시 교실 안에 번졌다. 그 야유의 웃음 앞에서 H 교수가 붉으락푸르락하고 있는데, 이과 학생으로 보이는 체구가 작은 학생이 일어서서 말했다.

"히틀러가 진리에 헌신하는 사람이라면, 선생님 말씀대로의 인물이라면, 왜 아인슈타인 교수가 미국으로 망명하지 않을 수 없게 되었습니까?"

이 질문이 결코 H 교수를 야유하기 위한 것이 아니고 진실한 의혹 그대로를 표현한 것이란 사실은, 그 학생의 태도와 어조로 봐서 알 수 있었다.

"아인슈타인은 유대인이다."

H 교수는 뱉듯이 말했다. 그리고 그뿐이었다. 질문한 학생은 대답을 기다리다 못해,

"그것이 대답이 되는 겁니까?"

하고 물었다.

"그렇다. 그것이 대답이다. 대답의 전부다."

"유대인이란 사실만으로 죄가 되는 겁니까?"

"그런 불순한 질문엔 답할 필요가 없어."

"어째서 그것이 불순한 질문입니까? 아인슈타인이 미국으로 망명했다는 소식을 들었을 때 우리는 놀랐습니다. 세계적인 대학자가 왜 조국을 버려야 하는가 하고……. 우리는 그 까닭을 알고 싶었던 것입니다. 그래서 물은 겁니다."

체구에 비해 쨍쨍 울리는 큰 소리로 그 학생은 반박했다.

"아인슈타인은 대학자이고 자기 자신에겐 잘못이 없었겠지만, 유대

인으로서 가책을 느꼈기 때문에 미국으로 망명했다. 유대인 문제는 간단하게 설명할 수 있는 문제가 아니다."

"복잡해도 좋으니 그 문제를 좀 설명해보시지."

분명히 야유라고 할 수 있는 말이 어디선가 튀어나왔다.

이런 판국에 이르자, H 교수는 그냥 넘겨버려선 안 되겠다고 마음먹은 모양이었다.

소란한 교실을 입을 다문 채 한동안 노려보더니, 다음과 같은 욕설에 가까운 말을 하기 시작했다.

"나는 모교인 이 학교 출신으로 거의 5년 동안 이 학교에서 근무해왔는데, 너희들처럼 정도가 낮은 학생을 만나긴 처음이다. 명색이 고등학교 학생으로서 너희들처럼 시국을 인식하지 못하는 치들도 없을 것 같다. 물론 전부가 그렇다고 할 수는 없겠지만, 몇 사람 질이 나쁜 놈들 때문에 학년 전체가 모욕을 받아도 할 수 없다. ……나는 너희들을 교육할 정열을 잃었다……."

시국을 인식해야 한다는 따위의 말을 들은 것은, 규로선 그 학교에 입학한 이래 처음 있는 일이었다.

규는 H 교수에 대한 불쾌감을 키워가는 동시에, 아무래도 일이 순탄하게 끝날 것 같지 않은 예감을 갖기도 했다.

H 교수는 계속 뭐라고 욕설을 늘어놓았는데, 아니나 다를까 교실 한 모퉁이에서 불이 터졌다.

"H 교수님, 우리를 교육할 정열을 잃은 것을 다행으로 생각해요. 우리도 당신에게서 배울 흥미를 잃었소. 그런 주제에 윤리학을 강의하다니, 윤리학에 똥칠을 하고, 이 학교, 우리 학년을 모독하는 노릇이오. 다시 당신 얘기는 듣기도 싫으니 빨리 퇴장하시오."

텁수룩하게 머리를 기른 학생이 정면으로 도전한 것이다.

"네 말에 책임을 져야 한다. 너, 이름이 뭐지? 도전하려면 이름을 밝혀라."

H 교수의 말이 떨렸다.

"내 이름은 구로다 아키라黑田明요. 잘 기억해두시오."

구로다는 늠름하게 말했다.

H 교수는 교탁에 놓인 책을 챙겨 들더니 문을 와락 열고 나갔다. 오른쪽 어깨가 왼쪽 어깨보다 높은 언밸런스한 뒷모습이 희극적이었다. 학생들도 자리에서 일어섰다.

그때다.

"우리, H 교수로부터 받는 수업을 거부하자."

라는 제안이 어디서인지 나타났다. 시끄럽던 교실이 일시에 조용해졌다.

"나는 문과 갑류에 있는 사다佐田라는 학생입니다. 정식으로 제안합니다. 이때까지 우리는 H 교수로부터 너무나 따분한 강의를 들어오지 않았습니까. 그걸 견디어온 것은 솔직히 말해서 우리가 무식한 탓이었습니다. 그런데 오늘의 사건으로 H라는 인물을 알았고, 그 바닥을 알았습니다. 그런 인간 때문에 일주일에 한 시간씩이란 귀중한 청춘의 시간을 더럽힐 순 없습니다. 내 제안에 찬성하는 사람은 거수로써 의사를 표명해주시오."

"찬성이오."

하고 손을 드는 학생이 이곳저곳에 있었다. 규도 손을 들었다. 그러나 대부분의 학생들은 우물쭈물하고 있었다.

"손을 들지 않은 여러분은 그럼 계속 그자의 강의를 듣겠단 말이오?"

하고 구로다가 외쳤다.

"찬성하는 사람, 아니 H 교수의 수업을 거부할 의사가 있는 사람은 손을 드시오."

모두들 손을 들었다.

"이로써 의견 일치를 본 셈입니다. 다음 주부터 이 강의실에 나오지 않도록 합시다. 내가 여러분의 뜻을 대표하는 글을 교장 선생님에게 보내겠습니다."

누군가가 박수를 쳤다. 그것이 신호가 되어 한동안 교실 안은 박수의 소용돌이가 되었다.

같은 반이라고 해서 서로 친하게 지내는 것은 아니지만, 합동 수업에서 풀려나 문과 병류의 자그마한 교실에 돌아와 앉으면 '우리끼리 모였다.'는 오붓한 친밀감이 돈다. 그런 기분 속에서 학생들은 미조구치를 영웅처럼 바라보았다.

벨이 울리자 I 교수가 들어왔다. 출석을 부르더니 텍스트를 펴 들고 수업을 시작했다. 윤리학 시간의 충격이 있은 뒤라서 학생들은 I 교수가 프랑스의 항복에 관해 무슨 말을 할까 기대하고 있었는데 그 기대가 무너진 것이다. 모두 그런 생각이었던 모양으로 서로 표정을 살피는데, 사정없이 지명이 시작되었다.

"접속법 현재의 문례文例를 만들어봐. 다음, 다음······."

하는 식으로 I 교수는 조금도 쉴 사이를 주지 않았다. 만일 틀리거나 하면 날카로운 익살을 퍼붓는다. 부득불 학생들은 그 열띤 학습 분위기에 말려들고 말았다.

그러는 동안에 규는 윤리학 교실에서 일어났던 일을 잊었다.

시간이 반쯤 지났을 때, I 교수는 미리 준비해온 백지를 한 장씩 나눠 주며 거기다 오늘의 감상을 남은 시간 안에 쓰라고 했다.

"제군들이 이때까지 배운 프랑스어의 지식을 총동원해서 쓰는 거다. 아무리 해도 말이 모자라면, 명사일 경우 영어로 대치해도 좋다. 그리고 그 밑에 줄을 그어라. 어제가 아닌, 그저께도 아닌 오늘의 감상이다. 시작해."

오늘의 감상이라면, 프랑스가 항복했다는 소식을 듣고 느낀 감상을 쓰라는 말일 게다. 규는 그렇게 짐작했다. 그래서 그 감상을 요약해보려고 하는데, 프랑스어 실력의 부족에 앞서 감상 자체의 내용을 간추릴 수 없었다. 아까 H 교수를 향해 질문한 미조구치나 사다나 구로다 등의 견식이 새삼스럽게 부러웠다.

똑같은 고등학교 1학년인데도 지식의 질과 양에 있어서 이처럼 차이가 나는가. 규는 그날의 감상을 생각함에 앞서 스스로의 무능을 한탄하지 않을 수 없었다.

'박태영 같으면 일류의 감상을 엮을 텐데……'
하는 생각이 들어 식은땀이 났다.

전후좌우의 학생들은 뭔가를 열심히 쓰고 있었다. 규는 뚜렷한 생각도 없이 연필을 들었다.

'프랑스가 독일군 앞에 항복했다. 그런데 하나의 나라가 다른 나라에 항복한다는 뜻이 무엇일까. 우리나라는 약 30년 전에 일본에 항복했다. 그런데 내가 그 말을 배우려고 시작한 프랑스가 독일에 항복했다. 그러나 나는 프랑스가 독일에 항복했다고 쓰고 싶지 않다. 프랑스의 군대가 독일의 군대에 항복했다고 말하고 싶다. 군대의 힘이 약하다고 해서 나라 전체가 노예 상태에 놓인다는 것은 쓸쓸한 일이다. 독일에 지배되는 파리에선 앞으로 독일어를 사용하게 될지 모른다. 그러나 나는 프랑스어를 배우기 시작한 것을 후회하지 않을 것이다……'

문법이 맞았나 안 맞았나를 챙기기 전에 규는, 이렇게밖에 엮을 수 없는 자기 자신의 빈곤한 사상에 얼굴을 붉혔다. 다른 학생들이 종이를 내기 시작하고 그 이상 붙잡고 있어봤자 소용없다는 생각이 들어, 그 유치한 작문을 그냥 I 교수의 교탁 위에 갖다놓았다.

두 시간 연속되는 시간이어서 사이에 휴식 시간이 있었는데, I 교수는 교탁 앞의 의자에 앉은 채 이제 막 학생들이 써내놓은 작문을 읽었다.

다음 시간이었다. I 교수는 그 작문을 학생들에게 돌려주었다. 그러면서 이런 말을 했다.

"나는 이 삼고에 들어온 나의 학생들을 언제나 자랑스럽게 여겼다. 10년 남짓한 세월을 근속하고 있는데, 예외 없이 모두 우수한 학생들이었다. 그런데도 나는 이 학급에 놀랐다. 방금 너희들이 내놓은 작문은 엄격하게 말해서 프랑스어라고 할 수는 없다. 프랑스어를 재료로 한 어떤 의사 표시라고 하는 게 정확할 게다. 그런데 그런 뜻에선 전부 완벽했다. 너희들이 프랑스어를 배우기 시작한 지 아직 두 달을 채우지 못했는데 그런 정도로 쓸 수 있다는 건 참으로 대단한 일이다."

학생들은 어리둥절하여 그 말을 듣고 있었다. 그렇게 해놓고 필시 무섭고 날카로운 익살이 뒤따르리라 싶었던 것이다. 학생들은 교수로부터 여태껏 칭찬 비슷한 말을 듣질 못했다. 조금의 실수가 있어도,

"너희들은 아직 학생이 아니고 도제다, 도제. 심한 단련을 받아야 겨우 사람 구실을 할 수 있는 그런 존재란 말이다."

하고 나무랐다. 어느 때는

"어려운 입학 시험에 합격했다고 수재라는 자부를 가져선 안 돼. 입학 시험이란 태평양의 물을 한 홉쯤 떠서 검사하는 것이나 마찬가지다. 수재가 되느냐 안 되느냐는 지금부터의 너희들의 노력에 달려 있다. 입

학 시험에 합격했다는 것은 공부할 수 있는 바탕이 있다는 사실을 밝힌 데 불과하다. 요컨대 천치와 바보가 아니란 인정을 받았다는 얘길 뿐이다. 자칫 잘못하면 건방진 맹충이가 될 위험이 있으니 조심하고 노력을 게을리해선 안 된다."
라고 한 적도 있다.

그러니 I 교수가 덮어놓고 학생들을 칭찬할 까닭은 없다. 그런데 I 교수는

"너희들과 같이 교실 안에 이렇게 앉아 있을 수 있다는 사실만으로도 나는 영광으로 생각한다."
라고까지 격찬을 했다.

"선생님."
하고 가마다鎌田란 학생이 말을 걸었다.

"선생님은 프랑스의 항복을 어떻게 생각하십니까?"

"프랑스의 항복? 언제 그런 일이 있었나?"

I 교수는 엉뚱한 표정을 짓고 말을 이었다.

"아까 어떤 학생의 감상 가운데 프랑스의 군대가 독일 군대에 항복한 것이란 뜻의 말이 있었는데 바로 그거다. 나는 프랑스가 독일에 항복했다고 생각하지 않아. 프랑스의 군대가, 그것도 일부의 군대가 독일군에 항복했을 뿐이라고 생각해."

규는 가슴이 두근거렸다. 유치하다고 얼굴을 붉힌 자기의 감상에 교수가 공감의 뜻을 표한 것이다. 규는 얼굴을 들 수가 없었다.

"그래도 항복은 항복 아닙니까?"
누군가가 말했다.

"항복은 항복이지."

I 교수의 말은 규의 마음 탓인지 침울했다. 다음에 이어진 말도 침울하게 들렸다.

"그러나 독일과 프랑스는 역사상 몇 번이고 그런 시소 경쟁 같은 상태를 되풀이해왔다. 먼 곳에서 보고 있으면 어리석기 짝이 없지. 어쨌든 독일이 프랑스를 지배하진 못할 거니 걱정하지 마라. 프랑스는 지고만 있는 나라가 아니다. 보다도 너희들은 그런 데 신경을 쓸 필요없다. 단어 하나라도 프랑스어를 더 익히도록 하면 된다. 우리가 한몫 끼일 수 없는 역사의 움직임은 그저 관찰할 것이지, 걱정할 것은 아니다."

"윤리학의 H 교수님은 지금을 빛나는 역사의 순간이라고 말하고, 독일 정신이 퇴폐된 프랑스를 제압한 거라고 연설하던데요."

미조구치가 털어놓았다.

I 교수의 얼굴이 일순 창백해지더니,

"그게 참말이냐?"

하고 물었다.

"제가 꾸며서 그런 말을 하겠어요?"

"H 교수는 히틀러 신봉자니까 그렇게 말하겠지. ……그러나 누구의 철학이 어떻건 상관할 필요가 있나. 십인십색이란 말도 있잖나. 자, 텍스트!"

하고 I 교수는 책을 폈다. 그러나 공부할 분위기가 되지 못했다.

"남의 철학에 상관할 필요는 없을지 몰라도, 그런 사람으로부터 윤리학을 배울 흥미는 없습니다. 그래서……."

"그래서 어떻게 하겠다는 말이냐?"

I 교수는 근심스럽게 말했다.

"어떻게 하겠다는 것이 아니라, 이미 결정을 했습니다."

"무슨 결정을?"

"H 교수님의 강의를 받지 않기로, 문리과를 합해 1학년 전원이 결의 했습니다."

"언제?"

"윤리학 시간이 끝난 직후입니다."

I 교수는 멍청하게 학생들 쪽을 바라보고만 있었다.

"그 결의 때문에 말썽이 생기면 선생님은 우리 편이 되어주셔야겠습니다."

미조구치가 말했다.

"H 씨가 히틀러 신봉자란 그 이유 때문에 수강을 거부하는 건가?"

I 교수의 물음이었다.

"아닙니다. 히틀러를 신봉하건 말건, 그런 것을 탓하는 건 아닙니다. 프랑스의 항복 문제를 다루는 태도가 학문적으로 전혀 불성실하고, 그런 점을 추궁한 우리들의 질문을 규명하겠다고까지 나오는데, 규명한다는 초점이 국책을 비난했다는 이유였습니다. 그래서 자연 발생적으로 H 교수님의 강의를 듣지 않기로 전원 일치, 의견이 합쳐진 겁니다."

I 교수는 창밖으로 시선을 돌리고 있더니 조용히 입을 열었다.

"H 교수는 대정익찬회大政翼贊會에 관련이 있는 사람이다. 그런 사람을 상대로 함부로 일을 벌였다간 사건이 어떻게 발전될지 모른다. 지금의 시대 사정을 잘 생각해서 신중해야 한다."

"대정익찬회면 정치 단체 아닙니까. 그런 정치 단체와 통하고 있는 사람을 이 학교는 교수로서 용납하고 있습니까. 그렇다면 싸움의 상대는 학교가 되겠구먼요. 나는 명예스러운 이 학교가 그런 줄은 몰랐습니다."

미조구치가 격한 어조로 말했다.

I 교수는

"지금 그런 토론을 벌일 때가 아니다. 공부하자."
하고 텍스트를 읽어나갔다.

종업 벨이 울리자, I 교수는 허튼 말 한마디 없이 교실에서 물러갔다.

다음 시간의 K 교수는 프랑스 문학자일 뿐만 아니라 문명 비평가로서도 일가를 이룬 분이어서 규는 은근히 기대를 가지고 그 시간을 기다렸다.

그런데 K 교수는 기대를 뒤엎고 프랑스의 항복에 관해서 일절 말을 하지 않으려 했다. 다만 이런 소리를 할 뿐이었다.

"세상이 어떻게 되어도 프랑스어를 배워두면 손해 될 건 없을 테니, 이런 일이 있을수록 더욱 열심히 공부를 해야 한다. 프랑스가 항복했대서 몽테뉴가, 발자크가, 빅토르 위고가 항복한 건 아니다. 이 세상에서 항복을 모르는 것은 위대한 사상이고 위대한 예술이다. 위대한 사상은 그 자체가 승리이고, 위대한 예술은 그 자체가 축복이다. 그러니 위대한 문화는 정권의 흥망, 역사의 우여곡절을 넘어 영원하다. 그리스는 망해도 그리스 문화는 남았다. 로마는 망해도 로마의 문화는 남았다. 중요한 건 문화다. 문화로써 승리해야 하며, 문화로써 번영해야 한다."

K 교수는 이렇게 말하고 책을 펴더니 문득 생각난 모양으로,

"그렇다, 오늘은 너희들에게 「라 마르세예즈」(프랑스의 국가)를 가르쳐야겠다."
하고 칠판에 글씨를 쓰기 시작했다.

가자, 조국의 아들딸이여!

이제야 때가 이르렀다.
우리들의 정의를 위해
깃발이 나부낀다.
깃발이 휘날린다.
들어보아라, 산과 들에서
아우성치는 원수의 소리를.
악마처럼 원수들은 피에 굶주렸다.
일어서라, 백성들이여.
칼을 들고 나가자.
나가자, 나가자.
원수를 무찌르자.
조국을 위해 일어선
우리들을 인도하라.
자유, 자유를 위해
우리는 싸운다.
우리는 싸운다.
우리의 깃발 아래로
승리는 온다.
원수를 무찔러
빛나는 승리를 얻자.

이렇게 원어로 써놓고 K 교수는 일본말로 고쳤다. 그리고 다음과 같이 설명했다.

"이 노래는 1792년, 밖에선 독일과 오스트리아의 압력을 받고, 안에선 혁명의 회오리바람이 휩쓸고 있을 때 만들어진 것이다. 프랑스의 동북 국경에 스트라스부르란 도시가 있다. 그 도시의 시장 디트리크가 출정하는 사관들과 환담하는 동안, 병정의 사기를 돕기 위한 노래가 필요하다는 얘기가 나왔다. 그 자리에 참석하고 있던 공병 대위 루제 드 릴이 그날 밤 집으로 돌아가 밤을 새워 가사와 곡을 완성했다. 그것이 1792년 4월 24일이었다. 이튿날 시장 집에서 이 노래의 발표가 있자, 삽시간에 이 노래는 유명해졌다. 그런데 처음 이 노래의 제목은 「라인 군대의 노래」였다. 그 뒤 스트라스부르는 적군에게 포위되었지만, 이 노래는 프랑스의 남쪽에까지 퍼졌다. 지중해에 면한 마르세유로부터 후원군이 파견되었다. 그 후원군이 이 노래를 부르며 진군해 왔다. 그것을 계기로 파리에서도 유행하게 되고, 노래가 마르세유로부터 올라왔다고 해서 '라 마르세예즈'란 이름으로 불리게 되었다. 1879년 7월 25일 국가로서 채택되었는데, 나폴레옹 3세 때 혁명가라고 해서 금지 당했다가 제정이 끝나자 다시 국가로서 부활했다. 프랑스에는, 라 마르세예즈가 불리는 곳엔 적이 없다는 신앙이 있다. 그런데 프랑스가 항복한 것을 보니, 아마 프랑스 군대가 이 노래를 안 불렀던 모양이다. 언젠가 이 노래를 힘차게 부르게 될 때, 프랑스는 다시 국권을 회복할 것이다."

피아노에 소양이 있다는 K 교수는 보조 칠판에 악보까지 써놓고 직접 노래를 가르치기 시작했다.

학생들의 교실이 본관에서 조금 떨어진 곳에 있었기 때문에 이웃을 걱정할 필요없이 노래를 불러도 좋았다. 6월 하순의 한낮, 때 아닌 곳에서 난데없는 「라 마르세예즈」가 울려 나온 셈이다.

"프랑스가 항복한 이날, 극동하고도 일본하고도 경도하고도 이 제3

고등학교의 어느 교실에서, 장차 세계에서 이름을 떨칠 30명 가까운 수재들이 「라 마르세예즈」를 불렀다는 사실이야말로 역사적 사건이다. 가능하다면 이것을 녹음해서 파리 시민들에게 보내주고 싶구나."

이렇게 말하고 40세에 가까운 K 교수는 소년처럼 얼굴에 홍조를 띠고 다시 「라 마르세예즈」를 선창하기 시작했다.

하숙으로 돌아오는 전차 안에서 규는 입 속으로 열심히 「라 마르세예즈」를 익혔다.

"알롱 잔팡 라 파트리유……."

노래를 되풀이하면서 규는, 자기도 모르게 프랑스에 대한 애착이 밀물처럼 가슴에 차오름을 느꼈다.

그날 밤, 규는 일기에 다음과 같이 썼다.

'내 제2의 조국으로서 프랑스를 사랑하기로 결심했다. 그런데 바로 이날 제2의 조국 프랑스는 독일 앞에 항복했다. 내 감정으로 말하면 프랑스군의 일부가 독일군에게 항복했을 뿐이라고 하고 싶다. 프랑스는 소생할 것이다. 언젠가 승리할 것이다. 그날이 오길 빈다. 나는 그 비는 마음으로 오늘 K 교수로부터 배운 「라 마르세예즈」를 하루 한 번씩 불러야겠다.'

이렇게 써놓고 일기장을 닫으려는데 문득, 기노시타 세쓰코와의 어젯밤 일이 뇌리에 떠올랐다. 규는 다시 일기장을 폈다.

'프랑스가 항복한 그 무렵, 나의 XX은 K.S.에게 항복하고 말았다.'

XX는 동정童貞이란 뜻으로, K.S.는 물론 기노시타 세쓰코란 뜻으로 쓴 것이다.

그 사건이 터진 것은 프랑스가 항복한 지 며칠 되지 않아서였다. 그

허망한 진실 305

날은 토요일이었다.

규는 하나조노의 거리를 쭉 바로 걸어 시전 정류소로 빠지는 것이 등교할 때의 습성이었는데, 그날 아침엔 부립이상府立二商의 수영장을 바른쪽으로 끼고 도는 작은 길을 걷기로 했다.

부립이상의 정식 명칭은 경도부립제2상업학교다. 그 학교는, 중등학교로선 지나치다고 할 수 있는 호사스러운 수영장 시설을 갖추고 있었다. 규가 그 작은 길을 택한 것은, 언젠가 아침에 그 길을 지나면서 아침 일찍부터 수영 연습을 하는 광경을 보았기 때문에,

'오늘 아침에도 혹시……?'

하고 지나치는 동안이나마 수영 연습을 하는 소년들의 모습을 보고 싶어서였다.

아침 태양을 정면으로 받고 다이빙대 위에서 호흡을 조절하고 선 소년들의 긴장한 얼굴도 보기가 좋았고, 갈색 몸뚱아리가 생명체 이상으로 긴축한 포즈로 공간을 뚫고 낙하해서 하얀 비말을 올리는 광경도 상쾌한 감동이었다.

중학교 시절에 운동다운 운동을 못 하고 지낸 규는 모든 운동에 대한 동경을 마음속에 가꾸고 있었는데, 어느 아침에 수영장의 광경은 그러한 동경에 더욱 절실한 빛깔을 주었고, 동시에 잃어버린 소년 시절이란 감상으로 해서 스스로의 소년기를 쓸쓸하게 회상케 하는 동기가 되기도 했던 것이다.

그런데 철망을 통해서 수영장의 전경을 환히 바라볼 수 있는 지점에 왔는데도 수영장엔 소년들의 그림자도 없었다. 그러나 수영장 물이 만만하게 채워져 아침 하늘이 에메랄드 빛깔로 조용히 괴어 있었다.

'아직 시간이 이른가?' 하다가

'무인無人의 수영장도 좋은데…….'
하는 상념이 막 돋아나려고 하는데, 저쪽으로부터 심상치 않은 기백을 풍기며 다가오는 일단의 청년들이 보였다. 수는 칠팔 명. 모두들 와이셔츠 차림으로, 황급하다고 할 수 있는 바쁜 걸음걸이였다.

규는 반사적으로 길을 비켜섰다. 비켜섰는데도 선두의 청년은 고의라고 할밖에 없는 난폭한 동작으로 규의 바른쪽 어깨를 강하게 스치고 지나갔다. 규는 그 바람에 넘어질 뻔할 정도로 강한 충격을 받았다. 동시에

"이 녀석도 한 대 갈겨줄까."

하고 또렷한 한국말이 들려왔고, 이어

"쓸데없이 시간을 보낼 필요없다."

라는 말도 들려왔다. 역시 한국말이었다.

규가 뒤돌아보았을 때는 그 일단의 청년들이 골목의 모퉁이를 돌아 없어진 후였다.

'분명히 나를 일본 사람으로 오해한 모양인데…….'

하는 생각과 아울러

'그 청년들은 도대체 뭣을 하는 사람들일까? 꼭 무슨 일을 저지른 것 같은데…… 도둑질? 그런 사람들로 보이진 않았고, 싸움? 폭행?'

하며 걷는데, 경찰관을 선두로 하고 일본인으로 보이는 청년, 장년들 한 떼가 몰려 달려오고 있었다.

'틀림없이 무슨 일이 있구나.'

규는 공연히 가슴이 두근거림을 느꼈다. 규 바로 앞까지 와서 경찰관이 물었다.

"센진 7, 8명이 도망가는 것 못 봤습니까?"

센진이란, 한국 사람을 멸시하는 기분을 풍겨 일본인들이 즐겨 쓰는 말이다.

"못 봤는데요."

규는 엉겁결에 이렇게 대답했다.

그러자 경찰관이 바삐 앞으로 내려가다 말고

"그럴 리가 없을 텐데……."

하고 고개를 갸웃하며 중얼거렸다.

"그놈들이 그렇게 빨리 지나갔을까?"

"저 골목으로 빠졌을지도 모르죠."

경찰관을 따라온 청년 한 사람이 이제 막 규가 지나친 골목의 어귀를 가리켰다.

"그럼 그리로 가볼까."

하고 경찰관은 방향을 바꾸어 그 골목으로 걸어 들어갔다. 그 뒤를 청년들과 장년들이 주르르 따랐다.

규는 이제 막 별다른 생각도 없이 말해버린 거짓말이 중대한 결과를 가져올지 모른다는 공포에 사로잡혔다. 조만간 그들이 붙잡힐 것은 뻔한데, 붙잡힌 그들이 도망한 경로를 그대로 불면 경찰은 영락없이 규를 찾으려 들 것이 아닌가 해서였다.

'왜 거짓말을 했을까.'

하는 뉘우침과 더불어 한편에선

'어쩔 수 없었다.'

라는 체념이 일기도 했다.

그럴수록 무슨 일이 있었을까 하는 궁금증이 심해져갔다.

그런데 경찰관을 따라간 무리 가운데 섞였다가 빠진 듯한 중년의 사나이가 숨을 헐떡거리며 규의 뒤로 걸어왔다. 규는 섬뜩했다. 자기를 잡으러 온 것이 아닌가 해서였다. 그러나 그 사나이는 그런 눈치를 보이지 않고 규에게 들으라는 듯,

"센진! 골치 아픈 놈들이야."

하고 중얼거렸다.

규는 자기의 일본말 발음으로 해서 혹시 한국인이란 사실을 들키지 않을까 겁도 느꼈지만, 궁금증이 앞서 물어보지 않을 수 없었다.

"무슨 일이 생겼습니까?"

"글쎄, 센진 몇 놈이 이상二商의 학생들을 두들겨 패는 야료를 부렸다지 않소."

"이상의 학생들이라뇨?"

"합숙하고 있는 수영부 학생들이 아침 연습을 하려고 막 전차에서 내리는데 그 센진들이 마구 두들겨 팬 모양이오."

"어디서요?"

"바로 저기, 엔마치 정류소에서……."

"원인이 뭔데요? 원인이 있을 것 아뇨."

"원인이 뭔지 알 까닭이 있나. 공연히 센진의 극성을 부려봤겠지. ……그러니까 학생도 조심해요. 센진이 또 무슨 야료를 부릴지 모르니까."

전찻길로 나오자 그 중년의 사나이는 어느 가게로 들어가버렸다. 규는 천천히 걸어 엔마치 정류소까지 갔다. 출근하는 샐러리맨, 등교하는 학생들이 평화롭게 줄을 짓고 서 있을 뿐, 얼마 전에 거기서 난투극이 있었다고는 상상도 못 할 한가한 분위기였다. 규는 피우지도 않는 담배를 한 갑 사며 담배 가게의 노인에게 물었다.

"아까 여기서 싸움이 있었다죠?"

"있었지."

하고 노인은 더듬더듬 그 상황을 설명했다.

그 노인의 말에 의하면—.

전차가 섰다. 이른 시간이 돼서 이상의 학생들밖엔 별로 탄 사람이 없는 전차였다. 학생들이 내리기 시작하자, 어디에 숨어 있었던지 장정들이 이곳저곳에서 튀어나와 이상의 학생들을 내리는 순서대로 때려눕히기 시작했다. 말릴 겨를도 사람도 없었다. 사람들이 있어보았자 그들의 적수는 아니었을 것이다. 모두들 기막힌 기술을 가지고 있는 듯했다.

그런 꼴을 보자, 전차 차장이 문을 닫아버렸다. 그리고 전차가 움직이기 시작했는데, 이번엔 전차 안에 있는 학생들이 가만 있지 않았다. 창을 부수고 문을 차는 등 법석을 떠는 바람에 전차는 얼마쯤 가다가 섰다. 전차 문이 열리자, 20여 명의 학생이 와락 그 폭도들에게 달려들었다. 그러나 그 7, 8명밖에 안 되는 폭도들에겐 문제가 되지 않았다. 이상 학생 가운데도 체격이 크고 힘깨나 쓰는 사람이 많이 있었던 모양이지만, 그 폭도들 가까이에 가자 썩은 막대기와 마찬가지였다. 멱살이 잡히면 유도 바람에 공중에 날려 땅바닥에 처박히고, 팔꿈치에 가슴을 치이면 주저앉고, 발에 면상이 채고……. 20명 남짓한 학생들이 7, 8명에게 휘둘리는 꼴은 참으로 볼 만했다. 그래도 이상의 학생들은 온몸이 피투성이가 되면서 악착같이 대들었다. 그렇게 대들지만 않았어도 부상이 심하지 않았을 텐데, 그게 야마도 다마시인지라 끝까지 덤볐기 때문에 모두 병원으로 가야 할 정도로 중상을 입었다. 간혹 말리려고 드는 사람이 여기저기서 나타났지만, 하나같이 중상을 입었다. 응원을 청하러 간다, 경찰에 연락하러 간다 하는 동안에 20여 명의 학생은 한 사람 빠지지 않고 길바닥에 쓰러진 채 꼼짝도 못 하게 되었다.

"경찰관이 도착했을 땐 그 폭도들은 형태도 그림자도 없었지 뭐요. 참으로 날쌔고 강하고 빠르고……. 구라마 덴구鞍馬天狗가 나타난 느낌이더라니까."

노인은 폭행 현장을 보았다기보다 기막힌 활극 장면을 보았다는 신기한 감정에서 아직 깨어나지 못한 투로 말했다. 구라마 덴구란 덕천 막부幕府의 종말이 가까워졌을 무렵, 경도 시내에 신출귀몰했다는 무사의 별명이다.

규는 원인이 뭔지 알고 싶다고 했다.

"나는 여기서 보고만 있었으니까 그 원인을 알 까닭이 있소? 들은 말로는 조센진 일당이라고 하던데, 조센진이 그렇게 무술을 잘한다는 건 처음으로 안 사실이오."

노인은 어디까지나 폭행으로 보지 않고 무술을 발휘한 활극의 한 장면으로 감상하고 싶은 모양이었다.

알려고 노력할 필요도 없었다. 경도에서 발행되는 신문이 그 사건을 제1면에 대서특필로 보도했다.

사건의 진상은 다음과 같았다.

오타니 기오시大谷濟, 한국명을 박두경朴斗敬이라고 하는 학생이 경도부립이상 1학년 3반에 재학하고 있었다. 그의 아버지 박재호朴在鎬는 시치조 오미야七條大宮에서 고물상을 하는 사람이다.

박두경은 학급에서 유일한 한국인 학생이었다. 입학 때부터 동급생들로부터 한국인이란 이유로 따돌림을 받았다. 그래도 박두경은 그러한 멸시를 꾹 참고 있었다.

그랬는데 일주일 전, 바로 박두경 곁에 자리를 잡고 있던 무라카미村

허망한 진실 311

上란 학생이 '마늘 냄새가 난다.'는 이유로 말썽을 부렸다. 박두경은 할 수 없이 자기의 책상과 걸상을 맨 끝 줄로 옮겼다. 맨 끝 줄로 옮기고 나니, 또 바로 앞에 앉은 아이가 말썽을 부렸다. 마늘 냄새가 뒤통수에 서려 공부를 못 하겠다는 것이다. 박두경은 도리가 없어 책상을 교실 맨 뒤 구석으로 옮겼다.

담임 선생이 들어와서 동떨어진 구석에 앉아 있는 박두경을 보고,
"왜 함부로 자리를 옮겼느냐?"
하고 따졌다. 대답을 하지 않자, 선생은 교탁에서 내려와 박두경 가까이 가서 채찍으로 박두경의 가슴을 찌르며 계속 따졌다. 박두경은 이유를 설명하지 않을 수 없었다.

선생은 학급 전원을 가볍게 나무라고, 박두경에겐 책상을 열 가까이로 옮겨놓으라고만 이르고 그 시간을 끝냈다.

방과 후 무라카미를 비롯한 수명의 학생이 고자질을 했다는 이유로 박두경을 심하게 때렸다.

얼굴이 변형될 정도로 맞고 돌아온 아들로부터 사정 얘기를 들은 그의 아버지는 이튿날 학교로 가서 항의했다.

그러나 학교 당국은 '철없는 아이들 사이에 흔히 있을 수 있는 싸움'이란 정도로 얼버무리고 아무런 대책도 강구하지 않았다.

분개한 사람은 그 학교의 상급반에 있는 한국인 학생들이었다. 한국인이라야 전교를 통해 열 명 남짓했는데, 그 가운데 권權이란 4학년 학생이 무라카미를 불러내 뺨을 몇 차례 때렸다.

무라카미는 수영부에 소속한 학생이었다. 수영부에 있는 상급생들이 이 소식을 듣고, 한국인 학생 전부를 차례차례 불러내 집단 폭행을 했다. 그런데 폭행을 당한 어느 한국인 학생의 형이 무도 전문학교武道

專門學校에 다니고 있었다. 엔마치 전차 정류소에서 수영부 학생들에게 폭행을 한 사람은 무도 전문학교에 다니는 한국인 학생들이었다.

신문은 이들을 모조리 검거했다고 전하고, 그런 불상사를 낸 이상을 비롯한 각급 학교는 한국인 학생에 대한 지도와 보호에 있어서 각별한 배려가 있어야 할 것이라고 썼다.

그런데 문제는 거기서 끝나지 않았다. 이곳저곳에서 한국인 학생 대 일본인 학생의 충돌 사건이 빈발했다.

무도 전문학교의 그 학생들을 검사국으로 송청한다는 결정과 학교 당국이 퇴학 처분했다는 소식이 전해지자, 경도에 있는 한국인 학생들은 아연 긴장했다. 무슨 수단으로든 실력 행사를 해야겠다는 기분이 감돌았다.

규는, 자기가 선봉에 설 수는 없겠지만, 그런 움직임에 적극적으로 참여할 각오를 굳게 했다. 규로선 자기의 피부로 직접 느껴보는 일본인의 한국인에 대한 차별 의식이었던 것이다.

다행인지 불행인지 본업이 변호사인 이토伊藤란 경도 부회 의원府會 議員이 부 의회에 이 문제를 상정해서 무도 전문학교 측의 재고를 요청하고, 경찰로 하여금 체포된 한국인 학생을 전원 석방하게 하는 등 노력이 주효해서, 여름 방학으로 접어드는 시기와 더불어 이른바 '마늘 사건'은 우선 표면적으로 낙착을 보게 되었다.

그러나 이 사건은 두고두고 규에 있어서 중대한 문제로 남았다.

규가 박두경이란 학생의 집을 찾아보게 된 동기는 자기 자신도 잘 설명할 수가 없었다. 신문에 나 있는 그 집의 주소가 어느덧 규의 뇌리에 새겨졌기 때문이기도 하지만, 우연히 그 근처를 지나쳤기 때문인지도 모른다.

경도라는 곳은 집 찾기엔 편리한 곳이다. 평안경平安京이라고 불렸던 옛날부터 도시를 바둑판처럼 구획해서, 동서로 뻗은 길엔 오미야 도리大宮通니 호리카와 도리堀川通니 하는 이름을 붙여놓고, 남북으로 뻗은 길엔 남으로부터 일조一條, 이조二條 하는 식으로 명칭을 달아놓았으니, 시치조 오미야라고 하면 그래프의 좌표처럼 그 위치가 나타나고, 그 위치에서 번지를 찾아가면 되는데, 그 번지 밑엔 '남쪽으로 들어감.', '북쪽으로 내려감.' 등의 표지가 있고 보니 더욱 수월했다.

그런데도 규는 시치조 오미야까진 쉽게 찾았는데, 그 집을 찾기엔 힘이 들었다.

그곳은 한국 사람이 집단적으로 사는 일종의 빈민굴이어서 같은 번지에 몇 세대씩이나 살기 때문에 쉽사리 박두경의 집을 찾아낼 수가 없었다. 할 수 없이 길 가는 사람에게 그 사건 이야기를 하고 물었더니, 아까부터 몇 번이나 맴돈 곳을 가리켰다. 고물상을 한다고 들어 그 간판을 찾은 것이 실수였다.

박두경의 아버지 박재호는 고물상을 한댔지만, 버젓이 간판을 내걸고 하는 정도의 고물상은 아니었던 것이다.

저녁때 가까이 되어 문간에 서서 인사나 하고 그 소년이 어떻게 되었는가고 물어보기만 할 참이었는데, 박재호라고 추측되는 그 집 주인은 기어이 집 안으로 규를 끌어들이고 말았다.

사방의 문, 창이란 창을 죄다 열어젖혀 놓았으나 바람 한 점 들어올 가망이 없어 보이는 집 안이, 전등에 비친 대로는 가난이 그대로 때가 되어 눌어붙은 듯한 느낌으로 숨이 막힐 것 같았다.

박재호는 40세 가까워 보이는, 체구가 작고 여윈 사람이었는데, 눈방

울만은 또록또록했고, 한국말, 일본말을 섞어 쓰는 언어에서, 세련되었다고까진 할 수 없으나 무식한 사람이라곤 하지 못할 무엇인가가 느껴지기도 했다.

"이 누추한 곳을 찾아주셔서……. 많은 학생들이 오기도 했는데, 귀한 고등학생이 오신 건 처음입니다. 삼고에 동포 학생이 있다고는 들었지만 이렇게 뵙기는 처음인데……."

하고 이어 자기소개를 하고는, 마누라를 부르더니 술과 안주를 사오라고 일렀다.

그럴 필요가 없다고 사양했지만 막무가내로 하는 것을 어쩔 수 없어, 규는 두경의 소식을 물었다.

"억울한 노릇입니다. 엽전의 설움이니 참아야 한다고 입을 막지만, 두고두고 분한 걸 어떡합니까. 두경인 지금 심부름 갔는데, 조금 있으면 돌아올 겝니다. 이상이라고 하면 엽전이 들어가긴 어려운 학굡니다. 들어가기가 어렵다기보다, 국민학교에서 웬만한 아이가 아니고선 일본놈이라도 소견표를 잘 안 써주는 학교가 아닙니까. 우리 두경인, 아들 자랑을 하면 미치광이라고 합디다만, 천재라는 소릴 듣는 아입니다. 그래놓으니 일본놈 아이들이 시기를 한 겁니다."

박재호가 한창 열을 올리는 동안 막걸리가 들어왔다. 막걸리를 보자 박재호는 화를 냈다.

"귀한 손님이 왔는데 막걸리가 뭐꼬? 삐루 사오너라, 삐루!"

삐루란 맥주를 말한다.

규는 한사코 사양했다. 아직 술을 마실 줄 모르지만, 이왕이면 막걸리를 마셔보고 싶다고 해서 겨우 맥주를 사오는 건 중지시켰다.

그러자 박재호는

허망한 진실 315

"그럼 똥창이라도 사오너라!"

하고 고함을 지르고, 규에겐

"아직 똥창이란 것 못 먹어봤지요? 그것, 몸에 좋습니다. 우리 조선 사람은 똥창 많이 먹고 힘을 돋워야 합니다."

하고 웃었다.

박재호는 고향이 경남 함양이라고 했다. 함양이라면 박태영과 같은 곳이다. 규는, 면은 어디냐고 물었다. 수동면水東面이라고 했다. 규는,

'박태영은 마천면馬川面이니 다른 곳이로구나.'

생각했지만, 박태영이란 친한 친구가 있는데 고향이 함양군 마천면이고 대단한 수재란 설명을 했다.

"마천에 우리 일가가 있다고 들었는데 혹시 일가가 아닐지 모르겠네요."

하고 박재호는, 박태영이 경도에 오면 꼭 데리고 와달라고 누누이 말했다.

이어 그는

"그런디 두경이란 놈이 학교에 안 갈라고 해서 야단입니다."

하고 푸념을 털어놓았다.

"그런 꼴을 당했으니 어린 마음에 어디 학교에 갈 기분이 나겠습니까."

규는 소년의 마음을 이해할 수 있을 것 같아서 이렇게 말했다.

"학생."

하고 박재호는 정색을 했다.

"우리 엽전이 그런 꼴 당했다고 일일이 마음대로 할 수 있는 처집니까. 그런 꼴이 싫었으면 나는 백 번 죽었을 겁니다. 엽전의 팔자가 그런 것을 어떡합니까. 나만이 아니라 우리 동료 전체가 그런 꼴을 견디며

지금 살고 있는 게 아닙니까. 엽전은 할 수 없어요. 분수대로 살아야지, 별 도리 없는 겁니다."

'엽전, 엽전' 하는 말이 규는 듣기가 거북했다. 엽전葉錢이란 한말韓末에 쓰던 돈이다. 못 쓸 돈이라는 뜻이고, 우리 한국 사람은 돈으로 비유하면 엽전처럼 쓸모 없는 인간들이란 자학에 통하는 말이다. 그러나 규는 항의할 수도 없어서 그저 듣기만 했다.

"부립이상만 졸업하면 엽전이라도 경도에선 좋은 데 취직할 수가 있습니다. 좋은 데 취직해서 앞으로 잘 살면 되는 겁니다. 지금 기분이 나쁘다고 해서 학교를 그만둔다는 건 어리석은 노릇입니다. 신세 망치는 노릇입니다. 그렁깨 나중에 학생도 우리 두경이 만나거든 잘 타일러주이소. 학교에선 학급도 바꿔준다고 합디다."

규는 박재호의 말엔 모순이 있다고 생각했다. 그의 말대로 엽전은 분수대로 살아야 한다면 기어이 좋은 학교에 다닐 필요도, 더욱이 좋은 데 취직할 필요도 없다. 소년 시절을 비굴하게 지냄으로써 좋은 곳에 취직을 해보았자 과연 행복이 약속될 수 있을까. 규는 하고 싶은 말이 많았지만 계속 잠자코 있기로 했다.

똥창이란 게 들어왔다. 그러지 않아도 숨이 막힐 지경인데 벌겋게 단 코크스 불이 같이 들어오고 보니 규는 모처럼의 대접이지만 견딜 수가 없었다. 일어서려는 구실을 찾고 있는데 소년이 돌아왔다. 한눈에 그가 박두경임을 알 수 있었다.

"30분이면 될 심부름인데 왜 그렇게 늦었노?"

이렇게 묻는 박재호의 말에 응답도 않고 소년은 부엌 쪽으로 가려고 했다.

"기오시, 손님이 왔다. 인사해라."

허망한 진실 317

소년은 아버지의 말을 거역하지 못해서 할 수 없다는 듯이 앉는데, 방 한구석에 놓여 있는 백선이 세 줄 둘려진 모자를 본 모양으로 눈에 광채를 띠고 규를 바라보곤 머리를 숙였다.

소년답지 않은 침울한 분위기를 몸 언저리에 두르고 있었으나 눈동자가 맑았다. 얼굴의 윤곽도 단정했다. 단번에 규의 마음에 들었다. 이 소년하곤 친구가 될 것같이 느껴졌다.

규와 소년이 인사를 나누기가 바쁘게 박재호는 소년에게 어디를 돌아다니느라 늦었느냐고 다시 따졌다.

"도장에 갔었어요."

소년은 나직이 말했다.

"도장이라니, 무슨 도장?"

"유도 도장요."

"유도?"

하고 박재호는 놀라는 표정이더니,

"쓸데없는 짓 말고 공부나 해라. 이 학생의 의견도 나와 똑같더라. 딴생각 말고, 지금 다니는 학교에 계속 다니도록 해라."

하고 아까 규에게 말한 내용을 되풀이하기 시작했다. 소년은 시종일관 입을 다물고 한마디 말도 하지 않았다.

그런 따분한 자리에 규는 한 시간쯤 더 앉아 있다가 가봐야겠다면서 억지로 자리에서 일어섰다. 핥듯이 했는데도 두 사발가량 막걸리를 마셨으니 일어설 때 다리가 약간 떨렸다.

소년이 전찻길까지 따라 나왔다. 이때까지 묵묵하던 소년이 전찻길에 나서자 입을 열었다.

"당신도 내가 그 학교에 계속 다니는 게 좋다고 생각합니까?"

규는 뭐라고 대답할 수가 없었다.

소년이 이어 말했다.

"아까 아버지의 말씀이 당신의 의견도 그러시다고……."

"난 아무 말도 안 했는데……."

규는 솔직히 말했다.

"난 아무래도 그 학교엔 다니고 싶지 않습니다. 사립이라도 좋으니 중학교에 가고 싶어요. 중학교에 가서 나도 삼고에 들어가고 싶은데……."

소년은 규를 보고 말한다기보다 자기의 마음을 다짐하는 듯한 어조로 말했다.

규는 그러한 소년에게 할 말이 없다는 것을 느꼈다. 그러나 이런 질문은 해보지 않을 수 없었다.

"유도를 언제부터 배우기 시작했지?"

"요즘에요."

"요즘에 유도를 배울 필요를 느꼈다는 거지?"

"그렇습니다. 아무래도 완력이 있어야 할 것 같애서요. 모든 게 마음대로 안 될 바에야 밉게 덤비는 놈을 때려눕히거나 해야죠."

소년다운 감정이라고 생각했다. 그리고 그런 감정에 간여할 바 아니란 생각도 동시에 했다.

화제를 바꿀 필요가 있었다.

"아버지는 상업학교에 계속 다니길 진정으로 희망하시는 모양이던데……. 취직이 잘된다고……."

"왜놈 밑에서 주판이나 튕기는 꼴이 좋은 취직인가요. 나는 도카타土工 노릇을 해도 좋다고 생각합니다."

"도카다는 왜놈 밑에서 하는 일 아닌가?"

주고받는 얘기가 이런 꼴이 되고 보니 우울할 수밖에 없었다. 규는 소년의 상처받은 마음을 위로할 수 있는 말이 없을까 생각에 잠겼다.

있을 까닭이 없었다. 그 대신

"내 하숙에 놀러 와요. 토요일 오후나 일요일이면 대개 하숙에 있으니까."

하고 제안했다.

"놀러 가도 돼요?"

진정 반가워하는 감정이 소년의 말투에 서렸다.

"되고말고."

규는 가로등 밝은 곳으로 가서 주소를 쓰고 간단한 약도를 그려주었다. 소년은 그것을 무슨 대단한 보물이나 되는 것처럼 공손히 접어 호주머니에 넣으며,

"삼고 학생을 뵙고 이것저것 얘기를 들어보고 싶은 게 내 소원이었어요."

하고 수줍게 웃었다.

규는 그러는 소년과 그냥 헤어지기가 싫어 전차 정류소 가까이에 있는 빙수 집으로 들어갔다.

빙수를 먹으며 규는 이런 말을 했다.

"그 뭐라더라, 무라카미라는 녀석, 마늘 냄새가 난다고 법석을 떤 놈 말이다. 불쾌하겠지만 그런 놈은 상대할 필요가 없다. 나쁜 놈은 어디에라도 있는 법이니까, 아예 상대를 않는 게 좋아. 두경 군이 인간으로서 훌륭하게 자라면 그로써 복수가 되는 거니까."

그런데 두경의 대답은 뜻밖이었다.

"그 무라카미란 아이에겐 감정이 없어요. 마늘 냄새가 나니까 난다고 했으니까요. 나도 철이 없지만, 그도 철이 없거든요. 피차 철이 없는 사이니까 싫은 건 싫다고 하는 게 나쁠 게 없잖아요? 그런데 싫은데도 아무 말 않고 뒷구멍에서 이러쿵저러쿵하는 놈들이나, 애당초 경멸해 버리고 개에겐 개 냄새가 있다는 식으로 쳐버리는 놈들이 괘씸해요. 도무지 견딜 수가 없어요."

규는, 소년의 대인 인식對人認識이 이만큼 되자면, 어렸을 동안 얼마나 많이 쓰라린 경험을 했을까 하고 두경의 얼굴을 바로 볼 수가 없는 심정이 되었다.

이어 두경은, 국민학교부터 상업학교까지 일본인 학생들과 어울려 자랐는데, 그 가운덴 참으로 좋은 아이들도 있다는 얘기를 했다.

"국민학교는 호리카와堀川에서 다녔는데 미토二戶라는 친구가 있었죠. 나하곤 서로 일등, 이등을 다투는 사이였는데, 4학년 때 우리 학급에서 일본 아이가 센진은 마늘 냄새가 나서 싫다고 했어요. 그러자 미토는 자기 아버지로부터, 그 애의 아버지는 의사였는데, 마늘이 건강에 좋다는 말은 들었는데도 먹을 용기가 없었는데 지금부터 열심히 마늘을 먹겠다고 하면서 그대로 했거든요. 그러고는 마늘 냄새가 싫다는 아이들을 보고 '내게서도 마늘 냄새가 날 테니 느그 나하고 노는 게 싫지?' 하면서 익살을 부리기도 했거든요."

"그 미토라는 아이는 지금 어느 학교에 다니니?"

"부립일중府立一中에 있습니다. 내가 얻어맞고 퉁퉁 부어 드러누워 있을 때 즈그 아버지를 데리고 왔어요. 둘이서 손을 맞잡고 엉엉 울었습니다."

규는 눈시울이 뜨거워짐을 느꼈다.

두경이 물었다.

"삼고에선 우리 사람 차별 안 합니까?"

"차별이야 하겠지. 그러나 모두 영리한 사람들만 모였으니까 내색을 안 하지. 그래 아직 그런 걸 느껴보진 않았지만, 이편에서 적극적으로 일본 아이들과 접촉할 생각은 없어."

잠깐 말이 끊겼다.

두경이 불쑥 이런 말을 했다.

"아무래도 조선이 독립해야겠지요?"

규는 깜짝 놀랐다. 소년의 입에서 나온 말로선 너무나 엄청나기 때문이었다. 그리고 그 소년의 말에 활달한 대답을 못 하는 스스로를 부끄럽게 느꼈다. 규는 대답 대신

"일본에서 학교에 다니는 소년들이 하는 우리말은 대개 서툴던데, 두경 군은 우리말을 썩 잘하는구나. 집에서 배우니?"

"아닙니다."

하고 소년은 눈을 아래로 깔고 말했다.

"우리 집 친척 하나가, 내겐 형뻘이 되는데, 입명관 대학立命館大學에 다니고 있어요. 그분에게서 배웁니다."

꼭 놀러 오라고 다시 당부하고 규는 하숙으로 돌아왔다. 돌아오는 길에, 오늘 박두경을 찾은 것은 썩 잘된 일이라고 생각했다. 하숙에 돌아와보니 책상 위에 한 통의 편지가 놓여 있었다.

박태영으로부터 온 편지였다.

일주일 후 경도에 도착한다는 짤막한 사연이 적혀 있었다.

지리산 1

지은이 이병주
펴낸이 김언호

펴낸곳 (주)도서출판 한길사
등록 1976년 12월 24일 제74호
주소 10881 경기도 파주시 광인사길 37
홈페이지 www.hangilsa.co.kr
전자우편 hangilsa@hangilsa.co.kr
전화 031-955-2000~3 팩스 031-955-2005

부사장 박관순 총괄이사 김서영 관리이사 곽명호
경영이사 김관영 편집주간 백은숙
편집 노유연 박홍민 배소현 임진영
관리 이희문 이진아 고지수 마케팅 이영은
디자인 창포 031-955-2097
인쇄 예림 제본 예림바인딩

제1판 제1쇄 2006년 4월 20일
제1판 제8쇄 2025년 8월 8일

값 14,500원
ISBN 978-89-356-5924-1 04810
ISBN 978-89-356-5921-0 (전30권)

• 잘못 만들어진 책은 구입하신 서점에서 바꿔드립니다.